五代友厚

士魂商才

佐江衆一

時代小説文庫

角川春樹事務所

〈目次〉

五代友厚

士魂商才

長崎海軍伝習所

一

──ここが、外国に唯一ひらかれていた針の穴ほどの門戸でごわンそかい……。

桜の蕾《つぼみ》がふくらみかけた鹿児島を発《た》って、はじめて長崎にきた五代才助《ごだいさいすけ》（のちの五代友厚《ともあつ》）は、多少の皮肉をこめて感慨をあらたにしたが、出島《でじま》沖に停泊するオランダ国旗をひるがえした三本マストの蒸気戦艦と日章旗をかかげた三本マストの海軍伝習所練習艦を見て、感動はあってもさして驚きはなかった。

安政四（一八五七）年二月、五代才助、二十三歳の春のことである。

四年前の嘉永《かえい》六（一八五三）年六月、アメリカの東インド艦隊司令長官マシュー・C・ペリーが軍艦四隻をひきいて浦賀に来航以来、この国は鼎《かなえ》の沸くごとくに震駭《しんがい》し、ペリーに遅れることわずか一月《ひとつき》後のロシア使節プチャーチンの長崎来航と翌年正月早々のペリーの江戸湾再来航で、徳川幕府はあわただしく日米和親条約と日露和親条約をあいついで結び、さらにイギリスとも条約を締結、翌年には日蘭《にちらん》条約、その後日仏条約も結ばれた。

それまで二百十余年もの鎖国のあいだ、ここ長崎がオランダと清国にのみ門戸をひらいていた唯一の港であった。まさに針の穴ほどの通路といっていいが、徳川幕府が莫大《ばくだい》な利益の貿易を独りじめにしてきたその針の穴から、好奇心旺盛《おうせい》な日本人は蘭学をはじめ海外の文物や情報を口を細くして吸いとるようにしてきたのである。

――じゃっどん、俺《おい》が薩摩国《さつまのくに》はぬきんでっ違いもそ。

才助は長崎の町を歩きながら、胸を張ってそうつぶやいた。

江戸からも京都からもはるかに遠く、日本列島の最南端にありながら、というより最南端に位置するので、薩摩国は南にひらけた門といってよく、琉球《りゅうきゅう》王国を支配下においてからは、鎖国令の下にありながら琉球を通じての密貿易で利をあげるだけでなく、海外情報もいち早く入手してきた。ペリー艦隊がアヘン戦争でイギリス領となった香港《ホンコン》に到着し、上海《シャンハイ》で艦隊をととのえてまず沖縄に来航したとき、外交交渉の席に薩摩役人が琉球人になりすまして参加し、その報告はいちはやく藩主島津斉彬《なりあきら》にもたらされた。斉彬は幕閣よりも早く、ペリーの来航をつぶさに知っていたのである。

ペリー来航の二年前、四十三歳でようやく二十八代当主になった島津斉彬は、幕末の激動の時代にもっとも英邁《えいまい》な藩主といっていいであろう。洋学者もおよばぬ世界知識をもち、視野のひろい開明家としての志《こころざし》がたかく、粗暴な気性の薩摩隼人《はやと》の長《おさ》でありながらそのあらあらしさが外貌《がいぼう》にないどころかおっとりとした風貌に攘夷《じょうい》の意志を秘め、外国の技術を他に先んじてとり入れることでは戦闘的であった。当然、海外情報に敏感で、アヘン戦争のときは、長崎のオランダ商館長が幕府に提出したアヘン戦争に関する情報「オランダ風説書《ふうせつがき》」の翻訳文をいちはやく入手して、みずから書き写したほどである。当時、まだ世子《せいし》(藩主の後継《あとつぎ》)ではあったが、大名級の人物でこのようなことをしたのは斉彬のほかにない。

そして藩主となった三年後、日米、日露、日英の和親条約が締結された安政元(一八五四)年の十二月十二日には、幕府に依頼されていたわが国最初の洋式軍艦を桜島濬の浦《おきうら》の造船所で完成して、これを錦江湾《きんこうわん》(鹿児島湾)に浮かべた。三本マストのバーク型帆走船、排水量三〇〇トン、備砲十六門の昌平丸である。

このとき、西郷吉之助も勤めた郡方書役《こおりかたかきやく》になっていた二十歳《はたち》の才助は、噴煙をあげる桜島を背景に濃い群青の錦江湾を帆走する昌平丸のあでやかとも見える勇姿を涙ぐみつつ胸に刻んだ。

この若者《にせ》は、人一倍の感激家なのだが、感動するとおのずと涙腺《るいせん》がゆるむのである。

泣こかい、跳《と》ぼかい、

泣こよっか、ひっ跳べ!

という薩摩隼人の剛毅《ごうき》な性《さが》を血のうちに濃くもちながら、感性が鋭く、涙もろい男であった。

翌安政二(一八五五)年二月二十三日、江戸にむけて回航される昌平丸が、船印《ふなじるし》に白地に鮮やかな朱の日章旗をかかげて出航していくのを目にしたときも、感動の涙がにじんだ。

外国船の来航が多くなって、わが国の外洋船に日本の船印が必要となり、斉彬が幕府に願い出た日の丸の船印が日本船章としてはじめて採用されたのである。ほかにも薩摩藩では洋式帆船を幾隻も建造していたから、それらに見なれていて、小さいながらも蒸気船もわが国ではじめて薩摩人が建造したのを知っていた才助は、長崎でオランダの蒸気軍艦を間近に見ても、さほどの驚きはなかったのである。

昌平丸が江戸に回航されたその年の十月二十二日、長崎では幕府の海軍伝習所が開設された。

設立にいたる経緯は、ペリー来航をオランダが「特別風説書」で予告してくれたにもかかわらず、なす術《すべ》もなくこれを無視した幕府が、ペリー来航後、長崎のオランダ商館長ドンケル・クルチウスに泣きつくごとくに意見を求めたことにはじまる。クルチウスは翌嘉永七（一八五四）年、オランダ国王ウィレム三世の日本への特派艦スームビング号艦長のファビウス中佐の意見書を長崎奉行水野筑後守忠徳《ただのり》にとりついだ。これが幕府海軍創設の意見書であった。

ついでながら、当時、海軍という言葉がなく、海軍建設のこの意見書を三人の長崎通詞は「海勢船備」と訳したと、のちに勝海舟《かつかいしゅう》が著《あら》わした『海軍歴史』で述べているから、伝習所創設のこのときが「海軍」という言葉が使われたはじめといっていいであろう。日本海軍は、長崎海軍伝習所によって呱々《ここ》の声をあげたのである。

その海軍創設に、オランダ国王は蒸気軍艦スームビング号を無償で日本に進呈するという好意ある申し出をした。そしてファビウスの意見書は、

「日本の地理的・人的条件は海軍に最適であり、開国は洋式海軍創設の好機である」

と指摘して、軍艦はいまやスクリュー式の蒸気船の時代で、世界の大勢《たいせい》は鉄船にむかっていること、士官および下士官・兵の教育について力を貸す用意があること、今後の艦砲はボム・カノン（炸裂弾砲《さくれつだんほう》）であることなど述べ、これに対して水野長崎奉行が日本側の基本構想を示し、洋式海軍の創立と洋式軍艦の乗組員養成の海軍伝習所の設立が一挙に決まった。

オランダ国王が海軍練習船として幕府に贈ったスームビング号は、排水量四〇〇トン、馬力一五〇、三本マストの外輪蒸気船で、備砲六門。艦名を、

「観光丸」

と改称された。

そして、スクリュー式の蒸気軍艦二隻をオランダに注文した。のちに届けられる咸臨丸《かんりんまる》と朝陽丸《ちょうようまる》である。

これら三艦分で二百七十人の乗組員が必要になるが、最初からその人員を養成するのは無理なので、まず基幹要員を教育しようということになった。

幕臣のほかに佐賀藩から第一期の伝習生がえらばれ、オランダから派遣されたペルス・ライケン中佐を教師団長として二十余人のオランダ人教官が航海術をはじめとして、蘭語、

数学、天文学、造船学などの基礎学から、天測、砲術の実技、銃砲調練までを教えた。ライケンはのちに中将にすすみ、海軍大臣をつとめる人物である。

日本側の海軍伝習所総督は、長崎目付の永井尚志《なおむね》が就任した。その下に、総督、オランダ人教官と伝習生の連絡役といえる学生長がおかれた。永持亨次郎《こうじろう》、矢田堀景蔵、そして勝麟太郎《りんたろう》である。

勝ひとりがお目見え以下の御家人の身分で、小普請組《こぶしんぐみ》・四十俵であったので、伝習生発令にさきだって、お目見え以上の小人組《こびとぐみ》・百俵に組替え昇進の措置がとられた。

こうして第一期生の教育がはじまって一年余、安政四年から第二期生が募集されることになり、佐賀藩のほかに薩摩藩、福岡藩、熊本藩、萩藩などが参加することになった。

五代才助は川村与十郎、加治木清之丞、成田彦十郎ら二十余名とともに斉彬から海軍伝習生としての勉学を命ぜられて、長崎にきたのである。

二

長崎の桜が満開になったこの日、五代才助は銅座町にある薩摩藩邸を出ると、港の前の江戸町にある長崎奉行所西御役所にむかった。長崎奉行所は町の北の高台にある立山御役所と港の前の西御役所があり、海軍伝習所は西御役所におかれている。

藩邸のわきを流れる銅座川をくだればすぐ海で、橋ひとつでつながる唐人荷物蔵の建ちならぶ埋立地があり、その前を海ぞいに北にたどって中島川にかかる橋を渡り、さらに堀を渡れば、西御役所前の湾内にオランダ商館がいらかをならべる埋立地の出島が浮かぶごとくに、やはり橋ひとつでつながっている。

南東をふりむけば、岡の高みに丸山町、寄合町の遊廓《ゆうかく》のいらかのきそうのが望め、その西に大徳寺の森、唐人屋敷、そして港が眼下に一望できて花見客で賑《にぎ》わう梅ヶ崎の台地がつらなっている。

才助は赤、白、紺の横縞《よこじま》三色のオランダ国旗のはためく出島の橋の前で立ち止まると、オランダ商人の姿が見える門内をのぞきこんでから、右手の船着場へと歩いた。西御役所のすぐ前が艀《はしけ》と小舟の着くひろい石段の船着場で、広場の左右に船番所と高札場があり、荷上げする人足や商人たちで賑わっている。その広場からさらに石段をのぼると、石垣と練塀《ねりべい》にかこまれた広壮な屋敷が西御役所である。千七百坪もの敷地に、十八棟の堅牢《けんろう》な建物群が潮風にそのいらかを古びさせている。

才助は石段をのぼりきると、「海軍伝習所」と筆太に書かれた大きな門札のさがる堅牢な長屋門に近づき、門番に藩名と名前を告げて、

「勝麟太郎さァに面晤《めんご》をねがいもす」

とたのんだ。

いまは第一期生と第二期生の交替の時機で、第二期生の才助ははやばやと長崎の薩摩藩邸に入って数日をすごしたが、第二期生の入所式などがいつあるのか、学生長として第二期も残留するときく、幕臣の勝を挨拶《あいさつ》がてら訪《たず》ねてきたのである。

待つほどに門番がもどってきて、玄関へ通るようにいった。よく磨きこまれたその表玄関に、目のするどい、小柄な男が立っていた。月代《さかやき》を剃《そ》らず、総髪をひっつめにすきあげて儒者まげに結っている。四年前、ペリー来航の年に亡くなった才助の父は儒者であったから、その髪型は見なれているけれども、侍が儒者まげというのはめずらしい。しかし、潮風になめされたような日焼けした肌で、小柄ながら武術で鍛えたらしい筋肉質の体軀《たいく》である。

このとき、勝はすでに三十五歳であった。

才助のほうは背がすらりと高く、くっきりとした目鼻立ちで額《ひたい》がひろく面長の、色白の好男子である。

その才助を一瞥《いちべつ》して勝は、挨拶をするでも受けるでもなく、

「薩藩の五代君か。まあ、こっちへおいでな」

と鼻先で小者でもあしらうように江戸弁でいった。そして、表玄関から招じ入れるのではなく、土間におりると草履《ぞうり》を突っかけて外に出て、さっさと歩き出していた。

勝は江戸っ子のくせにおよそ愛想というものがなく、倨傲《きょごう》な男だが、

（無礼な奴だ）

とは、才助は思わなかった。

薩摩士族は日ごろ出会うとき無言で会釈をかわす程度だが、才助も形どおりの挨拶などは嫌いで、しきたりにとらわれずに万事、合理的に行動するのを好んだ。それが高慢とも

とられ、ぼっけ者《もん》（無鉄砲な大胆者）の多い鹿児島で、理屈好きの変わり者とも、弁舌ばかりが立つ男とも、一部の者からは思われていたのである。

「五代君は剣術はやるかい？」

並んで歩き出した才助に勝はいきなりそうきいたが、返事を待たずに、

「薩摩の武士は示現流《じげんりゅう》の達者が多いそうだが、剣術なんてものは、これからの御時勢には役にたたんよ」

と口もとに皮肉な笑いをうかべて才助を見た。

幕臣の勝は才助を薩摩の田舎侍とさげすんでいるのではなく、この男は初対面の者に皮肉をいってその反応で人物を試す癖《へき》がある。

「藩校で習いもしたが、剣術はあんまい好きっじゃあいもさん」

才助はにこりと笑って答えた。勝に迎合したわけではなく、才助もこれからの時代は外国の技術をわがものとする才能を磨くことが肝要で、剣術は心身の鍛練にはなっても、外国との戦《いく》さにはさほど役立つものではないと思っていたからである。すると勝は、

「ほう、そうかい」

とぼけたふうに応じてから、

「おれは年少のころから江戸の男谷精一郎《おだにせいいちろう》先生の道場でお面お小手と稽古《けいこ》をつんだものさ。十五歳で〈目録〉、十九歳で〈免許〉をとったね」

と早口にしゃべった。

　このころの才助は共通語を話せなかったから聞き役にまわるほかはなく、せわしなげな江戸弁も聞きなれていないが、男谷精一郎といえば、鹿児島にも剣名のきこえた直心影流《じきしんかげ》の剣客である。

「ところが、剣術はやめたのさ」

　他人事のように勝はいい、言葉をついだ。

「この九州の豊前中津から江戸に出て男谷道場に入門した島田虎之助さんが、浅草新堀に道場をひらいたので、おれもそこに移って稽古をつづけたんだが、島田さんがいうんだ。『剣はいくら上達しても個人技にすぎぬ。これからは集団戦の西洋兵学を学ばねばなるまい。それには蘭学をやりなさい』と」

　そう話しながら勝が才助を案内したのは、広い構内の一廓のお長屋であった。その一室を勝は執務室として使っていて、書籍や書類などが積みあげられていた。

　勝は畳にすわると、かたわらのぶ厚い蘭書を才助の前にぽんと投げ出すように置いて、

「この《ヅーフ・ハルマ（Doeff Halma）》は」

と流暢《りゆうちよう》に蘭語を発音して、

「五十八巻をすべておれが筆写したんだ。それも一年かかって二部もだ。蘭語の勉学に五十八巻もの辞書を二冊も写しとった者は、世界ひろしといえども、この勝麟太郎のほかには古今東西いないだろうよ」

　そう自慢して、かつての剣客にしては甲高い笑い声をあげた。

蘭和辞書『Doeff Halma』は、オランダ人フランソワ・ハルマの編纂《へんさん》した『蘭仏辞書』をもとにヘンデレキ・ヅーフが『蘭和辞書』として編纂したもので、長崎の通詞十余人が二十年もかかって完成した労作であった。

蘭学を学んだ勝は、江戸の赤坂田町に蘭学塾をひらくまでになり、長崎にきている現在もその塾は開いていて、塾頭に任せているという。

「この海軍伝習所はすべてオランダ語で授業がなされるから、オランダ語ができないと難渋するぜ。おれはだれよりも得意なんだが、五代君、君はどうだね？」

「ひと通りは」

「それなら結構。おれが学生長として二期目も残ったのは、一期生の全員が永井総督と江戸へ帰ってしまっては、オランダの教官も新しく来ることゆえ、二期生に引きつぐ練れた者がいなくて何かと交替に齟齬《そご》をきたすからだ。永井総督に頼まれてやむなく残ることにしたのさ」

第二期は日本側の総督もオランダ人教師団長も交替して、近日中に江戸から二代目総督として木村図書頭喜毅《ずしよのかみよしたけ》が赴任すること、二代目教師団長にはカッテンディーケという海軍軍人がオランダから来ることを勝は話し、第二期生も第一期生同様にこのお長屋に寄宿することになるから、第一期生が帰ったら他の薩摩藩伝習生とともに移ってくるようにといった。

そして、伝習生が心得るべきことまで教えてくれた。

（面倒見がよか男じゃ）

才助は、はじめて出会った幕臣の勝麟太郎に好感をもっただけではなく、

（世間並《ぜけんな》みん幕臣じゃあいめ）

と直感した。

もっとも、勝という男は、かれの並みはずれた才能に惚《ほ》れこむ者と、その倨傲な態度を嫌う者とにわかれるが、才助は自分に似たものを勝に感じ、若いながら人を見る目をもっていた。勝のほうも人物眼にすぐれた男で、才助に好意的だったのは、才助を新時代に必要な薩摩武士と見抜いたからである。

もっとも、自己の才能や地位などをはぐらかす勝は、初対面の才助に話さなかったことが幾つかあった。

幕臣とはいえ、御家人という下士階級の上に父の代から小普請組（無役）で、幼いころから貧窮をきわめたこの男は、門閥で高位にある者を嫌い軽侮する気持を捨てきれなかった。才助はその高位の者ではないが、学生長として先輩で年長の勝は、薩摩の若い新入生に自分のよいところだけを見せた。

勝が年少のころに剣客を志したのは、家計の貧しさから脱するためであったし、武術から蘭学に転じたのも、島田虎之助の忠告があったとはいえ、蘭学塾をひらいて貧窮から脱するためであった。『ヅーフ・ハルマ』の筆写については、この物語に登場する松木弘安《こうあん》も写しとったから、さして自慢にはならないが、勝が二部まで筆写したのは、一部を三十

両で売って、貸借料、筆墨代と生活費にあてるためであった。そして、第二期生として残留したのは、オランダ側からの申し入れもあって新旧の連絡係になるためではあったが、オランダ語は抜群にうまかったものの数学が大の苦手で、肝心の海軍の学科の成績はあまりよくなかった。そこで教授方に選ばれず、総督の永井は勝の処遇に頭を悩ませていたらしい。勝はオランダ留学も頼んでいたが、勝の成績ではこれも実現しそうになく、勝の人物に惚れこむ永井が海軍伝習所のために残留するよう頼んだのが実情であった。

――なァに、残留した理由はまだあるさ。

と勝自身、肩をすくめるようにしていうであろう。

――女さ、と。

勝には江戸に妻子があったが、この長崎に梶玖磨《かじくま》という愛人がいたので帰りたくなかったのである。

その勝は、最後にこの男としてはめずらしく言葉をあらためてこういった。

「貴殿の藩主島津斉彬侯は、稀《まれ》にみる英邁《えいまい》にして非凡なお方ですな。わが国ではじめて洋式軍艦を建造なさり、一昨年には、これまたお国第一号の蒸気船を江戸湾でおつくりなされた。いまだお目通りの栄によくしておらぬが、ぜひお会いしたいものです。貴殿が羨《うらや》ましい」

勝が感服するとおり、斉彬は世子時代に江戸にいたころから江戸と鹿児島で蒸気機関の研究までさせていて、安政二年七月に江戸で蒸気機関の製作に成功し、鹿児島から回航した船にとりつけて江戸湾で試運転をおこなって、雲行丸《うんこうまる》と命名した。小船ではあったが、国産第一号の蒸気船だったのである。

三

長崎の町は坂が多い。

三方を山にかこまれ、その山麓《さんろく》にたたみこまれるように町筋の縦横にはしる市街がひろがり、どの坂からも西にひらける海と港が見えた。港は渓谷のように海が深く入れこんだ入江の奥にあるので、波静かな天然の良港である。

海軍伝習所の第二期が開始されるのを待つ間、街の南東の高台にある丸山遊廓に他の藩士同期生と遊んだ五代才助は、その行き帰りにも坂から眺める港の風景を好んだ。三色旗のはためくオランダ屋敷の建ちならぶ出島や唐人屋敷や入江に停泊する外国船などを見なれても、

——ここは異国ではあるまいか。

と美酒に酔うような快い錯覚にとらわれ、はるか西欧《ヨーロッパ》諸国へ渡海したい思いが募ってくる。そして、生まれ育った鹿児島のわが家のすぐ前の坂を思い出していた。

長崎が西に海がひらけているのに対して、鹿児島の城下町は東に錦江湾《きんこうわん》がひらけ、火山灰で大気がけむらないかぎり、噴煙をあげる雄大な桜島が目前に望める。

才助の家は城山の山中の城ヶ谷《じょうがたに》にあった。北に山を背負い、道の南にも山があるが、五

百坪ほどの屋敷内と門前の坂道から、東に錦江湾と対岸の桜島が見えた。

才助は年少のころから、そして鶴丸《つるまる》城の大手にある藩校造士館にかようようになってからはとくに、屋敷の前の坂を下りながら昇る朝日をながめるのが好きであった。太陽は冬のうちは桜島の右すそから、夏になると桜島の頂上ちかくから昇り、ある日、まさに頂上から御来光が射すごとくに姿をあらわす。その荘厳な美しさに、思わず、

「チェストーッ」

と薩摩武術の気合を胸のうちで発していた。

五代才助（のちの友厚《ともあつ》）は、天保六（一八三五）年十二月二十六日、薩摩国鹿児島郡城ヶ谷の五代家の二男として生まれた。幼名を徳助といった。

五代家の一族は、家格も禄高《ろくだか》も高い方（戦国時代、五代小左衛門友泰は四百八十石、五代舎人《とねり》友安は三百七十七石、五代三左衛門は二百十四石）の城下士（上士）で、小田原攻め、朝鮮の役、関ヶ原の役などで手柄をたてた武勇の家柄である。薩摩士族は二階級あって、城下士と郷士があった。

父の直左衛門秀堯《ひでたか》は、藩の儒者として令名が高かった。斉彬《なりあきら》の父の二十七代当主島津斉興《なりおき》の命で、薩摩、大隅、日向の地理・歴史・物産などを誌《しる》した『三国名勝図会』を編集し、前任者没後は編集総裁となって完成させた。漢学の造詣ふかく、仏書にも通じ、号を五峰、または乾坤《けんこん》独歩学と称した。

この父には逸話が多い。

　頼山陽《らいさんよう》が来薩して訪《おとの》うたとき、山陽の鼻をあかそうと書庫より仏書をとりだして講義し、仏書に疎《うと》い山陽を呆然《ぼうぜん》とさせたという。また、「武士は文武両道の心得が必要なり。武の仕合も致そう」と槍《やり》をもって庭に降り立って山陽を仰天させたともいう。

　兄の徳夫は父のあとをついで漢学者になったが、奇人で、これまた逸話が多い。往来をまんなかしか歩かないので葬式の行列といきあって双方がゆずらず、徳夫が杖《つえ》をふりあげて行列を追い払ったとか、維新後、断髪令がでても終生ちょんまげを結っていたとか、父に輪をかけた武骨一徹な薩摩人であった。

　母のやす子は本田氏の娘で、島津家の乳母をもつとめ、女傑として知られていたが、才助は剛直な父には似ず、争いを好まず、直感にすぐれ、物事を理に応じて考える母の血を多く受けついだといえるであろう。

　そして、他藩にはない、薩摩藩独自の郷中教育が才助の資質を磨いた。

　鹿児島の城下士は三十三の郷中にわけられており、才助の生まれた五代家は城ヶ谷郷中に属していた。郷中は、おなじ区域の青少年《へこにせ》があつまって、たがいに胸襟をひらいて議論し、文を練り武を鍛え、薩摩武士の子弟としての鍛練にはげむ教育の場である。

　郷中の成員は、稚児《ちご》、二才《にせ》、長老からなり、稚児は六、七歳から十歳までを小稚児、十一歳から十四、五歳を長稚児、十五、六歳から二十四、五歳を二才、それ以上の先輩が長老で、長稚児は小稚児の面倒をみてやり、長稚児のなかから稚児頭が選ばれた。十四、五歳で前髪をとって元服した青年を二才といい、二才には二才頭がいて、二才同士はたがいに切磋琢磨《せっさたくま》し、二才頭を中心に郷中の万事について熟議して処理し、処理しきれない場合にのみ長老に相談した。

郷中は、年上の者が年下の者の面倒をみ、文武を教えていく教育組織である。

なかでも、武士の心得を問答したり、物事について議論をかさねたりする「詮議《せんぎ》」とよばれるものは、のちに福沢諭吉《ふくざわゆきち》が「討論」と翻訳した英語の「debate」にあたるといってよい。

薩摩士族の議論好きはこの教育からきているであろう。たとえば、「親の敵討《かたきうち》で諸国をたずね、海上で難風にあってどうにもならないとき、助け舟がきたのでよく見ると、それが親の敵である。この場合、いかにするや」との設問の詮議で、郷中に入ったばかりの六歳の小稚児であった才助は、「助けてもらった礼を厚くのべたのち、親の敵であるから覚悟せよといって迷わず討ち果す」と、涼しげな顔で答えた。「詮議」にはいちおう模範解答があるのだが、才助は他の稚児が考えも及ばぬ回答をして、先輩の二才をおどろかせもした。

西郷隆盛や大久保利通は、下級武士の武家屋敷が建ちならぶ甲突《こうつき》川ほとりの加治屋町《かじやまち》に住んでいたので加治屋の郷中に属したが、才助がだれよりも尊敬して終生深いまじわりをすることになる大久保利通は、十九歳のときの日記に、いかに郷中生活が親密で有意義であったかを誌している。

才助は、十二歳からは藩校造士館で学んだ。造士館でも「詮議」が盛んであった。しかし、争論に敗れそうになると腕力をふるう者もいたので、そういうとき才助は冷静に理路整然と争論にくわわって争いをおさめた。そこで、争論が腕力沙汰《ざた》になろうとすると、才助が呼ばれて仲裁役をつとめることが多かった。

才助の雄弁は、藩校でいっそうきたえられた。しかし、造士館からの帰路、御目付の従者が才助をけなしたときは、その者の襟をつかんで投げとばしたので、停学の罰をうけたこともあった。父に似た剛毅な性《さが》はそなえていたのである。

藩主になる四年前の島津斉彬が、長崎でオランダ人から入手したドイツ製の世界地図帳『HAND－ATLAS《ハントアトラス》』の世界全図を模写したいといったとき、まっさきに名乗りをあげたのは才助の父の秀堯であった。秀堯はこの模写の大役を、十四歳の才助にまかせた。というより、ぜひ才助にやらせたかったのである。

この世界地図帳は、縦三四センチ、横四二センチで、全五十九図、一八二三年版。製作者は、C・G・ライヒャルトとアドルフ・シュティーラーである。

才助はくいいるように見入った。

まず、世界全図。極東のわが国は地図の東の隅にあるとばかり思って右端をさがしたが、そこには日本らしい国の形はなく、なんと地図の中央に「Japan《ヤーパン》」として蝦夷《えぞ》地・本州・四国・九州の日本列島が小さく弓なりに描かれているではないか。東が「GROSSER OCEAN」と記された太平洋、そのはるか東に南北アメリカ大陸、そして日本列島の西に海をはさんで広大なシナ大陸、その西方へと視線を移せば、「EUROPA」と記された地域にオランダ国などの西欧諸国があり、さらに西の海上に小さく描かれた島々に「BRITTISCHE INSELN」と記されていて、そこがイギリスである。その下方にある大きな大陸には「AFRICA」とあり、その西の大西洋の先に南北アメリカ大陸が描かれていて、よくながめれば地図の右端つまり東の端にもイギリスなど西欧諸国とアフリカの一部がまた描かれているのである。

このころオランダ語の勉強をはじめていて、ドイツ語は解さないけれどもローマ字も読めた才助は、地図に記されている横文字をそれなりに読むことができた。

ローマ字といえば、斉彬の曾祖父《そうそふ》の二十五代当主重豪《しげひで》は、歴代のオランダ商館長と親しくしたので「蘭癖大名《らんぺきだいみょう》」といわれたくらいで、ローマ字を読み、斉彬にいたってはローマ字の日記さえつけていた。

次に才助は頁《ページ》をくって、大きく「ASIA」と記された地図を見た。一八二一年版のアジア全図で、日本列島の本州には「NIPON」と記され、江戸のところには「Jeddo」とあり、四国には「Sikokf」、九州には「Kiusiu」と書かれていて、鹿児島の地名はないけれども、錦江湾がほぼ正確に描かれている。

半球の図では、アフリカ大陸が巨大に描かれ、それにくらべてヨーロッパ諸国や日本が豆粒を並べたように小さいので、才助はおどろいた。

——世界は本当《まこ》ちこげんか。

その日から才助は、寝る間もおしんで世界地図帳に見入り、そのとりこになって模写に没頭した。

十数日で二枚を仕上げた。父がみごとな出来栄えだと褒《ほ》めてくれた。一枚を斉彬侯に献じ、許しをえて一枚をおのれの部屋に掲げた。

――世界に版図《はんと》をひろげた大英帝国ちいう国は、恐るべき国でごわンそ。

毎日、世界地図をながめて、日本同様に小国のイギリスに才助は注目し、その国力に感銘をうけた。

才助は模写した世界全図と地図帳にあった半球の地図を参考に、直径二尺余の球をつくって絹を張り、これに世界全図を臨写して大地球儀をつくった。これに見入って、世界各国の位置を正確に理解し、航路を測って楽しみ、それぞれの国のありように考えをめぐらしてあきることがなかった。

「才助」の名は、その才能に感じいった斉彬がこのころに命名したのである。

四

五代才助が長崎にきて月がかわった三月一日、海軍伝習所第一期生の卒業式典が伝習所の大広間でおこなわれた。

これに先だって、総督永井玄蕃頭《げんばのかみ》尚志は、江戸に帰る卒業生全員をともなって出島を訪れ、ドンケル・クルチウス弁務官とペルス・ライケン教師団長以下オランダ教師たちにこれまでの教育に対する謝意をのべて別れを告げた。そして、永井総督からライケンにみごとな造りの太刀一振りと、伝習生から教師たちに贈物が贈呈された。

この出島での式に才助は出られなかったが、そのあとに伝習所でひらかれた式典には他の二期生とともに出席した。

おだやかな表情の永井玄蕃頭は、言葉短かに海軍伝習所がわが国海軍創設の礎《いしずえ》であることを述べたあと、

「第一期卒業生のみによる観光丸の江戸への練習航海が、まことに楽しみじゃ」

と、少しも力むふうもなくさわやかにいい、微笑をうかべて一同を見まわした。

——よか笑顔じゃ。

才助は思わず顔がほころんだ。

幕府の能吏は、気骨というものをごく品のいいさりげない表情にあらわすものか、と思ったのである。そして、次の総督として赴任してくるという木村図書頭がどのような人物なのかを思い、永井総督の下で勉学できなかったのを少し残念に思った。

永井尚志は、色白でおだやかな外貌に似あわず、気骨ある能吏にちがいなかった。江戸に帰ると、築地に新設された軍艦操練所の所長となり、その年、勘定奉行に転じるのだが、のちに井伊直弼《なおすけ》が大老に就任したときはこれに反対したので軍艦奉行を免職、家禄を奪われて隠居差控の処罰をうけるのである。その後、復活し、若年寄に抜擢《ばってき》されるが、幕府が瓦《が》解《かい》して江戸が開城されると、榎本武揚《えのもとたけあき》とともに蝦夷地に奔《はし》って官軍に抗する骨っぽさを示した。先輩格の川路聖謨《としあきら》が江戸開城の日に脇差とピストルで時代のかけ橋のごとき自殺

をとげたのに対して、あくまで幕臣の意地を通した。

その永井は、三日後の三月四日早朝、艦長矢田堀景蔵以下水夫・火夫にいたるまですべて第一期卒業生を乗組員とする伝習所練習艦観光丸で、江戸にむけて出航した。

才助は海軍伝習所前の波止場から、勝麟太郎ら第一期生の残留組や新入の諸藩の第二期生とともに見送った。ペルス・ライケン教師団長とオランダ人教師たちは、出島の望楼に並んで手を振っていた。

この年正月六日に、永井尚志が幕府の意向として、総督と優秀な卒業生が観光丸に乗組んでオランダ人教師団のまったくの援助なしに、三月上旬に江戸へ航海するとペルス・ライケンに告げたとき、ライケンはおどろき、予定の授業がもう少しで終わろうというのに第一期伝習生のほとんどがそれを修了せずに江戸に帰るのは惜しいと、永井総督に翻意をもとめた。しかし、江戸の意向は変わらなかった。そこで、ライケンはせめてもの餞《はなむけ》に、観光丸の船体などの清掃と補修を教師団の手で急ぎおこなわせたという。

――ライケンというオランダ軍人は、見あげた人物でごわンそ。

煙突から黒煙をあげて出航してゆく観光丸をきびしい表情で見送っているオランダ海軍将校の制服に身をつつんだ大柄なライケンを、才助はあおぎ見てそう思った。

やがて沖へとすすんだ観光丸は、蒸気機関の増減速や前後進切り替えなどの操作の実演を鮮やかにやってみせた。「おうッ」と見送る者から歓声のどよめきがおこり、望遠鏡でながめているライケンの顔に満足の笑みが刷《は》かれた。

観光丸はライケンの忠告にしたがって外洋航路はとらずに瀬戸内を通り、途中寄港しながら、二十三日間の航海で無事に江戸湾品川沖に着いた。日本人乗組員だけでの、蒸気帆船長途の初航海であった。

観光丸が長崎を出航した翌三月五日から、第一期生残留組と第二期伝習生の授業がはじまった。観光丸の出航で、オランダに注文している練習艦が届くまで練習艦による実習ができないので、座学中心の授業であった。

才助は他の二期生とともに、まず蘭語、数学、地理学などの基礎学を学んだ。

やがて木村図書頭喜毅《ずしょのかみよしたけ》が長崎目付兼海軍伝習所総督として江戸から着任し、待望の練習艦の一隻ヤパン号がはるばるオランダから長崎港に到着したのは、その年安政四年八月四日の夜、五ツ半（午後九時）であった。が、なんらの前触れもなく、だれもヤパン号の入港とは知らない。

突然、暗闇の湾内から二発の砲声が轟《とどろ》いた。

「何事《ないごつ》じゃっと？」

この夜、他の薩藩伝習生とともに丸山遊廓の花月楼にくりこんでいた才助は、なじみになった妓《ぎ》の白粉《おしろい》くさい汗ばむ胸に顔をうずめてまどろんでいたが、屋鳴りをともなう大砲のひびきに目を覚ました。

おどろいて目をひらいた遊女は起きあがって怯《おび》えている。これまで外国船の入出港には礼砲が放たれたが、それはいつも昼間で、こんな夜遅くはないという。楼内ばかりか外も騒がしい。

才助は廊下に出てみた。妓の肩に手をまわして、外をのぞいているくわえ煙管《きせる》の侍と顔があった。

「お前《まん》さァ、医師の松本さァ……」

二期生の医師として江戸からきている幕臣の松本良順《りようじゆん》である。良順の方も才助を知っていて、ばつが悪そうに、

「大事なれば、すぐにも伝習所へもどらぬでよろしかろうかのう？」

といった。

二人は身を乗り出して、暗闇の湾を見おろした。

ここ丸山町と寄合町を長崎人はまとめて「やま」と呼び、石段の多い高台の石畳の道の両側に妓楼が数十軒も建ちならんでいて、中でも花月楼は唐風と蘭風のつくりで知られる大楼である。山側には石を積み、泉水をめぐらした豪華な庭園があり、海側からは長崎の街と湾内が一望できる。

ちらちらと明かりのともっているのが出島で、その沖の小さな灯は外国船であろうか。そう思ってながめていると、港をかこむ数ヵ所の台場と山々の見張所という見張所にいっせいに篝火《かがりび》が焚《た》かれた。

「さすが、備えは万全ですな」

と良順が安堵《あんど》したようにいい、才助も、

「話にゃきいちょっどん、良か事《こつ》でごわす」

と笑顔になった。

才助たちが花月楼で妓と同衾《どうきん》の夢を破られ、長崎中の人びとがおどろき、台場や見張所の役人がいっせいに篝火を焚いて備えをかためたこの二発の砲声は、入港したヤパン号からの到着の合図だったのである。

ヤパン号は排水量六二五トン、蒸気機関一〇〇馬力、全長五〇メートル、備砲十二門、三本マストのスクリュー推進の機帆船で、新鋭艦であった。

いろいろの手違いから完成が遅れたが、洋暦三月二十六日にオランダの軍港へレフートスロイを出航し、イギリス海峡を通ってポルトガルのリスボンに寄港し、喜望峰をまわって、ジャワ、マニラを経て、リスボン出航から九十七日目の夜、長崎港に錨《いかり》を下ろした。

三十七名の教師をつれてこの艦で来日した新教師団長のファン・カッテンディーケ海軍大尉は、二ヵ年におよぶ滞日中に書くことになる日記（『長崎海軍伝習所の日々』水田信利訳・東洋文庫）に、長崎到着をこう誌した。

——船から、暗闇の中で、二発の砲を放ち、到着を知らしたものだから、忽《たちま》ち市民の間に大騒ぎを起こした。これまで外国船が、夜中に湾中に来て投錨《とうびょう》するというようなことはなかった。しかるに私がこれを敢《あえ》てしたのは、つまりは、夜中には何事も起こらないと安心しきった気持ちでいるお人好《ひとよ》しの日本人の夢を、多少とも醒《さ》まさせようとの考えからであった。見る見るうちに、周囲の山の上に一面に火が点《つ》けられたが、それは実に見惚《みほ》れるばかりの美しい光景であった。

ほどなく大勢の供の者をひきつれた二人の奉行所役人がきてあれこれ質問したので、カッテンディーケは辟易《へきえき》するが、やっと休息をとって「翌朝暁の空が次第に明け渡るにつれて、絵を見るような光景が展開し」その美しさを「またとこの世界にあるまいと断言しても、あながち過褒《かほう》ではあるまい」と用心ぶかく誌した。

そしてかれは、港内に四隻のオランダ船と多数の日本の小舟があるほかに、ロシア船がいるのを見つける。このときロシア海軍提督プチャーチンが長崎に再航し、長崎奉行と追加条約に調印していたのである。

やがてカッテンディーケは出島に上陸し、出迎えていたペルス・ライケン中佐と久しぶりに再会した。

このときカッテンディーケは四十一歳、欧米人にしてはあまり大柄でない、中背中肉で、鼻下に髭《ひげ》をたくわえた、多少皮肉屋の紳士であった。かれものちに海軍大臣となり、外務大臣も歴任する人物である。

九月十五日、新教師団にいっさいの引きつぎが完成し、翌十六日朝、ペルス・ライケン以下旧教師団はオランダ商船アンナ・デフナ号で長崎をはなれた。港に停泊するオランダ商船が礼砲を放ち、才助ら第二期伝習生は小舟に乗って見送った。凪《なぎ》であったので、新教師団と残留伝習生が操船するヤパン号が伊王島の外まで曳航《えいこう》し、九発の礼砲を撃って曳《ひ》き綱を解き放った。

ヤパン号は、日本へ正式に引き渡されて、

「咸臨丸《かんりん》」

と命名され、練習艦による第二期の伝習が本格的にはじまるのである。

五

やがてこの国の歴史を大回転させる中心人物の一人になる勝麟太郎が、オランダ語は得意でも、数学が大の苦手であったように、他の伝習生も多くの者が航海術に必須の洋算が不得意であった。とくに幾何に苦労した。

才助はオランダ語を学んでいたものの、最初の授業でオランダ人教官の話す言葉を一言半句も耳にとらえることができずに、

(ほんに歯がいか)

と思いながらも、

(こいが、本当のオランダ語ちいうもンでごわんそ!)

と全身がふるえるほど感動した。

そして、目、髪、肌の色がちがうとはいえ、目の前にいる同じ人間の口にする言葉を理解できない不思議さと理不尽さに衝撃をうけ、日本人通辞の通訳に頼るほかはないのに、オランダ人教官の表情とその口が発する言葉に身をゆだねる新鮮な感動に陶酔した。

数学の方は、平面三角法や球面三角法などの洋算に目をひらかされる思いがして、幾何学がすっかりおもしろくなった。とくに幾何の証明問題を解くのは、

（なるほど、西欧人はかように物事の正しさを証明するもンでごわんそ）

とその明快な合理精神に強くひかれ、自分もそのように思考をはたらかせるのを好むのに気づいた。

伝習生は身分に応じて、士官、下士官、兵（水夫）にわかれて専攻の科があり、士官候補の才助は航海科に属した。航海科ではないが蒸気科に幕臣では一つ年下の榎本釜次郎《かまじろう》（武揚）がおり、かれも二期生だが一月からきていたので短期ながら一期生と一緒に学んでいて、才助より少し先輩であった。先輩といえば、航海科には二つ年下の佐賀藩士の中《なか》牟田《むた》倉之助がいた。

オランダ語も数学も得意で秀才然とした幕臣の榎本釜次郎を才助はあまり好きにはなれなかったが、中牟田倉之助と組んで咸臨丸艦上ではじめて六分儀の測定実習をしたときは、

「お前《まん》さァ、よか人ごわンすなァ」

と思わず倉之助の肩をたたかんばかりに声をあげていた。

このころの天文航法は、海上では太陽のみを観測した。動揺のはげしい帆船では星のような小さな天体は六分儀の望遠鏡の視界内にとらえるのが困難なので、太陽の高度を六分儀で測定して船の位置の経度・緯度を算出するこの古典的な天測法では、二人の航海士が組になって六分儀を扱った。

倉之助はすでに幾度かこの稽古をしていたので、才助に懇切に教えてくれたのである。その倉之助の博識と経験に才助は感心して、

「よろしゅ、頼んみゃげもンでなァ」

とぴょこりと頭をさげた。

薩人は平素愚鈍のごとくにかまえる者が多く、才助もそのひとりだが、まったく偉ぶるところがないばかりか相手の笑いをさそう諧謔味《かいぎゃく》をもっているので他藩の伝習生から、

「鹿児島《かごんま》の才助どん」

と親しみをこめて呼ばれるようになっていた。

中牟田倉之助は、剣の腕もたつ武骨な若者だが、頭のきれる男で、とくに洋式砲術に詳しかった。幕府の海軍伝習の開始にあたって佐賀藩主鍋島直正《なべしまなおまさ》は参加を強くねがいでてまっ先に許され、第一期生を四十八名も送りこんだのだが、その一期生に選ばれた倉之助は、主に砲術を学んでいったん帰国し、今年一月からふたたび長崎にきて第二期生として航海術を学んでいたのである。

「わが殿は」

と倉之助は藩主鍋島直正のことを誇らしげに語った。才助の主君島津斉彬とならんで西洋の技術をとりいれることにきわめて熱心な直正は、最新の砲の製造、軍艦の調達、造船造機の設備などに力をそそいでいた。幕府でさえ非常な努力をしたにもかかわらず鋳造砲をつくりえなかったのに、長崎の海防を福岡藩とともにまかされている佐賀藩は、鋳造砲

をつくって江戸湾の品川台場やここ長崎の港内外の台場に供給しているという。

「そればかりでなく、昨年、一五〇ポンド・カノン砲の製造にも成功しました」

と、倉之助はこれは秘密だと声を落として、しかし誇らしげに話した。

「一五〇ポンドのボム・カノン砲でごわすか」

才助は仰天した。ボム・カノン砲とは炸裂弾砲のことである。それまでの炸裂しない円球の弾丸とちがって、着弾すると炸裂する椎《しい》の実型の弾丸を撃ち出す砲は、時代遅れの青銅砲から鋳造砲に変わっていたが、鋳造砲の製造は品質の均一な大量の銑鉄《せんてつ》を溶かす反射炉が必要だった。薩摩藩では島津斉彬が洋式帆船や蒸気船の製造のつぎに大砲の製作に力をそそぎ、その技術では先をゆく佐賀藩から翻訳書などをゆずりうけて反射炉を建設し、銑鉄の溶解実験をさせていた。その反射炉や高炉などの工場群を「集成館」と名づけて努力していたのだが、鋳造砲の製作はいまだ成功せず、斉彬は、

——西洋人も人なり、佐賀人も人なり。

薩摩人もおなじく人なり。

退屈せずますます研究すべし。

と激励していたのである。

佐賀藩は鋳造砲の技術で先んじていただけではなかった。藩主鍋島直正は二年前の安政二（一八五五）年、長崎に入港したばかりのスームビング号（観光丸）をお微行《しのび》で視察して大いに気に入り、幕府の許しをえて咸臨丸とおなじスクリュー式コルベット艦一隻をオ

ランダに注文してもいた。その乗員を養成するために大勢の伝習生を第一期から送りこんでいたのである。

才助は伝習のあいまに、出島に出かけた。

出島は海軍伝習所のすぐ前の海に、さながら南蛮船のごとくに浮かぶ扇型の人工島で、幕府が寛永十一（一六三四）年に、ポルトガル人との貿易のために長崎商人に築かせた。その後、二百十余年の長い鎖国のあいだ、キリスト教の侵入を防ぎながら幕府が海外貿易の利を独りじめにしてきたのが、この小さな人工島である。

列強諸国と和親条約が結ばれて、出島のオランダ人は自由に長崎の町を歩けるようになり、日本人も出島へ入れるようになったのはついこの間からで、それまで出島に入る小橋のわきには、

一、傾城《けいせい》之外女入事

一、高野ひじり之外出家山伏入事

などと書かれた禁制五ヵ条の高札が立っていた。傾城とは丸山遊廓の遊女のことで、出島への出入りが許された遊女は〝オランダ行《こう》〟、唐人屋敷へいく遊女は〝唐人行〟と呼ばれていた。

小橋を渡ると、出島の黒塗りの門には番士が手もちぶさたに立っているだけで、才助は、

「おやっとさぁ（ご苦労さん）」

と声をかけて門を入った。

門から真直《まっすぐ》な道の左側は花畠《はなばたけ》で、見なれぬ外国の花が咲き乱れ、石の日時計が置かれている。そこを過ぎると両側に二階建ての建物が建ちならぶ辻《つじ》に出て、そこを右にゆくとカピタン部屋と呼ばれるオランダ商館長の執務室であり住居である二階建ての立派な建物のまえに出る。その先の広場の前はすぐ海で、荷揚場になっており、日本役人のいる検使部屋や日本商人の乙名《おとな》が詰めている乙名部屋などの建物がならんでいる。

辻の左にならぶ建物は海軍伝習所の教師団長カッテンディーケをはじめ教官たちの住居で、才助はことに親しくなった教官たちを訪ねて、オランダ語の会話学習がてら海外事情をきくのを好んだ。

なかでも航海科教官の二等士官ウイッヘルズとはうまが合って、最も親しくなった。

「昨年十月に清国でおきたアロー号事件は……」

ウイッヘルズは、第一次アヘン戦争についでまたも清国に戦争をしかけているイギリスの横暴に肩をすくめながら、こんどの第二次アヘン戦争のきっかけとなったこの事件について話してくれた。

「広州の珠江《しゅこう》に停泊中のアロー号を清国官憲が海賊容疑で臨検して、船員十二名を逮捕しました。するとイギリス政府は、臨検の際にイギリス国旗が清国官憲の手で引きおろされたのは女王陛下の大英帝国への侮辱だと抗議して、議会で清国への派兵を決定したのですが、この議案は最初、上院を通過しただけで下院では否決されてしまったいきさつがあるようです」

「イギリスには、女王陛下の下に上院と下院という二つの議会があるのですね」

かなりオランダ語会話に耳がなれ、しゃべれるようになった才助は、イギリスにもアメリカにも議会という国政の決定機関があることをすでに知っていたが、ウイッヘルズから、

「上院とは貴族たちが議員で、下院というのは税金を納めている商人や一般市民が選挙で選んだ議員で構成されています」

と説明され、貴族たちの上院の決定を商人たちの下院が否定できる政治のしくみにおどろき、新鮮な衝撃をうけた。

ウイッヘルズは、つづけてこう話した。

「イギリスのパーマストン首相は、清国への武力行使が下院で否決されたので、下院を解散して総選挙をおこない、戦争賛成の新しい議員によってようやく下院でも議案を通過させることに成功したのです」

第一次アヘン戦争のときも清国への遠征軍派遣は、下院で審議されたとき、グラッドストーン議員の反対演説で論議を呼び、わずか九票差で政府案が可決されたという。

アロー号事件を言いがかりとしたこんどの戦争では、イギリス政府はナポレオン三世治下のフランスに共同出兵をもちかけた。フランスは昨年に広西省でおきたフランス人宣教師が清国人に殺害された事件を理由に、イギリスの出兵要請をうけいれて清国へ艦隊を送った。こうしてこの年十二月（西洋暦）、英仏連合軍の艦隊が広州を占領して第二次アヘ

ン戦争が、長崎と東シナ海でつながる清国ではじまったのである。

才助は教師団長のカッテンディーケにも、この戦争について訊ねた。

「アメリカとロシアが参戦しないのはなぜです？」

「アメリカとロシアは清国市場への進出に出遅れました。やはり出遅れていたフランスは、慌てて参戦を決めたのでしょうが、アメリカとロシアは、清国をイギリスとフランスにまかせて、この日本をねらっているのです」

「では、イギリスやフランスのように理由をみつけて、日本に戦争をしかけてくることはありますね？」

「そうです、特にアメリカとイギリスには気をつけねばいけません。これまで永いあいだお国と友誼《ゆうぎ》を結んできたのは、わがオランダ国だけですよ」

そういうとカッテンディーケは、才助の手を握って、

「アメリカやイギリスにあなどられないためにも、一日も早く日本の海軍を創設しなければなりません」

といい、前任者ペルス・ライケンが日本語をひとつも覚えようとしなかったのに、来日前にホフマン博士から日本語を習っていたかれはかなり流暢になった日本語でいいそえた。

「ドウカ、一所懸命ニ勉強シテクダサイ、五代サン」

才助も日本海軍創設のために努力を怠るまいと思う。しかし、強い興味と関心は、毎日学んでいる航海術や船の運用術や蒸気機関のしくみなどよりむしろ、アメリカ、イギリス

軍艦の砲の威力であり、そうした強力な艦隊を他国への市場進出のために遠征させる、イギリスという国の政治と商業のしくみであった。

鹿児島

一

五代才助たち第二期伝習生が練習艦咸臨《かんりん》丸で、長崎港を出て近海を巡航する本格的な乗艦実習に入ったのは、年が明けた安政五（一八五八）年の春からであった。

才助、二十四歳である。

第一回は、二月十六日から五日間、五島経由で対馬《つしま》方面へ巡航した。この練習航海には海軍伝習所総督の木村図書頭喜毅《ずしよのかみよしたけ》も乗船し、才助も参加したが、学生長の勝麟太郎は船に乗ろうともしなかった。

「おれは船酔いしやすいから、遠慮しておく」

そういって憚《はばか》らない勝は、観光丸での乗船実習でひどい船酔いをして以来、ほとんど乗船しないのである。

才助もこのはじめての航海では船酔いに閉口したが、帰途はかなり楽になって、馴《な》れるしかないと思った。

機帆船は、港の付近や内海では蒸気機関で機走し、外洋では主に帆走する。天候にめぐまれ、第一回の実習航海はまずまずの成功であった。

教師団長のカッテンディーケは、

「次は九州一周の実習航海をする」

と発表した。

来日間もなくの日記に、

――私の信ずるところによれば、いわゆる海軍軍人に仕立てられるこれらの生徒の大部分は、ただ江戸に帰ってから立身出世するための足場として、この海軍教育を選んだにすぎないのだ。

と誌《しる》して、旗本出身の幕府伝習生の多くをそのように観察していたカッテンディーケは、伝習生の士官も下士官も水兵も実際の航海の場数をふむことこそ大切だと考えていた。

その第二回実習航海が発表された日、才助は勝に呼ばれた。勝の執務室には円卓と椅子が備えられていて、才助が入っていくと勝は椅子をすすめ、

「五代君、こんどの航海はおれが艦長でいくよ」

と、鋭い目をいたずらっぽく光らせていった。

「船酔いは大丈夫でごわすか」

「なァに、酒の酔いにでもごまかすさ。艦長を伊沢君ごときにまかせてはおけまいよ」

艦長は第二期生の伊沢謹吾だと才助もきいていたので、おやおやと思った。船酔いに弱

く実習航海のきらいな勝がみずから出ばるのは、なにか魂胆があるにちがいない。案の定、勝はまずこう話した。

「木村総督もおれの船酔いを案じてくれるが、おれが乗船する以上、艦長役はこの勝麟太郎に決まってるじゃないか」

「木村総督が勝さんに命じられたとでごわすか」

「ねじこんでやったのさ。木村さんは育ちがいいから、実《じつ》をとらずに身分や格式を重んじる。人格円満なお人だが、そこがどうしようもない欠点だ。それにまだ若いから、おれのような苦労人がなにかと支えてやらねばなるまい」

木村家は代々浜御殿奉行で、図書頭は身分でははるかに勝の上だが、年齢は七歳年下である。かれは三年前、二十六歳で西丸目付に抜擢《ばってき》され、二十八歳で長崎目付として海軍伝習所総督となり、勝の上司となった。勝としては愉快な人事ではなかったが、図書頭の方も一期生から残留して伝習所の主ともいえる勝に遠慮していた。

その若い木村総督は、勝と同格の地位で親の七光りのある伊沢謹吾を艦長に任命したのだが、勝からねじこまれて、

「貴殿を艦長に任命いたしましょう。しかしながら、すでに伊沢にも申しつけましたゆえ、二人艦長ということで、ご了解いただきたい」

と言葉も丁寧に応じ、勝は二人艦長なら一期生の自分が当然伊沢の上位だと認めさせて諒承《りょうしょう》した。

この温厚な木村総督と比較して勝のことを、カッテンディーケは次のように日記に誌した。

――海軍伝習所長は、オランダ語を一語も解しなかった。それに引き替え艦長役の勝氏は、オランダ語をよく解し、性格も至って穏やかで、明朗で親切でもあったから、皆同氏に非常な信頼を寄せていた。それ故、どのような難問題でも、彼が中に入ってくればオランダ人も納得した。しかし私をして言わしめれば、彼は万事すこぶる怜悧《れいり》であって、どんな工合にあしらえば、我々を最も満足させ得るかを直《す》ぐ見抜いてしまったのである。すなわち我々のお人好しを煽《おだ》て上げるという方法を発見したのである。

才助も勝をそのように観察し、機略家と見ていたが、勝は才助へ何気ないふうに言葉をついだ。

「今度の九州一周の実習航海は、まず平戸に寄り、博多沖をまわって馬関海峡を通過し、豊後水道を南下して五代君の薩摩国までいく予定だ」

「ほう、俺《おい》の薩摩にも……」

「その前に長州の下関に寄港するつもりだが」

勝はにやりとした。

咸臨丸は幕府の軍艦である。それも日本にある唯一の最新鋭の蒸気帆船である。すでに木村総督が幕府に上申して、他藩の領地に寄港する許可をとっているというが、寄港される藩がそれを受け入れるとはかぎらない。ことに薩摩藩は外部からの侵入にきびしく、幕府がひそかに藩の実情探索におくりこむ隠密《おんみつ》を国境《くにざかい》で抹殺してきた。その薩摩藩は長崎情報を重視して長崎に藩邸をかまえて海外情報を吸いあげ、こんどは海軍伝習所に才助ら伝習生をおくりこんでいるが、幕府の伝習艦が藩内の港に立ち寄るとなれば、どのように対応するであろう。

才助がとっさに思い浮かべたのは、最新鋭のオランダ製機帆軍艦咸臨丸をだれよりも見たいと思い乗船を強く願っているであろう藩主島津斉彬《なりあきら》のすずやかな顔と、旧態依然とした祖法を墨守《ぼくしゅ》しようと努めている家老どもの皺顔《しわがお》であった。才助は海軍伝習所の情報を長崎藩邸を通じて逐一、斉彬側近の一人にひそかに伝えていたのである。

勝は才助の胸のうちをさぐるかのように、

「君の薩摩に寄港するとしたら、いずこの港がいいでしょうな？」

と、とぼけたように首をかしげてみせた。

「山川港《やまかわ》でごわす」

才助はしばし考えて答えた。山川港は錦江湾の入口、薩摩半島のほぼ先端にあり、指宿《いぶすき》に近く、鹿児島城下まではおよそ一三里（約五〇キロ）である。

勝はかたわらの地図に目をやり、

「島津侯にお目通りを願いたいものだが……」

と独り言をいい、「いや、かなうわけがあるまい」とつぶやいて首を振った。

才助は黙っていたが、機略家の勝がこんどの九州一周実習にみずから申し出て艦長として参加したのは、いくつかの魂胆があり、わざわざ自分を呼んで薩摩行きの予定を話したのは、それとなく藩侯に伝えてほしいからだと直感した。しかし、才助は鈍《どん》をよそおって、

「出港はいつでごわすか」

と別のことのように訊《たず》ねた。

「十日後、三月八日の予定だが……」

「山川港まで五日はかかいもすね」

「途中の停泊にもよるが……」

「ところで、俺《おい》は参加できもんどかい？」

「むろんだよ。それとも、船酔いでいやかい？」

「いいや。久しかぶいに鹿児島《かごんま》の風ばあびたかごわンで」

才助はそういって笑った。


九州一周実習航海は、予定通り三月八日朝、長崎港を出港した。

総督の木村図書頭は参加せず、艦長勝麟太郎と伊沢謹吾以下士官、下士官、水兵の日本人伝習生百二十名と教師団長カッテンディーケ以下オランダ人教官十九名、総勢百三十九名という咸臨丸定員ぎりぎりの大人数である。

薩摩藩伝習生からは、才助のほかに機関科の成田彦十郎と加治木清之丞が参加した。幕府伝習生の中には榎本釜次郎もいて、医師の松本良順もオランダ軍医士官のポンペ・ファ

ン・メーデルフォールトとともに乗艦した。良順は幕府から派遣された伝習所の軍医の一人だが、カッテンディーケとともに来日したポンペを師とあおいで伝習所内に医学塾も開講し、すでに四十人もの日本人医学生をあつめていた。

今回の実習航海参加者のなかで、カッテンディーケから嫌われたのは、幕臣の二人の小《こ》人《びと》目付、高松彦三郎と宮崎寛《かち》三郎であった。「目付」は幕吏を監視する役柄で、木村図書頭も目付だが、その下僚に徒目付と小人目付がいて、伝習所内には小人目付が常駐している。伝習所の講義のときはこの小人目付の一人がつねに監視しているので、オランダ人教師たちには気味のわるい不愉快な存在であった。

咸臨丸は、まず平戸に寄港したあと北九州の沖合を順調に航海して馬関海峡に近づいた。といっても艦長の勝は、出航の号令をかけたきりほとんど船室にこもっていて、外洋に出てからの展帆、縮帆、畳帆などの帆走上の指示は伊沢艦長が判断して命じ、カッテンディーケと航海士のウイッペルズ士官や掌帆長のデ・ラッペル下士官が伊沢の判断にうなずいたりしていたのである。

ところが馬関海峡に近づいた朝、勝が甲板に出てしきりに望遠鏡をのぞいている。海峡での操艦は艦長の腕のみせどころだ。いよいよ勝が指令を出すのだろうと、こんどの航海では船酔いしない才助は期待してかたわらに近づいた。

「おお、五代君か」

船酔いで寝不足らしい充血した目で勝は才助を見て、

「艦長《カピタン》なんてものは、こまかい指示は下の者にまかせておけばいい。大事な判断だけをするのが艦長というものだ」

と、強がりをいったが、

「いよいよ、長州だな。この幕府の黒船を過激な攘夷家《じょういか》が見たら頭に血がのぼるぜ、五代君」

そういって、例の甲高い笑い声をあげた。そして、操艦を伊沢とカッテンディーケらにまかせたまま、まるで玩具をあたえられた童子のように望遠鏡をのぞきこんで、長州の陸地をながめている。

(なるほど、この練習航海は、幕府の唯一の黒船である咸臨丸の雄姿を諸藩に見せる示威の行為でんあっとか)

勝の魂胆のひとつがそれだと気づいて才助は、十二歳年上の勝麟太郎という幕臣が船乗りの資質には欠けているかわりに、大局を見通す人並みすぐれた異才の持主であり、その人間のおもしろさとすごさに、そばに立っている自分までがわくわくしてくるのを感じた。

ペリー来航以来、この国は攘夷論が沸き立って、国論は大方の攘夷派と少数の開国派にわかれている。幕府はやむなく列強諸国と和親条約を結んだが、その弱腰外交を非難する声は野にみち、幕府の力のおとろえはどうしようもない。それを胆《きも》に銘じている幕臣の勝は、わが国で唯一の黒船である幕府所有の軍艦を乗りまわすことで、幕府の威勢をしめし、諸藩の反応をみようとしているのではないか。薩摩藩にしても開明派の藩主をいただきながらも藩論は洋夷討つべしとの攘夷論が大半をしめている。オランダ海軍の将兵を師とする幕府の海軍練習艦が予告もなく寄港すれば、どのような騒ぎになるであろう。

才助は勝の意をくんで、ひそかに斉彬の近習江夏《こうか》十郎へ咸臨丸の山川港寄港を知らせておいた。そして、藩侯がどのような行動に出るか、期待に胸をときめかせている点では勝と同様だったのである。

やがて咸臨丸は下関の港に入り、錨《いかり》をおろした。勝とカッテンディーケら主だった者が上陸して、通称「オランダ屋」というオランダ商館長が将軍拝謁に江戸にゆくときに泊る宿舎に泊したが、これといった騒ぎにはならなかった。

このころの長州藩は、萩の城下ではペリー再来航のとき密航に失敗して獄につながれた吉田松陰が赦《ゆる》されて松下村塾をひらいていたが、その門弟たちによって過激攘夷化してゆくのは、この翌月に彦根藩主井伊直弼《なおすけ》が大老に就任し、この秋、安政の大獄がおこって松陰も刑殺されてからである。そして、イギリス、フランス、アメリカ、オランダの四国連合艦隊が下関を砲撃するのは、この六年後である。

何事もなく下関を出航した咸臨丸は、順風をうけて豊後水道を薩摩国へとむかった。

二

長崎を出航して七日後の三月十五日、夜明けとともに機関運行にきりかえた咸臨丸は、大隅半島の佐多岬沖をまわって、錦江湾の湾口に進んだ。左舷前方に薩摩半島の南端にそ

びえる開聞岳《かいもんだけ》が噴煙をあげている。才助たちの使っているイギリス製の海図には、

——Peak Horn
とイギリス人が名づけたらしい山の名が記されていて、才助はおどろいたが、尖《とが》った角《つの》に似ているからであろう。

山川港はその反対側、半島の東南端にある。

山すそに戸数三百戸ばかりの漁村の家々が見える。才助には一年ぶりに目にする生国の風景である。

咸臨丸は機走の低速で港に入り、投錨《とうびょう》した。ほどなく藩旗を立てた小舟が漕ぎ寄せてきて、乗船した藩士が勝に、

「わが藩侯はただいま指宿の別邸に滞在中である。明朝、藩侯みずから御軍艦を訪ねる」

と斉彬の意向をつたえた。

指宿は山川港からわずか一里少しのところにある。

このときのことを、はるか後年に編まれた『薩摩海軍史』は次のように記した。

——安政五年三月六日、斉彬公指宿に行き二月田《にがつでん》の温泉に浴す。蓋《けだ》し幕艦廻航の通知に接し、予《あらかじ》め同地に於《おい》て待たれるものなり。同月十五日、幕府の伝習艦咸臨丸山川に入港す。

咸臨丸では急ぎ艦内清掃がおこなわれ、藩侯を迎える準備がととのえられた。

翌朝、島津斉彬は馬で現れた。わずか数人の供をつれただけである。勝以下伝習生とオ

ランダ人教師団の全員が甲板に整列し、二十一発の礼砲を撃って、斉彬の来艦を出迎えた。カッテンディーケは、斉彬の第一印象をこう誌している。

――藩侯はこのとき四十四歳であったというが、見たところ老けていた。人づきは非常に良かった。彼は至って人なつこかったが、或《あ》る人の言うところによれば、その感情をありのままに現わす癖があった。それ故、将軍と近親関係にありながら、幕府の役人には敵が多かった。

――藩侯は船内でただ幕府艦長役（勝のこと）だけを傍に召して朝食をとった。私が最も驚いたことは身分の非常に低い目付役の二人が、藩侯の傍を離れないで、緊張しきった注意をもって藩侯の話を寸分聞き洩《も》らすまいと聞いていたことである。そんな訳だから日本の艦長役は、私に対して機微な点には十分気を付けてくれるようにと注意した。

　このとき斉彬は五十歳であったが、養女篤姫《あつひめ》を将軍家定の御台所として嫁がせていたから、将軍の義父にあたる。そして、将軍の後継者に一橋家徳川慶喜《よしのぶ》を推していて、この問題で家臣の西郷吉之助を江戸にやっていたのである。

　斉彬が艦長室で勝だけを相手に西洋料理の朝食をとったので、才助は甲板で出迎えたとき遠くから藩侯に一礼したのみだったが、斉彬は鹿児島まで乗艦したいと申し出て、勝艦長の号令で艦が錨をあげて針路を北にとると、甲板に出て伝習生たちの砲術訓練や帆の操作を見学し、艦内をくまなく見てまわった。

　カッテンディーケの説明を勝が日本語に翻訳して伝えたが、斉彬のかたわらにあってカッテンディーケのオランダ語の一言一句を書きとめたのが、斉彬がつれてきた藩士の松木弘安《こうあん》であった。

弘安は才助もその名をよく知っている人物で、藩費で江戸に遊学し、幕府の蕃書調所《ばんしょしらべしょ》の教授手伝になっていたが、藩侯の侍医として帰国、集成館事業にその才識を発揮していた。そして、このとき斉彬にオランダ人接伴役と蘭語通訳を命ぜられて随従していたのである。カッテンディーケは誌している。

——諸侯のお供のうちに一人の聡明そうな人物があって注目を惹《ひ》いたが、同人は予《かね》てからその名を聞いていた松木弘安という医者で、オランダ語の教師兼翻訳者でもある。この人はオランダ語を話さないが、文章は一つの間違いもなく書いた。

また軍医ポンぺも弘安のことを記述している。

——侯の従者にまことに才能ある士がいて、われわれに矢継ぎ早に、あらかじめ用意してあったらしい質問の雨を降らして回答を求めた。特にその中でも、確か医師松木弘安Mats-ki-Koanなる人だったと思うが、純粋自然科学にも実用方面にも実に多くの勉強を積んでいることがわかった。（沼田次郎・荒瀬進訳『ポンぺ日本滞在見聞記』）

この松木弘安を長崎の造船所に派遣してはどうかとカッテンディーケが提案すると、目付の一人が即座にそれはできないと形相を変えて禁止したが、蒸気機関を見学して甲板にもどったとき大いに満足して顔色をかがやかせた斉彬が、これからの巡航予定を勝に訊ねた。

「琉球へ巡航しようかと存じます」

その予定などないのに、勝が答えると、

「ほう、琉球へ……」

斉彬はおどろくふうもなくにこりとして、

「それはやめてほしい」

とやんわりといった。

そして、わずかに離れて、このときも二人の目付が耳をそばだてているのに、

「実は勝どの、琉球にはわが藩として幕府に知られては困ることがある」

とわざとのように聞こえよがしにいってから勝の耳もとへ口をよせて、

「琉球を外国との貿易の拠点とする計画だが、その方に知られると幕府よりお咎《とが》めをこうむることになるかもしれぬでな」

と低声にささやいて声をあげて笑った。

勝は斉彬の心中を試してみたのだが、正直に打ち明けられてど胆をぬかれ、自分がそれほど信頼されていることに感動した。

斉彬は自分の家臣の中に最も信頼している西郷吉之助という者がいると話した。このとき、勝の胸のうち深くに、のちに出会うことになる西郷の人物像が刻みこまれた。

正午、咸臨丸が藩の天幕が張られている海岸の沖合にくると、斉彬は、鹿児島の砲台と工場をぜひ視察して、遠慮のない意見をきかせてほしいとカッテンディーケに頼んで、艦

をおりていった。

やがて右舷《うげん》前方に噴煙のたなびく桜島が迫り、咸臨丸は鹿児島城下の沖に近づいた。才助は、見なれた街を洋式軍艦上からながめるのは初めてである。

甲突川《こうつきがわ》河口をすぎると大門口《だいもんぐち》砲台をはじめとして海岸には石塁を築いた一連の砲台がずらりとならび、砲口を海にむけている。

（見事《みごつ》か備えじゃ）

才助は思うが、オランダ海軍のカッテンディーケの目にはどのように見えるであろう。艦が弁天波止場に近づくと、勝はここでも艦長らしいところをみせようと、薩摩藩伝習生の機関員成田彦十郎と加治木清之丞に命じて機関を運転させ、波止場へ進入の指示を出した。ところが操船に失敗し、艦は泥州に乗り上げてしまった。満潮を待ってカッテンディーケが指示を出したので離州し、咸臨丸は港内の岸壁に接岸した。

カッテンディーケは誌している。

――そこからは市がよく見渡せる。これは又どうしたことか通行人の夥《おびただ》しいこと、岩石で築かれた波止場、無数の銃眼、最後に泊地に投錨した汽船までも眼に映って、鹿児島は我々が想像していたような小さな田舎町ではなく、人口四、五十万を算《かぞ》える日本国中の大都市の一つであることを知った時の我々の驚きといったらなかった。

彼のいう人口四、五十万は思いちがいで、当時、薩摩国全体で約四十万人で、鹿児島城下の人口は五万余であったが、幕府の「黒船」の来航を知って押し寄せた薩摩人があまりにも多かったのである。

　この日、カッテンディーケは風邪で熱があったので上陸をみあわせ、勝も艦に残り、二人はすぐそばに繋《つな》がれていた小さな外輪蒸気船を見に行った。そして、この蒸気船に去年江戸で初めて造った蒸気機関が据えつけられていて、しかも翻訳書にのっていた図面だけを頼りに造られたものだと知って、カッテンディーケは驚嘆した。

　翌朝、当直者をのぞいて全員が上陸したが、つめかけた鹿児島の人びとが藩士の制止をきかばこそ、オランダ人教師団をとりまいて大騒ぎとなり、なかには罵声《ばせい》を発して草履や木っ端を投げつけ、生きた鰻《うなぎ》までが教官たちの頭上に飛んだので、

「こら、止《や》めんか。やじぇろしかど！（うるさいぞ）」

　と才助も怒鳴り制止したが、騒ぎはおさまらず閉口した。そこでカッテンディーケに、人びとは歓迎していること、鰻は祝いの魚で、鯛《たい》とおなじように贈物にするものだと苦しまぎれにオランダ語で説明すると、カッテンディーケが信じてくれたのでほっとした。しかし、その騒ぎでは街の見物もできず、いったん艦に引返し、咸臨丸で稲荷川河口の祇園之州砲台までいき、ここで上陸した。ここからは工場群のある集成館は近い。

　小山を背負い、港に近い広い敷地には、製鉄炉、火焔炉《かえんろ》、鉄や銅の鋳造炉が建ちならび、水車を動力として砲身をつくる穿孔盤《せんこうばん》などの工場のほかに、薩摩切子《きりこ》として珍重されるガラス工場もあり、カッテンディーケと勝の一行は工場長の案内でくまなく見てまわった。

　この集成館でつくられた電信機は、オランダ国王ウィレム三世より日本に贈られた品に倣《なら》

って製造されたものであった。また、スチルム銃を模倣《もほう》してつくられた銃や、アメリカの見本に倣《なら》ってつくった農具などもあって、カッテンディーケは感心し、その日の日記に、――以上だけをもって考えても、薩摩藩主たちが如何《いか》に旺盛《おうせい》な企画精神を持っているかを知るに足るであろう。

と誌した。そして、勝をはじめ榎本釜次郎ら幕臣は、幕府よりも進んでいる技術に舌をまいた。特に二人の目付は、これまでいかなる幕府の隠密も潜入できなかった秘密の場所にいるおのれに興奮して、しきりに手控帳に筆を走らせていた。

案内役の一人、松木弘安は、昨年、ガス灯の雛形《ひながた》試作に成功、さらに湿板写真の撮影や電信機の製作をしていたのである。

集成館を出て艦にもどるとき、才助は沿道の群衆の中に兄徳夫と姉広子の姿を見かけた。城ヶ谷の屋敷に立ち寄る時間はないから母と兄たちには会えないと思っていたが、兄とは会いたいとも思わなかった。父のあとをついで漢学者となった兄は、父に輪をかけたような頑固者で、旧弊な思想をもち、過激な攘夷論者である。藩の御蔵役だったその職を才助にゆずろうとしたが、才助はこれを拒《こと》わり、斉彬から海軍伝習所出向の命をうけ、兄の反対をおしきって長崎へ出たのである。

徳夫は容貌《ようぼう》も才助とはちがって弁慶蟹《べんけいがに》のようないかつい顔立ちで、そのいつも怒ったような赤ら顔がじっと才助を睨《にら》みつけている。

――幕府の手先ばなっちょっせえ、紅毛碧眼人《こうもうへきがんじん》を集成館に案内してきおったか。

とでも思っているのであろう。それにひきかえ、薩摩藩士の篠原伊平治に嫁いでいる姉の広子のほうは、才助と目があうとにこりとして胸の前で小さく手を振ってみせた。才助は二人に軽く頭をさげ、母と妹の姿がないのはどうしてだろうと心配になった。

（父に先立たれてから病がちの母のそばに妹はいて、屋敷を出られんとじゃろかい）

才助をだれよりも慕っている四つ年下の妹の信子は、まだ嫁がずに家にいるのである。

一行を乗せた咸臨丸はやがて出航し、山川港にふたたび入港して翌日の斉彬の来訪を待った。

こんども斉彬は馬できた。艦長室に入るとカッテンディーケに、まず鹿児島の砲台についての意見を求め、防備をさらによくするためにはどうすべきかと訊ねた。カッテンディーケが一応の感想をのべたあと、港を詳しく測量しなければさらなる意見はいえないと話すと、斉彬はぜひ智慧《ちえ》を借りたいといい、カッテンディーケはよろこんで応ずると答えた。

これらを松木弘安は残らず書きとった。そして、「自動記録式バロメーター」の構造が話題にのぼり、弘安は写真術を応用するのかと質問したが、オランダ士官のだれにも答えられなかった。

斉彬は非常に満悦の態であった。入江で漁民たちに網を打たせ、獲れたての魚を料理させて全員にふるまった。食後、斉彬の求めに応じてカッテンディーケがヴァイオリンを弾き、才助もその妙《たえ》なる音楽に聴きほれた。

そのあと、斉彬は勝と二人でしばし艦長室に消えた。このときは二人の目付も気づかずに甲板にいた。ほどなく斉彬と勝は何気ない様子で姿を見せ、斉彬からの贈物の数箱の菓子と若干の煙草《たばこ》が全員に配られた。

才助には藩侯と勝が二人きりで何を密談したのかわからなかったが、斉彬は勝に公武合体の構想をつたえて意見を求めた。

そのことを才助が知るのは十年後だが、このとき才助は、幕府に筒抜けになることを承知で砲台と工場群の一切を見せ、オランダ人の意見を求めた藩侯島津斉彬の並はずれた人間の大きさと開明さにあらためて胸を打たれながら、つぶやいていた。

――藩侯はこの国ばどげん変えよち考えちょっとな。

斉彬は勝とカッテンディーケにまた来てほしいと頼み、自分も近いうちに長崎へ行くと約束して、艦をおりていった。

山川港を出港した咸臨丸は、南風をうけて船脚早く天草灘《あまくさなだ》を北上し、翌日夜半には長崎に帰港した。

三

後年、勝海舟は、島津斉彬にはじめて会えたこのときのことを『亡友帖』のなかで回想している。

――時に侯、同所温泉に浴す。余の到るを聞き、巣騎来接、甚《はなは》だ喜色あり。懇切優渥《ゆうあく》。余は知遇の辱《かたじけな》さに感ず。又再び鹿児島に到るを約す。侯曰《いわ》く、「今後、大に国事に関係あるものは、書翰《しょかん》を以《もっ》て足下に談ぜむ。他人をして知らしむるなかれ。是《こ》れ足下の為に猜疑《さいぎ》を避くるなり」と。

長崎の海軍伝習所にもどった勝麟太郎のもとへ、斉彬の近習江夏十郎が直接に書簡を届けてくるようになった。最初のとき才助は江夏を勝にひきあわせたが、書簡の内容を知ることはできなかった。

第三回の練習航海は、四月二十六日、カッテンディーケの搭乗した鵬翔丸《ほうしょうまる》の慣熟帆走に咸臨丸が同行して、天草を九日間で巡航した。鵬翔丸は、佐賀藩がオランダに注文していた工作機械を輸送してきた三四〇トンのイギリス船で、幕府が練習船に買上げて改名した帆船である。

第四回は、その鵬翔丸を一期残留生と二期伝習生の手で江戸の軍艦教授所への回航と、これを送りかたがた咸臨丸が山川港まで同行したあと、ふたたび鹿児島を訪問することになった。

鵬翔丸の乗員は、艦長伊沢謹吾、蒸気方榎本釜次郎などすべて幕臣である。その選にもれた勝ははなはだ不満の様子だったが、咸臨丸の艦長として、今回は総督の木村図書頭も乗艦し、カッテンディーケらオランダ教官が一緒に出発した。しかし、才助は今回は参加できなかった。残留の才助ら伝習生と長崎市民が見送るなか、五月十日早朝、二艦は長崎港を出港していった。

山川港で鵬翔丸と別れた咸臨丸は、ふたたび鹿児島の港に錨を下した。

この二年後、万延元（一八六〇）年正月、日米修好通商条約批准交換のため、正使新見《しんみ》豊前守正興《まさおき》らの乗艦したアメリカ軍艦ポーハタン号に随行して太平洋を横断する艦長勝の咸臨丸の提督、軍艦奉行の木村摂津守喜毅として後世によく知られることになる木村図書頭は、はじめて島津斉彬に会ったときの感銘をつぎのように誌した。

——余が此地に到りし時は、海岸磯の茶屋といふ所に、余及び学生蘭人を招き、近臣に命じて小銃の調練をなして一覧せしめられ、又砲銃雷管の製作及陶器の製造等をも縦覧せしめられ、其款待《かんたい》一方ならざりし。余、侯とは今回初見なれども、談話中殊《こと》に肺腑《はいふ》を抜き、深く当時の時勢を慨せられ、何分にも京都の御議論六ヶ敷《むつかし》く、是を協和せられれば何事も手を下すの道なしと嘆息せられたり。

斉彬は木村図書頭の一行を眼前に桜島を望む海岸の別邸磯御殿（仙巌園）に招いて歓待し、邸前の浜で小銃の調練をおこない、すぐ近くの工場群集成館を今度もくまなく見せた。そして宴後の談話中、今回は二人の小人目付が鵬翔丸で江戸へむかっていていなかったとはいえ、斉彬は幕府の目付である木村図書頭へ、時局を憂えたのみならず、胸中を吐露した。

図書頭の記す「京都の御議論」とは、日米通商条約の勅許を請いに老中堀田備中守正睦《まさよし》が上京したにもかかわらず勅許が下りなかったことを指す。

斉彬は四月十二日、勝へおよそ次のような書簡をひそかに届けていた。

——朝廷が、外国の事情を知らずに、開国は神州の恥辱とばかりに一途に思い込み、必勝の見通しもなく、出世目当ての浪人どもの攘夷の言に惑わされているのは、誠に歎かわしいことである。公家たちがいかに議論しても現実は武家に任せるしかないわけで、これからも開国反対、条約反対で、打払いということにでもなり、一、二度手ごわい目にあえば、朝廷も和親開国と言いだすに決まっているが、そうなってからでは、国威も立たず、国辱もので、実に心配である。

この時節ゆえ、別して海防が第一である。外国との交渉は軍備が不可欠で、これを整えねば話にならぬ。

こう書いたあと、

――二、三年前から幕府へ注文中の剣付鉄砲五百挺、いまだにお渡しなく、あまり放っておかれては海防をしっかりやれといわれても出来ない話で、少しも早くお渡しになるよう、その筋へ話してほしい。

と、勝に頼み、最後に、こんど鹿児島へ来るときは木村図書頭も一緒かと訊ね、台場の設計図も近々届けるから、オランダ人の意見をきかせてほしいと依頼していたのである。

斉彬は木村図書頭へもそのように話し、さらに打開の秘策まで打ちあけた。それは、この秋、琉球使節を送る名目で武装兵をひきつれて参内し、武威を示して朝廷の議論をうごかすという計画である。軍事クーデターといってよく、そのためにも剣付鉄砲五百挺が必要だったのであろう。

この話をした席で斉彬は、木村図書頭と勝に弟の久光を紹介した。

そして四日間の鹿児島滞在中、カッテンディーケは錦江湾の砲台について改造意見をのべた。まず、鹿児島城下の南、甲突川《こうつきがわ》河口の天保山に砲台を新設し、桜島側の湾内各所にも新設すること、旧式の青銅砲を炸裂砲弾の鋳造砲に改良することなどである。

この五年後のことになるが、錦江湾にイギリス艦隊が侵攻して戦《いく》さとなる薩英戦争で、このときカッテンディーケの意見で実施した砲台の新設と砲の改良が大いに役立つことになる。

五月十八日に長崎にもどった勝から、才助は鹿児島でのことをきいた。

「薩摩侯はこう仰《おお》せられるのだ。『さしあたって咸臨丸ほどの大きさの蒸気船が軍艦として二百隻、商船として三、四百隻もあれば、日本全体でかなり思いきったことができる』と」

大風呂敷をひろげることでは人に負けないこの男が、斉彬の構想におどろき入っていうのである。

「五代君、わが国は朝廷だ幕府だ藩だ、やれ攘夷だなどといっているときではあるまいよ。外国と積極的に交易して、その利益で海防力を強化することが急務だ。軍艦も商船も最新の蒸気船を買い入れ、海外交易でえた資金で軍事力を高める。かようにして国が富めば、列強諸国と対等につきあうことができる」

二度の鹿児島訪問で、外様大藩の藩主島津斉彬の遠大な抱負と、その計画を西欧技術の導入と研究で着々とすすめている実行力と政治力に勝は心酔し、半ばは斉彬の卓見の受け売りながら、勝自身の海外交易による富国強兵論をこの男らしい江戸弁の早口でまくし立てた。

一方、藩主斉彬を尊崇し、海軍伝習所にきて一年余、カッテンディーケらオランダ軍人から世界を肌で感じとるばかりか西欧の政治と商業のしくみも知り、勝の影響も強くうけている才助は、薩摩の若者として焦立《いらだ》ちをかくしきれずに、最近はかなり江戸の侍言葉がうまくなったとはいえ鹿児島弁をまじえておのれの意見を述べた。

「一日も早く咸臨丸ほどの最新の軍艦による艦隊をととのえんと、わが国も隣国清とおんなしこっ列強の大艦隊の武力に屈して、香港《ホンコン》島のごとく国土をかすめとられることになりもンそ。俺《おい》は、この伝習所で操船の技《わざ》ば学んでおいことが歯《に》がいか。じゃっどん、蒸気軍艦のことを詳しく知らねば、すぐれた外国軍艦も商船も安く買うことはできもさん。ほいじゃって、精一杯《せっぺ》、蒸気船のことを学んじょいもす」

先月四月二十三日に、彦根藩主井伊直弼《なおすけ》が大老職について以来、アメリカはじめ諸外国との通商条約の調印でわが国は窮地に立たされている。アメリカ大使ハリスとの調印は三月五日とされていたのに、朝廷から勅許がおりずに延期されているが、井伊大老は勅許なしに調印するであろう。そうなれば、攘夷派が何をしでかすかわからない。そのわが国を威嚇《いかく》するごとくに、この長崎へは五月にロシアのプチャーチン提督が軍艦アスコルド号で入港、日米修好通商条約締結のために一時下田へいっていたアメリカ軍艦ミシシッピ号も入港している。

日米修好通商条約は六月十九日、江戸湾のアメリカ軍艦ポーハタン号の艦上で勅許なしで調印された。そして月末になると、イギリス艦隊司令官セイモア卿が艦隊をひきいて上海から長崎に入港した。ヴィクトリア女王から徳川将軍に献呈する蒸気快速艇を伴っており、コレラが流行している上海からの避難と、第二次アヘン戦争が終結したので乗組員の休養のためだというが、条約締結への武力示威とうけとれる。ロシア艦からの情報によると、フランスも大艦隊を日本へさしむけたという。

こうした騒ぎの中、長崎で恐れていたことが起こった。コレラの流行である。

オランダ軍医ポンペの必死の防疫活動で伝習生に患者は発生しなかったが、長崎市民には死者が出た。ポンペによると、伝染経路はイギリス艦隊以前に上海から入港したアメリカ艦ミシシッピ号の乗員からではないかという。ともかく、外国艦隊がはこんできたコレラの猖獗《しょうけつ》に長崎市民は恟々《きょうきょう》とした。

その騒ぎの最中、突然に島津斉彬危篤の報がとどいた。

「五代君、えらいことになったぞ」

才助は勝からその知らせをきいた。

このときのことを『薩藩海軍史』は「勝安房日記」を載せて勝の胸中を誌している。

――江夏（十郎）来訪、面色死者の如く大息、永嘆告げて言ふ。鹿児島より急報昨夜至れり。我公急疾危篤旦夕に在りと。再報今明両日にあらん。若《も》し不幸にして公世を去らば百事瓦解、其大志何《いず》れの日か達せん哉、嗚呼《ああ》天なる哉と。余も亦此告を聞ひて慨嘆数刻、余一伝習生を以て図らずも公の殊過を辱《かたじけな》くし、包みなく国家の安危、武備の緊要を談ぜられ、大ひに其示教を蒙《こうむ》れり。

之を思えば心肝摧破《さいは》する如し。

才助もまた勝以上に衝撃をうけた。あの病知らずの頑強な体軀《たいく》で、色黒く肉づきのよい顔立ちの藩侯が、いかなる急病にかかり危篤なのであろう。

急いで銅座町の薩摩藩邸にいくと、ひと月まえから斉彬の命で長崎へきていた松木弘安が、あわただしく鹿児島へ出立の仕度をしているところだった。

「松木さァ、藩侯の病はなんでごわンそ？」

才助が訊ねると、蘭方医でもある弘安は下唇を嚙《か》み、かすかに首をふって黙っていたが、

「ひょっとして、コレラかもしらん」

と、掠《かす》れたちいさな声でいった。

「えっ、鹿児島《かごんま》にも流行《はや》っておいもすか」

「わからん。じゃっどん、ご丈夫な藩侯が急に発病して危篤とは、悪性の伝染病《はやりやまい》としか考えられもさん」

「藩医の坪井さァはいかに診立てられたとでごわンそ？」

「わからん。私《おい》がついておればよかった……。炎天下、天保山で藩兵の調練を検閲中にお倒れなされたとか……」

弘安も他のことはきいていないらしく、あわただしく出立していった。

この夏は鹿児島も炎暑はなはだしく、七月六日から猛暑つづきもあって斉彬は気分がすぐれなかったが、ことのほか暑い八日、軀《からだ》の不調をおして朝から天保山の調練場でおこなわれた城下士の洋式合同演習を検閲した。先月十九日、井伊大老が勅許なしに日米修好通商条約に調印したために国中が大混乱におちいっている事態を上洛《じょうらく》して収拾しようと、琉球使節との同行を待たずに急ぎ上洛の準備をはじめたのである。新設した天保山砲台の大砲試射が成功裡《せいこうり》にすんだのは、夕刻であった。それから帰城、その夜は早く就寝したが、翌九日、朝から腹痛はなはだしく、調練の検閲を休んだ。その夜から悪寒とはげしい下痢《げり》がはじまり、十日には高熱を発し、日に何十回となく猛烈な下痢がつづき、いっそうの腹痛になやまされた。

治療にあたった藩医坪井芳洲はコレラと診断した。

日増しに容態は悪化し、死を覚悟した斉彬は十五日の夜、夜が明けたら家老の島津久徴《ひさなる》を呼んで遺言を書きとらせようとしたが、朝までもつまいと思い、夜中に小納戸《こなんど》頭を呼んで死後の措置を指図し、日が変わった十六日の未明にかけつけた弟の島津久光に遺言して、日の出とともに永眠した。

享年五十。藩主として在位七年五ヵ月の急逝であった。

危篤の報をうけて急ぎ鹿児島にもどりついた松木弘安は、臨終に間にあわなかった。

当時、鹿児島にコレラの流行はなく、のちのことになるが、藩医坪井のカルテをみた海軍軍医高木兼寛《かねひろ》は、コレラではなく赤痢《せきり》であろうと判断した。

——毒殺ではないか。

急逝の報《しら》せが入った長崎藩邸では、その噂《うわさ》が耳から耳へとささやかれた。

固陋《ころう》な保守派からみれば、造船と集成館事業に藩費を湯水のごとく使い、幕艦のオランダ軍人を招待して砲台と集成館まで見せて会食し、開国して海外との交易によって国を富まそうとの開明思想の持主である藩主のなすことは、正気の沙汰《さた》ではなかった。異母弟の久光を擁する保守派が、ひそかに斉彬を亡きものにしようと企んだとして、ふしぎはなかった。

「チェストーッ！　許せん！」

長崎の海にむかって才助は薩摩武術の気合を発して怒号したが、国許《くにもと》の詳しい様子がわからぬまま残暑の日々が過ぎていった。

四

鹿児島の藩庁から五代才助ら伝習生へ藩主死去による帰藩命令がとどいたのは、秋も深まった十月半ばになってからであった。

才助は勝やカッテンディーケらに別れを告げて、陸路、急ぎ鹿児島に帰った。

斉彬の遺言により異母弟久光の長男忠義《ただよし》が藩主になり、十九歳の若年のために斉彬と久光の父で元藩主の斉興《なりおき》が後見役になっていたが、藩庁と城下は沈鬱《ちんうつ》な空気が漂い、かつての活気が消え失《う》せ、なにやら危機をはらんで騒然としていた。

――お由羅《ゆら》騒動のあのときに似ている……。

才助は不吉なものを感じつつ、そう思わざるをえない。

その騒動とは、ほぼ十年前に薩摩藩でおこった嘉永朋党《ほうとう》事件あるいはお由羅騒動といわれたお家騒動である。

そのころ、藩主斉興のもとで家老調所広郷《ずしょひろさと》がおよそ二十年をかけてすすめてきた藩の財政改革は、ようやく達せられようとしていた。密貿易や贋金《にせがね》づくりまでして、五百万両という膨大な借金の返済がおわり、五十万両の貯《たくわ》えさえできた。しかし、斉興の嫡男ですでに四十歳になる斉彬が藩主に就任できない理由があった。

斉彬は曾祖父《そうそふ》重豪《しげひで》にかわいがられて育ち、蘭癖《らんぺき》大名といわれて積極的に藩政を刷新した重豪の感化を強くうけて早くから西欧への関心が強く、開明思想の持主であった。父の斉興と家老の調所の保守派は、財政膨張と悪化の原因は重豪のオランダ趣味と積極的な刷新政策だと考えており、その重豪に似た斉彬が藩主になればふたたび財政が悪化するであろうとの強い危惧《きぐ》をいだいていた。

斉興には世子斉彬と側室お由羅の生んだ庶子久光がいた。革新派の後継者斉彬に不安をもつ保守派が、おなじ保守派の久光を藩主に、と考えてふしぎはなかった。

そのころ鹿児島城下にこんな噂が流れた。

――調所一派は斉彬にかえて側室お由羅の子久光を藩主にしようと、斉彬父子を呪《のろ》い殺そうとしている。

お由羅づきの牧仲太という修験者《しゅげんじゃ》がそれをしている、というのである。

その年、嘉永元（一八四八）年五月、斉彬の嫡男寛之助が四歳で亡くなった。

十四歳だった才助が斉彬に命じられて世界全図を模写した年である。

この年十二月には、藩主参勤にしたがって江戸に出た調所広郷が急死した。斉彬の藩主就任をのぞんでいた老中阿部正弘が、薩摩藩の密貿易を追及して斉興を隠居させようとし、これを調所がこばんで密貿易の咎《とが》を一身におって毒をあおったといわれた。斉興は寵臣《ちょうしん》を失って打撃をうけたが、調所に近い保守派の家老島津将曹《しょうそう》を起用して、藩主の地位を斉彬にゆずろうとはしなかった。翌二年六月には斉彬の四男篤之助《あつのすけ》がまたも亡くなった。これまた呪詛《じゅそ》によるものだといわれ、ついに斉彬擁立の革新派は激怒、家老島津将曹やお由羅の暗殺を企てた。

しかし、この計画は事前に発覚し、同年十二月、首謀者の町奉行近藤隆左衛門、船奉行高崎五郎右衛門ら六名が切腹して果てた。この者らへは追罰として士籍剝奪があったばかりか、近藤の墓はあばかれて腐爛《ふらん》した屍《しかばね》が鋸挽《のこぎりび》きの極刑に処せられた。そして翌年四月までに江戸詰家老島津壱岐《いき》ら七名が切腹を命じられ、物頭《ものがしら》名越左源太ら十七名が遠島、そのほか計五十余名が処罰された。

この騒動で斉彬擁立派は大打撃をうけ、近藤らの同志で刑罰をまぬがれた者は脱藩した。そして、老中阿部正弘、宇和島藩主伊達宗城《むねなり》、福岡藩主黒田斉溥《なりひろ》らの協力で、ようやく斉興が隠居を承諾し、嘉永四（一八五一）年二月、斉彬の藩主就任となったのである。

以来、七年五ヵ月、斉彬のもと革新派が藩政をにぎってきたが、斉彬の急死でこれまで鳴りをひそめていた保守派が久光と新藩主忠義の父子を擁立し、後見役の元藩主の庇護《ひご》をえて力を盛りかえそうとしている。

才助の父直左衛門秀堯《ひでたか》は、儒者として保守的な考えの持主だったが、斉彬の開明思想にも理解をしめして世界全図を才助に模写させもしたものの、保守派にも革新派にも与《くみ》せず中間派にいたから、騒動にまきこまれることはなかった。しかし、父の死で家督をついだ兄の徳夫は、西洋かぶれが大嫌いな保守派で、斉彬に目をかけられて海軍伝習所からもどってきた才助を嫌っている。

城ヶ谷の家にもどった日、才助が兄の部屋へ挨拶にいくと、

「俺《おい》は、蘭癖は好かんど」

吐き捨てるようにいったきり、奥歯で苦虫を嚙みつぶしたような顔つきをしていて、

「茶どん、飲まんか」

ともいわない。

幼かったころは兄弟仲がよく、屋敷の庭や郷中の広場で示現流《じげん》の立木打ちにきそって汗を流し、他藩に類をみないこの独特の剣法の、一ノ太刀で勝を制し、二ノ太刀を顧みず、一ノ太刀をはずされれば「ただ死ぬのみ」と覚悟する薩摩人の根性を鍛えあったものだが、藩校にいくようになったころから考え方の異なる兄弟になってしまった。

しかし、才助は性格がすこぶる明るい。諧謔味《かいぎやく》があって人を笑わせて楽しませるのが好きなこの弟は、こんども兄の頑固一徹ぶりに肚《はら》のうちで肩をすくめながらも、おもしろいことを勝手にしゃべって引きさがった。

兄嫁が気づかってくれたが、才助の帰宅をだれよりもよろこんでくれたのは、病がちな老いた母といまだ嫁にいかない妹の信子であった。

「何《ない》か、話をして賜《たも》ンせ」

母はにこやかにそういって、才助が長崎の話をすると、

「ほー、ほー」

と驚嘆してきいていて、才助が調子に乗って丸山遊廓《ゆうかく》の話をおもしろおかしくすると、

「そいどん、鹿児島《かごんま》の女性《おごじょ》がいちばんよかどが」

と、ぴしりといって笑ってくれた。

鹿児島の女性は男を立てる。家にあっては夫と嫡男を立て、自分は万事控えめに振舞うことを美徳としていながら、芯は強く、おのれの意見をもっている。

かつて島津家の乳母をつとめた母のやす子は、鹿児島女《かごんまおごじょ》の典型といってよく、嫡男の徳夫を認め褒めながらも、

「才助。お前《まん》さァは、亡き斉彬侯にその才を認められたとじゃっで、お前さァらしく思う存分に生きたらよか」

そういってくれた。

その母へはオランダ渡りの虫眼鏡と長崎名産の砂糖菓子、妹と兄嫁へは鼈甲《べっこう》の櫛《くし》と砂糖菓子、嫁いでいる姉の広子へはオランダ鋏《ばさみ》を土産に買ってきたのである。

「兄《あん》さん、大丈夫？」

いちばん心配してくれたのは妹の信子で、斉彬の死後、斉彬がすすめてきた諸事業が中止あるいは縮小されているという。

藩庁に出頭すると、そのことは明らかで、才助の居場所はなく、冷やかな視線ばかりを感じる。

一方、江戸や京都では九月以来、大老井伊直弼による一橋派の公家、大名、尊王攘夷派の志士の弾圧がはじまっていた。「安政の大獄」である。

次の将軍に徳川慶喜を推していた一橋派の斉彬の命をうけて朝廷工作をしていた西郷吉之助は、近衛家から勤王僧月照《げっしょう》の保護の要請をうけて帰国したが、藩庁は幕府との関係悪化をおそれて月照の保護をこばみ、日向《ひゅうが》送りに決定したという。

そんな十月末のある日、才助は城下の山之口馬場にある屋敷に松木弘安を訪ねた。

斉興付の侍医を命じられていた弘安は、折よく屋敷にいて、才助をこころよく迎えてくれた。

「長崎では五代どんに世話になりもした」

弘安は才助より三歳年長だが、丁寧に礼をいった。

「なにもできもさんで」

才助は恐縮して頭をさげた。

二度目の鹿児島訪問から咸臨丸が帰航した直後、斉彬の命で長崎へ派遣された弘安は、カッテンディーケらに西欧の新技術の質問をするなどしながら、オランダへ軍艦の注文をしていたのである。

「五代どんの協力でせっかくオランダに注文した蒸気軍艦も、斉彬侯の急逝で注文とりやめになりもした。それ ばかりではなか。集成館事業も水泡に帰しもそ」

弘安は沈痛な面持ちで話した。

天保三（一八三二）年、薩摩国出水《いずみ》郷の郷士の二男として生まれた弘安は、五歳のとき藩医の伯父松木宗保《むねやす》の養子となって養父とともに長崎へ赴いて十二歳までを過し、鹿児島にもどって藩校造士館に入学したから、才助の三年先輩だが、十五歳で江戸遊学を命ぜられて江戸で蘭学を学んだので、長崎と江戸暮らしが長い。勝麟太郎が二十五歳のとき蘭和辞書『ヅーフ・ハルマ』を筆写したと同じ弘化四年に、弘安は十六歳で『ヅーフ・ハルマ』を筆写した。二十二歳のとき、藩主斉彬の帰国に供奉《ぐぶ》して鹿児島にもどり、参勤のたびに斉彬とともに出府し、幕府の蕃書調所《ばんしょしらべしょ》教授手伝に任じられた。秀才中の秀才といってよく、斉彬にその才を認められて可愛《かわい》がられた家臣というより開明思想と科学技術の愛弟子《まなでし》といっていい。

才助には羨しい存在であった。それだけに、師である藩主を突然に失った弘安の落胆と失望ぶりははなはだしく、身の処し方を相談にいった才助は、忠告をえるどころか、持ち前の明るさで慰める側にまわる始末だった。

「松木さァほどの洋才がおありなら、江戸で学問を教えることができもそう」

「蕃書調所にもどって教授手伝をつづけたいと考えますが、藩庁より許しが出るかわかりもうさぬ。いっそのことこの屋敷をたたんで、長崎暮らしでも、とも思わぬではござらぬが……」

鬱勃《うつぼつ》たる気持を押えきれずに嘆息して弘安は、

「ところで、五代どんはどうなさるつもりです？」

と、ようやく才助のことをきいてくれた。

「俺《おい》は伝習所にもどっせえ伝習ばつづくいごっ思っちょいもすが、藩庁がもうゆかさんとじゃごわはんか」

弘安はうなずいて、

「長崎といえば、ポンペ医師がこういっていましたね。『技術研究に専念する名君のもと、薩摩藩はヨーロッパ人といっそう自由に交通できるようになれば、日本全国で最も繁栄し、最も強力な藩になります』と。それにつけても斉彬侯のご逝去がおしまれてなりません」

長崎から飛ぶようにしてもどったにもかかわらず、斉彬の臨終に間にあわず、ほかの侍臣とともに福昌寺の堂宇にこもって喪に服してその死を悼《いた》んだ弘安は、のちに、

――実にこの明君を失ひたるは、薩藩のみならず皇国の不幸なり。

と誌したほど、このときも痛嘆して声をつまらせた。

もし斉彬が急死せずにいたら、幕末維新の歴史はかなり変わっていたであろう。この夏、西洋式に一新した兵をひきいて上洛し、朝廷に威圧をあたえて富国強兵策を献じて開国をせまり、幕政改革の勅書を出させていたら、どうなっていたであろう。

井伊直弼は安政の大獄を前に失脚し、吉田松陰や橋本左内は死なずにすんだであろう。また、西欧の最新技術の導入と研究開発の集成館事業がいっそう進められ、諸藩もこれに倣《なら》っていたら、日本の科学と工業技術の発展は維新の文明開化を待たずにかなり進んだのではあるまいか。

彦根藩主井伊直弼にかわって島津斉彬が大老職についたとしたら……と想像することもできる。

しかし、斉彬は死んだ。そして、才助や弘安、西郷や大久保や小松帯刀《たてわき》の薩摩人だけでなく、多くの志士たちがその偉大な遺志をついでゆくのである。

このとき二十七歳なのに、まだ独り者の弘安の屋敷には女気がなく、蘭学の二人の弟子と従僕が一人いるのみであった。

吹きこむ晩秋の風に馬糞の臭いがした。すぐ近くに馬場があるせいだろうが、

「松木さァは、馬に乗りもすか」

と才助はきいてみた。

「んにゃ」

「そういえば、松木さァが馬に乗らるっこっが、一度も見たことなか如《ごた》る」

才助は大海原も好きだが、乗馬が好きで、鹿児島にもどってからうさ晴らしにときおり乗りまわしていたので、学問一途で乗馬姿を一度も見かけない弘安へ気分転換にすすめてみた。

弘安はそうしようといい、明るい表情になって、従僕に酒肴《しゅこう》の用意を命じ、二人は鹿児島焼酎《かごんま》を酌みかわした。

しかし、酔がまわるほどに話はまた当今の保守化し沈滞した藩政の現状になって、帰国した西郷吉之助のことが話題になった。

下級武士の身分でありながら弘安以上に斉彬から信頼され、家臣というより一番弟子であった西郷吉之助は、京にあって斉彬急逝の訃に接すると失神するばかりに驚き悲しみ、殉死しようとした。しかし思いとどまり、近衛家から勤王僧月照の保護の要請をうけて、月照より一足先に帰国した。だが、弾圧をすすめる井伊大老の幕府との関係悪化をおそれた藩庁は、西郷に遅れて筑前藩士平野次郎（国臣《くにおみ》）の案内で鹿児島の存竜院にたどりついた月照を捕えて留置したという。

「西郷《せご》さァは、どげんなさるやろう……」

才助と弘安は酒杯を畳においたまま、黙るほかはなかった。

五

僧月照を日向《ひゅうが》への「永送《ながおく》り」にすると藩庁が決めたのは、十一月十五日であった。「永送り」とは国境《くにざかい》で斬《き》りすてることである。

西郷と月照が船で錦江湾を出発させられたのは、冬の月が凍りつくような夜で、西郷は月照と身をかかえあって海に投じた。剛胆で思慮深いこの男が、死ぬほかに方途がなく、斉彬なき世になんの望みもなかったのであろう。しかし、船役人が引きあげた二つの死体のうち、巨軀《きょく》の西郷だけが蘇生《そせい》した。

翌月、西郷に島送りの刑が決まり、奄美《あまみ》大島へ島送りとなったのは、年が明けた安政六（一八五九）年の正月であった。西郷、三十三歳である。

二十五歳になった才助が、大久保一蔵とはじめて親しく言葉をかわしたのは、その正月の末、桜島の噴煙の灰が城下に降った、すっかり春めいた日の午後であった。

この日も才助はうさ晴らしに馬をかって海岸にいき、集成館に立ち寄ってみた。

小山のすその広い敷地に石造りの反射炉と高炉がそびえ、製煉所《せいれんじょ》、砲身をくりぬく機械のある工場やガラス工場などの建物群が建ちならび、山から水を引いて動力源とした大きな水車が水音をたてて回転していたが、その力強い水音がむなしくひびくほど構内はひっそりとして、働く者の姿もなかった。勝やカッテンディーケら咸臨丸の一行と一緒に才助が訪れたときは、あれほど活気を呈しており、千二百人もの者が働いていたというのに、灯が消えたようである。

かたわらに置かれた材木に腰をおろして、反射炉を見あげている男がいた。

痩《や》せぎすな長身の武士で、温厚そうな顔立ちながら両の目が鋭く、才助は視線をあわせ

た瞬間、射すくめられたような気がした。それでいて引き込まれるような穏やかな目の色をした相手は、口もとに微笑をふくんで、

「五代どん、久しか振《ぶい》じゃっ」

と、声をかけてきた。

「これは、大久保さァ」

才助も挨拶をかえした。

これまで親しく語りあったことはないが、顔を合わせたことはいくどかあり、たがいに相手のことは知っていた。

大久保家は五代家よりやや身分が低く、このとき大久保一蔵《いちぞう》は藩の御徒目付《おかち》で、才助より五歳年長の三十歳、妻があった。下級武士の屋敷が建ちならぶ加治屋町に住まい、近所に屋敷のある西郷吉之助と同じ郷中で学んだ仲で、西郷を首領とする精忠組の一人として知られていたが、お由羅騒動のとき改革派に属した父次右衛門が名越左源太ら十七名とともに遠島に処せられ、喜界島《きかいじま》に流罪となったこともだれ知らぬものはなかった。

潔さを士風とする薩摩藩では、遠島になるくらいなら武士らしく切腹して果てる、と考える者が多く、流罪の判決をうけるとみずから腹をかっ切った者もいたが、次右衛門は「未練者」とさげすまれながらも、「いのちを絶てば、後日、事件の証言ができぬ」と流罪に服した。書役助《たすく》になっていた長男の一蔵も職を免ぜられ、謹慎の身となった。

家には母と幼い妹が三人いた。世間の罵詈雑言《ばりぞうごん》が浴びせられ、家計は窮迫し、貧苦のど

ん底に追いこまれた。

その辛酸の境遇を若くして乗り越えた男が、おだやかな笑みを浮かべて才助の前にいた。

一蔵は郷中仲間の西郷らに助けられ、ともに陽明学を学び、やがてその仲間たちが精忠組を結成したのだが、父の遠島から三年後、斉彬の藩主就任がようやく実現し、保守派は一掃されて改革派が呼びもどされ、父の遠島は解かれて帰藩し、一蔵は書役助に復職した。そして、蔵役に転じ、西郷ほどに認められなかったものの、二年前には二十八歳で御徒目付を拝命し、薩摩藩では藩主の日用品を吟味して買い込むこの地味な役目で、ようやく実務の才を発揮していた。

しかし、その大久保一蔵も斉彬を突然に失い、ふたたび保守派が勢力をえた藩にあって、途方に暮れていたのである。

「この集成館もかように灯の消えた如《ごた》る。亡き藩侯は冥土《めいど》でいかにお嘆きでごわンそ」

微笑を消すと一蔵はそうつぶやき、おもてをふせて黙った。

才助が持ち前の明るさで、勝やカッテンディーケら咸臨丸の一行とここを訪ねたときのことを話したが、うなずくのみで言葉を発しない。よほど寡黙な男なのであろう。それでいて、才助につぎつぎと話したい気持をおこさせるふしぎな魅力があり、いまだ軽輩の士なのにその痩せぎすな風貌《ふうぼう》に沈毅《ちんき》の相をそなえていた。

「松木さァのつくった電信器をオランダ軍医のポンペは見ておどろき、これを実用に供すれば、いかなる命令も千里の道を一瞬にして伝達できるものを、と申しておりもした」

ポンペのことも話した才助は、これまで才助自身が気づいていなかったことがおのずと言葉に出て、その発見にわれながら仰天した。

「こん集成館では工場の動力に、ごらんの通り山から水を引いて水車をまわせっおいもうすが、もし水を湯にかえて蒸気をもって動力となせば、蒸気船のごとく工場の機械も動きもうそ。水じゃねっせえ湯の力が、かのイギリスと申す国を大国にしたとでごわす」

そうなのだ。水を湯に変え、その蒸気の力を工場の動力としたのが、イギリスの産業革命だったのである。カッテンディーケはいっていた。蒸気を動力とした紡績機械の発明がイギリスの紡績生産を飛躍的に増大させたのだ、と。蒸気船またしかり。風力による帆船の時代は終わり、いまや蒸気船の時代なのだ。海だけではない。

かつて斉彬は、漂流してアメリカ滞在から琉球にもどった漁師の万次郎を鹿児島に呼んでいち早くアメリカ事情をききとった。そのとき、万次郎は日本帰国の資金を稼ぐために働いたゴールドラッシュのカリフォルニアで目にした、鉄道蒸気機関について話した。

「鉄道《レイロー》は」

と万次郎はレイル・ロードをそう発音し、さらに、

「蒸気船《スチンボート》」

のことも詳しく話した。

アメリカでもイギリス同様に、蒸気船だけでなく、陸上の鉄道《レイロー》を蒸気の車が多くの人を乗せ、荷物を運んで走っているのだという。

その後、幕臣として取立てられたジョン万次郎こと中浜万次郎と同様に、いまの才助は世界の変わりようを知っている。その秘密を目の前にいる男へ無性に伝えたい。

「大久保さァ、いま世界は、湯の力で天地がひっくり返るほどに変わっておりもす」

「ほう、水を湯に変えることで、左様に……」

一蔵は魂魄《こんぱく》で反応するかのように身を乗り出して才助を見た。

「沸騰した湯の力でごわンそ。その蒸気がイギリスやアメリカを富ませ強国にしもした。わが国も急がんにゃなりもさん。何もせじこげんしっおいとが、俺《おい》は歯がいか！」

才助は思う。亡き藩侯はこのことに気づいて、着々と実行していたのだ、と。紡績にも注目し、綿花を栽培させ、城下に紡績所をつくり、まず水力による機織場を設けていた。城下の人びとはそこを「水車館」と呼んでいたが、斉彬は蒸気動力の紡績機械の英文カタログをイギリスよりとりよせ、石河確太郎なる者にあたえて研究を命じていた。その研究も斉彬の死で中止させられていた。

のちのことになるが、才助が上申して実現するイギリス留学生派遣のとき石河が紡績機械の購入を提案、才助がマンチェスターで購入し、帰国後、鹿児島に日本最初の機械紡績工場ができるのだが……。

「ところで、大久保さァ。精忠組のお前《まん》さァは、西郷《せご》さァを助けにいきもうさぬのか」

しばらくの沈黙のあと、才助はそう訊ねてみた。西郷が島送りになったとき、かれを頭領と仰ぐ精忠組の者が助け出すのではないかとの噂が流れ、才助も精忠組の大久保や海江田信義や村田新八らがそれをするのでは、と思ったからである。

一方、井伊大老の尊王攘夷派の志士への弾圧はますます激しく、江戸在勤の尊王攘夷派の伊地知《いじち》貞馨《さだか》や有馬新七らは江戸を逃れて帰藩していて、なにやら不穏な噂も流れていた。

大久保は才助を見て、口を一文字にひきむすんだまま、わずかに首をふっただけであった。はじめて親しく口をきいた相手へは、胸中を吐露できないのであろうが、

(慎重な男だ)

と才助は思った。

大久保は立ちあがると、鄭重《ていちょう》に礼をのべて立ち去っていった。

松木弘安が江戸にゆくことを新藩主後見役の斉興に許され、山之口馬場の屋敷を売り払い、門弟二人と従僕一人をつれて鹿児島を発《た》っていったのは、三月に入ってからであった。二度と鹿児島へ帰ってくる気はなかったのであろう。

才助は迷った。しかし、いつまでも亡き藩侯斉彬を慕っていても人生はひらけない。いまは隠居の斉興が後見役として実権をにぎっているが、老齢ゆえ先は長くはなく、後見役は新藩主の父の久光に移り、久光が実権をにぎって斉彬の遺志をつぐであろう。

だが、無役で部屋住みの才助には何の手だてもなく、藩庁へ再度の長崎遊学願いを出すだけであった。

その才助に、五月になって長崎遊学の許しが出た。

しかし、海軍伝習所はすでに閉鎖が決まり、勝麟太郎は一月に江戸へもどり、幕府伝習生の全員が四月には長崎を引揚げていたのである。

朝顔とグラバー

一

長崎にふたたび出て、二年が経《た》つ。

文久元（一八六二）年五月、五代才助、二十七歳。

――ずいぶんと変わったものだ。

才助は思う。この長崎が、である。

唐人屋敷の西につづく南瀬崎、梅香崎、大浦下り松の海岸が埋め立てられて、外国人居留地があっという間に造成され、大浦居留地が完成したのは、去年、万延元年の師走《しわす》であった。ややこしいことながら西洋暦では年があらたまって、一八六一年の正月である。

前々から長崎人が「オランダ正月」と呼ぶ祝い事をしていたオランダ人の艦船ばかりか、各国の船がにぎやかに祝砲を放った。

出島が約四千坪の小さな人工島なのに対して、清国人たちが住まう唐人屋敷は溝を掘り竹矢来をめぐらして約一万坪もあって関帝廟《かんていびょう》などの寺院もあるが、外国人居留地はその十倍もの広さである。整然と区画されて道路が縦横に走り、まず大浦の「海岸通り」にならぶロッド「一番」から「十一番」が一等地で、海岸通りに並行する三本の裏通りにロッド「十二番」から「三十三番」、さらに梅香崎に六区画、後背地の東山手に十数区画、下り松クリークをはさんで西大浦と南山手にも造成中で、大浦の海岸通りから植民地《コロニアル》風な二階建て回廊つきの洋館がほぼいっせいに建ちならんだ。

一等地のロッド一番がイギリス領事館、隣の二番にジャーデン・マセソン商会が入り、クリークをはさんで角地に建つ洋館が税関である。

「この外国人居留地は、アヘン戦争で清国からイギリスが分捕った香港島につくったヴィクトリア市の設計とおなじらしいですね。上海の外国人居留地は長崎より数倍も広いようです」

そう話したのは、薩摩藩貿易掛になった才助が仕事以外でも親しくつきあうようになったオランダ語通詞の岩瀬弥四郎だった。これまた友人となった英語通詞の堀孝之《たかゆき》はこういった。

「ジャーデン・マセソン商会は、香港の大アヘン商人ですよ。上海の居留地の一等地にも進出していますが、横浜の居留地でも英二番館の主となったイギリスの大商社です」

岩瀬は大村藩出身で才助とほぼ同年。嘉永元(一八四八)年に北海道に漂着して長崎に護送されてきたアメリカ人ラナルド・マクドナルドから英語も学んでいた。

堀孝之は長崎人で、ペリー来航のとき首席通詞をつとめて日米外交で公式に英語を話した最初の日本人である堀達之助の次男、父とマクドナルドから英語を学び、才助より九歳年下だが数少ないすぐれた英語通詞である。

居留地の沖にはオランダ、イギリス、アメリカ、フランス、ロシアの蒸気帆船がにぎやかに停泊し、対岸にはカッテンディーケらオランダ人技師の指導で建設した幕府の製鉄所が完成して、高炉の煙突から黒煙が立ちのぼっている。

カッテンディーケといえば、幕府が江戸の築地講武所内に軍艦操練所をつくったので、海軍伝習所がわずか二年余で閉鎖したその年の十月に帰国したが、異人馴《な》れしたこの長崎の街には自由に歩きまわる諸外国人の姿が数多く見られ、丸山遊廓《ゆうかく》ではかれらの声をきかない夜はない。

(ここが、わが日本か……)

海軍伝習所時代も仲間とよくきたけれども、独り身をもてあます才助は今夜も丸山の花月楼で馴染《なじ》みになった妓《ぎ》の酌で酒盃《しゆはい》をかたむけながら、色つきギヤマンの夢をみているような心地でそう思った。

妓は源氏名を久菊《ひさぎく》といった。目鼻立ちも道具だても大ぶりな女で、恵まれぬ生い立ちであろうに気性が明るく、才助は気に入っている。

「あたしも鴉片《あへん》とやらを吸ってみたい」

才助のまえでは遊里《さと》言葉をめったに使わない久菊は、まるで小娘のようにそういって、煙草《たばこ》の煙管《きせる》を鴉片の煙管に見立てて吸うしぐさをした。

「よせ、鴉片などは。脳の骨までとろけて狂人になって、野垂れ死にするぞ」

「ひゃあー、こわい」

唐人屋敷では前から鴉片吸飲者の唐人がおり、旅の者へすすめ、ここ丸山遊廓でもひそかに吸わせる店があるようだが、いかに幕府が取締りをきびしくしても、清国のようにイギリス商人らの手で鴉片がこの長崎にも持ちこまれるのではあるまいか。

しかし、この街は華やかで平和である。そうした長崎で暮らしていると、開国に反対して攘夷《じょうい》を叫ぶ志士たちの狂乱ぶりが嘘《うそ》のようだ。

去年、安政七年三月三日の上巳《じょうし》の節句に、大雪の江戸の桜田門外で、大老井伊直弼《なおすけ》が水戸脱藩浪士らに襲われ斬殺《ざんさつ》される事件がおこった。薩摩藩士有村次左衛門も加わっていた。

（おろかなことをする）

とまでは思わないが、才助は、

（ついにやったか）

と、快哉《かいさい》を叫ぶ気にはなれない。

井伊大老の志士弾圧と外国に屈しての違勅調印による開国。尊王攘夷の志士たちには、井伊は悪逆非道の売国奴、天誅《てんちゅう》に価《あたい》する人物だが、列強諸国の実力を知る才助はそうは思わない。将軍継承問題で一橋派の斉彬《なりあきら》侯を排斥したことは許せず、吉田松陰ら志士の断罪も許しがたいが、勅許なしの条約調印と攘夷過激分子の取締りは仕方ないものと思っている。不平等条約の調印もいまの日本の実力ではやむをえまい。

攘夷は果せるものではなく、実力を即急にたくわえて、条約を改定してゆくしかないのである。

それなのに十二月には、アメリカ公使タウンゼント・ハリスの通訳官ヒュースケンが刺客七名に襲われ、公使館に運びこまれたが絶命した。無知な志士たちによる外国人襲撃事件はつづくであろう。

（その後、勝さァに会っていないが、アメリカを見てきたあの仁ならどのようにいうじゃろう……）

海軍伝習所の閉鎖よりも早く、才助が鹿児島にもどっていた安政六年一月に江戸へ帰って築地の軍艦操練所教授方頭取にようやくなれた勝麟太郎は、翌安政七年（万延元年）には、日米修好通商条約本書批准交換のため正使を乗せたアメリカ軍艦ポーハタン号に随行して、一月十九日、咸臨《かんりん》丸の艦長として浦賀を出航、太平洋横断の壮途についたのだった。

（あの勝さァが、あの咸臨丸で……）

海軍伝習所総督だった木村摂津守喜毅《よしたけ》も軍艦奉行の提督として乗艦したときいたとき、才助は参加できない無念さと同時に自分も乗艦してアメリカを目ざすかのような胸の高鳴りをおぼえた。乗組員は海軍伝習所で一緒だった者たちであり、英語通詞は中浜万次郎であった。

咸臨丸の出航は桜田門外ノ変の二ヵ月前だったから、勝はアメリカに着いてから変報に接したのだったろうか。

ワシントンでアメリカ大統領ジェームズ・ブキャナンに謁見し、無事に批准書交換をすませ、ニューヨークでも大歓迎をうけた勝らは、咸臨丸で西洋暦五月八日にサンフランシスコを出航、六月二十三日（日本暦五月五日）に浦賀へ無事に帰航したのだった。

また、使節の別の一行は、ニューヨークからアメリカ軍艦に乗って、喜望峰、ジャワ、香港を経て、万延元年九月二十七日に帰国した。九ヵ月にわたる地球一周の大旅行であった。

そのころ、才助は半月ほど長崎から鹿児島にもどっていた。九月十二日、藩主後見役の島津斉興《なりおき》が死去したからである。藩庁から出頭命令が出て、出頭してみると、新たに後見役となった藩主の父久光《ひさみつ》にはじめて目通りを許され、開国後の長崎の状況をきかれ、物産方家老桂久武の配下として長崎在勤の貿易掛を任命された。ふたたび長崎に遊学して間もなく、蒸気船購入の要を藩主忠義に建言していたことが、認められたのだった。

——これからは久光侯の時代じゃっど。

才助にかぎらず、藩士のだれもがそう思った。ことに、斉彬を尊敬して励んできた改革派の藩士は、

——久光侯が斉彬侯の遺志をつぐであろう。

と期待し、またそうであるべきだと信じた。

才助が集成館で出会った大久保一蔵もその一人だった。しかし、久光に見出《みいだ》される機会がない。一蔵は小才のきく男でも器用に立ちまわれる男でもなかった。熟慮の末、おなじ

精忠組の同志の兄が禅寺吉祥院の住持だったので、この真海禅師について坐禅《ざぜん》を組み、碁を習うようになった。そして、久光が真海和尚の碁敵だと知り、いつの日か拝顔のきっかけをつかめないかと通いつづけた。辛抱強く二年ちかくも通いつづけて、ある日、久光が真海和尚に、

「国学者平田篤胤《あつたね》の『古史伝』を読みたいが、手に入らぬか」

と頼んでいることをきき、その本を以前に借りて読んだことがあった一蔵は、ふたたび借りうけ、時局への意見書と精忠組同志の名を記した紙片を本にはさんで、真海和尚を通じて久光にさしだした。精忠組同志の名を列記したのは、命を賭《と》して久光に忠誠を尽す士がいることを知らせたのである。

こうして久光に目通りがかなったのは、桜田門外ノ変の十八日後、万延元年三月二十一日であった。

久光は一蔵と会った翌月、躊躇《ちゅうちょ》することなく、一蔵を勘定方小頭格に抜擢《ばってき》した。当今でいえば、経理課長といったところであろうか。ときに大久保一蔵、三十一歳。

久光から貿易掛として長崎在勤を命ぜられた才助は、その年万延元年十二月、長崎奉行所を通じて、イギリス商船の蒸気帆船イングランド号を購入した。

「よか船じゃっど」

乗船して詳細に点検し、才助は気に入った。四年前の一八五六年にスコットランド南部の海港グラスゴーの造船所で建造された鉄船で、一〇〇馬力、七四六トン、船長三〇間、

三本マストの蒸気内輪船。代金は十二万八千ドルである。

海軍伝習所での勉学の知識と操船経験がイングランド号の選定と購入に生かされた。

ついでながら、当時使われたドルはメキシコ・ドルである。スペインがメキシコ征服後、メキシコ産の銀で鋳造した銀貨をメキシコ・ドルといい、十七、八世紀にはアジア市場にも流通し、広く国際貿易の決済に用いられた。日本では「洋銀」と呼ばれ、メキシコ・ドルの銀貨一枚が日本の一分銀一枚に相当した。

年が明けた今年文久元年一月に、鹿児島に回航されたイングランド号は、「天祐丸」と改名された。

――このほか、即急に少なくとも二隻の蒸気船が欲しい。

才助の進言をいれて久光侯もその意向である。才助は外国船が長崎に入港するたびに物色し、また大浦居留地の外国商社を訪ねて蒸気船の情報を入手していた。ロッド二番に入ったイギリスの大商社ジャーデン・マセソン商会は、ケネス・マッケンジーというエディンバラ生まれのベテラン貿易商人が代理人をつとめていた。

そうした外国商人や外国船長たちと出会う日々をすごしている才助は、攘夷が尊王という思想に結びついて、この国の鎖国をやぶって侵入してきた夷狄《いてき》を討ち、朝廷を中心とする政体に復することをねがう尊王攘夷の巨きなうねりの渦の外にいて、志士たちの行動をむしろ冷静に見ていたのである。

しかし、アメリカをつぶさに見てきた勝のことを思うと、こうして長崎にとじこめられている自分に焦立《いらだ》ちを感じる。まして精力をもてあます若い独り者の軀《からだ》は、馴染みの妓のやわ肌で性欲を発散しても、満たされぬ寂しさが残った。

二

花月楼で一夜をすごした才助は、梅雨明けにはまだ早いが、雨がやみ雲がきれて晴れ間がのぞく午《ひる》さがり、楼を出て、坂道を下った。

街の屋根のむこうにひろがる湾に雲間から陽《ひ》が射して、五、六隻もの外国船の停泊する海面が小魚の群れが回遊しているかのように輝いている。左手に洋館の建ちならぶ大浦居留地。

才助は丸山町の坂を下りると、まっすぐに藩邸へはむかわず、右に折れて細い流れにそって鍛冶屋町をそぞろ歩いてから左に折れて、たいした水量の川ではないのに長崎人が「大川」と呼ぶ中島川の方角へゆっくりと下った。大川には、郷里鹿児島の甲突川にあるような典雅な石橋がいくつもかかっている。なかでも二つのアーチをもつ眼鏡《めがね》橋は、長崎人が自慢の優雅堅牢《けんろう》な石橋である。

その眼鏡橋より下流にある石橋を渡ろうと、東浜町《ひがしはまのまち》の通りまできたとき、にわかに空が暗くなり、大粒の雨が才助の月代《さかやき》をたたいた。

梅雨末期の夕立ちであろう。

才助は袴《はかま》の股立《ももだち》をとって走り出したが、雨は激しさを増すばかりなので、かたわらの町家の軒下に走り込んで雨宿りをした。

東浜町の通りには商家が軒をつらねているが、才助が身を寄せたそこは仕舞屋《しもたや》風の家の軒先で、開けたままの格子戸の内はひっそりとしていた。才助がふところからとり出した手拭で濡れた頭や衣服の肩のあたりをぬぐいながら弱まりそうにない雨足を見あげていると、土間のうちに人の気配がした。振りむいた才助は、格子戸をしめにきたらしい女と目が合った。

碧《あお》い目の娘である。

はっと思った。結いあげた髪は黒く、顔立ちは長崎人だが、肌も外国人のように白い。朝顔の花柄の浴衣《ゆかた》がまるで別世界の女のように似合うその娘が、才助のすぐ前に立っている。年のころは、十八、九だろうか。

「軒を借りておる」

才助は口ごもってそういい、

（奇麗な目をしている）

と、その目に吸い込まれそうになりながら思った。

丸山には「オランダ行」と「唐人行」という出島と唐人屋敷にいく専門の遊女がいて、その者らは妊娠すると落籍《ひか》されて自由の身になった。長崎の町ではそうして生まれた混血の子をたまに見かけることがある。また、かつて日本地図などを国禁を犯して持ち出そうとしたとして、国外追放になった長崎オランダ商館付医師シーボルトは、妻とした日本娘との間に子をなしていて、その混血の娘いねが長崎にいた。そしてこの時期、シーボルトは三十年振りに長男アレキサンダーを連れて来日していたのである。

（この娘も……）

才助は、帰国したカッテンディーケや最も親しかったウイッヘルズ二等士官らを思い出しながら、娘に微笑を送っていた。

「そこでは雨に濡《ぬ》れます。どうぞお入り下さい」

娘はにこりと微笑《ほほえ》んでいった。

風が出て、軒下に激しく降り込む雨のしぶきが才助の袴の裾を濡らす。

「んにゃんにゃ、難儀じゃッ」

飛び退《の》きざま、思わず鹿児島弁が出た。娘がころころと笑った。

才助が土間の内に入ると、娘が吹き込む雨をさけて格子戸をしめた。薄暗い室内にはすでに行灯《あんどん》が灯《とも》っていて、上り框《かまち》に腰をおろした才助はあたりを見まわした。帳場があり、小引出のついた用簞笥《ようだんす》がならんでいるが、とうに店仕舞いをしたらしく人気《ひとけ》もない。いったん奥に引っ込んだ娘が乾いた手拭をもって現れ、そのあとから老婆がギヤマンの器で茶を運んできた。

「かたじけない」

娘の差し出した手拭で衣服をぬぐいながら、才助は訊《たず》ねた。

「商いは何を？」

「紅粉《べにこ》を商っておりました」

老婆が答えた。紅粉とは中国から渡来する唐紅《とうべに》のことである。染物に使うと紅粉染といって、紅色がかった柑子《こうじ》色に染まる。

「代々、唐紅商でございましたが、店を継ぐ者がなく、店仕舞い致したのでございますよ」

と老婆は嘆息まじりに話した。

「ご主人が亡くなられたとでも……」

「いえ、お歳を召されまして」

「どなたかな？」

「紅粉《べにこ》屋藤兵衛でございます」

その名なら才助もきいたことがある。町年寄でかつて乙名《おとな》を勤めた老人である。老婆は身のまわりの世話をしている雇い人らしい。

（とすると、なぜ混血の娘が廃業したこの紅粉屋にいるのであろう）

行灯の仄《ほの》明かりに透きとおるほど色白の横顔を浮かびあがらせている娘をそれとなく見つめて、才助は気持が波立つのを覚えながら、初対面の娘のことを立入っては訊けなかった。

老婆が格子戸をあけて、雨の降りぐあいを見た。すこし小降りになっただけで、止みそうにない。

「さて、参るか。世話になった」

才助は茶を喫しおわると、立ちあがった。長居は無粋である。

「お傘を」

と娘がいった。

「それには及ばぬ」

「でも……」

見上げる娘の碧い目がやさしく輝いている。

「では、借りてまいろう」

かたわらから老婆の差し出す番傘を才助はうけとり、軽く会釈をして店を出た。

「紅粉屋」と屋号のしるされた番傘をさして、小降りにはなった雨の降る東浜町の通りを銅座町の藩邸へともどりながら、おそらくオランダ人の血をひくであろう娘の、朝顔の浴衣が似合うその面影を繰りかえし想い出しつつ、才助はつぶやいていた。

(やいやいや、一目惚《ぼ》れんごちゃっ……)


才助が借りた番傘を返しに紅粉屋に立寄ったのは、その数日後、前夜に雷が鳴って梅雨が明けた日の朝だった。

声をかけたが、店に人の気配がなく、脇の木戸から裏庭にまわると、麻の筒袖に軽衫《カルサン》をはいた白髪の老人のそばにあの娘がいて、二人は咲きそめた朝顔の花を眺めていた。今朝の娘は矢絣《やがすり》の単《ひとえ》を着ている。

「見事《みごち》か花じゃなあ」

才助が声をかけると、二人は傘を片手にさげている才助を見て、

「これはこれは、わざわざお返しにご足労いただかなくとも、よろしうございましたのに」

と七十年配の老人は娘と老婆から話をきいていたらしく腰をかがめていい、娘はにこりと微笑《ほほえ》んだ。

今朝の娘は、梅雨明けの鮮やかな真夏の朝陽をあびて、いっそう眩《まぶ》しいばかりに美しい。

植木棚には、鉢にしたてた朝顔が十五、六鉢もならんでいて、幾鉢かが、紅、濃紫、薄紫、しぼりのある藍色の大輪の花をひらいている。

「老いぼれ隠居の道楽でございましてな」

紅粉屋藤兵衛と名乗った老人は、蝶園と号して俳諧と茶道と花づくりを道楽にしていると話した。

朝顔は奈良朝のころに唐から伝来した花だが、江戸中期から朝顔好きの者らによっていろいろに品種が改良され、近ごろ江戸では朝顔市が立ってにぎわうくらいだが、長崎人の蝶園老人も朝顔好きの一人なのだろう。

「この濃紫は桔梗《ききょう》一重咲き、こちらの紅《べに》は、朝顔の花とは思えぬ花びらの獅子牡丹《ししぼたん》でございますよ」

と一鉢一鉢を指さし、相好《そうごう》をくずして説明した。

なるほど、濃紫の花は大輪の桔梗のようであり、鮮やかな紅色の花の方は牡丹かと思える珍種である。よく見ると、葉の形もそれぞれに異なり、松葉のように尖《とが》ったものさえある。

「午後にはしぼんでしまう、短い命の美しさが、なんともいえませぬなあ」

蝶園老人はいっそう目を細めていい、

「茶を一服、いかがでございます？」

と才助を誘った。

庭の奥に隠居所と茶室があり、蝶園老人は老妻に先立たれたらしく、娘と雇いの老婆と下男に身のまわりの世話をさせて、一人暮らしを楽しんでいるらしい。

凝《こ》ったつくりの茶室の風炉に湯が沸いていて、蝶園老人の点《た》てた薄茶を娘が才助の膝前へさし出してくれた。

「この娘《こ》は広子と申しまして、手前の孫娘でございますよ」

蝶園老人は、目の中に入れても痛くないといった眼差《まなざ》しで娘を見て話した。

「広子どのと申されるか」

嫁いだ姉と字もおなじだとわかった。

「この広子の祖母が丸山の遊女でございまして、私がごく懇意にしておりましたオランダ商人の種を宿し、生まれましたのがこの娘の母でございました」

蝶園老人は隠し立てすることなくそう話した。オランダ商人は母子を残して帰国したので、蝶園が生まれた娘を養女に迎えて、母子の面倒をみたのだという。

「いろいろとございましてな。養女にした娘の子がこの広子でございますよ」

「おじいさま」

それ以上は話さないでほしいという表情で、広子が老人の言葉をさえぎった。

「いや、少しも恥じることはないのじゃ」

蝶園はいい、才助も大きくうなずいてみせた。そして、自分は薩摩藩士で貿易掛であること、海軍伝習所でオランダ教官から多くを学んだこと、そのオランダ人たちはいずれも尊敬に価する立派な人たちであることなどを話した。

その後、才助は蝶園老人の隠居所を訪ねるようになった。老人は博識で、乙名を勤めただけあって海外事情にも詳しく、とくにもとの商売柄、清国の事情をよく知っていて、貿易掛である才助にはいろいろと勉強になった。が、それよりも、広子に会いたくて、足しげく通うようになった。

隠居所の庭の朝顔は、行くたびに、その朝その朝の清らかな花を咲かせていた。なかでも才助は、蝶園老人が自慢する珍種の花よりも、わずかにしぼりの入った薄藍色の小ぶりな花が好きだった。ひっそりと咲くその半日花が、異人の血をひいて人目に立つまいと生きているらしい年若い広子の、いじらしさと寂しさを思わせたからである。

朝顔の花がおわり、秋風が立つようになった一日、蝶園老人が留守で、広子と二人きり

のとき、

「この長崎は鶴《つる》の湊《みなと》というんですよ」

と広子はふと思い出したように話した。

「そのようだね」

古くから長崎がそう呼ばれていることを才助も知っていた。湊の形が鶴に似ているからか、陸地の形が双翼をひろげた鶴のようだからか、いずれにしろ、その鶴の湊へポルトガル人がやってきて、鶴の頭にあたる岬の突端の森崎にイエズス会本部が設けられ、そのあたりから長い崎の町づくりがはじまった。やがてキリスト教の禁令が出て、鎖国の間、オランダ人と唐人にのみ窓をひらいてきたこの町は、いまようやく世界へ羽搏《はばた》こうとしている鶴ではありませんか、と広子はいうのである。そして、広子はわずかに目に涙を浮かべてこうつぶやいた。

「この鶴の湊で生まれ育ったわたくしは、鶴になって祖父の国へ飛んでいく夢を、幼いころからよく見るのですよ」

生まれると間もなく父は死に、混血の母も七歳のときに亡くなり、蝶園夫婦に育てられたという広子は、父のことを知らず、祖国オランダに帰った貿易商人の祖父のことは蝶園老人から聞かされてきたという。

「ベルギーという国の生まれのオランダ人だそうです」

「ほう、ベルギー生まれの？」

十四歳のとき世界地図を模写し、地球儀をつくったとき、才助はその国の名も覚えたものだった。

「あのあたりは、オランダ、ベルギー、フランスがあり、海をはさんでイギリスがある」

そう話しながら才助は、この広子をいつか祖父の国オランダとベルギーへ連れていってやりたい、と思った。

才助が丸山へあまり行かなくなり、広子との二人きりの逢瀬《おうせ》を楽しむようになったのは、秋も深まり、長崎の街に龍船《じゃぶね》、オランダ船、唐人船などの引物が繰り出し、唐《から》伝来の龍踊《じゃおど》りでにぎわう「くんち」のころからであった。

三

その年文久元年十一月半ばの快晴の一日、才助は英語通詞の堀孝之をともなって、大浦居留地の海岸通りロッド二番のジャーデン・マセソン商会を訪ねた。

この年五月にジャーデン・マセソン商会の代理人マッケンジーは天津《テンシン》条約で開港した揚子江中流の漢口へ赴任したので、マッケンジーの世話で長崎にきていたイギリス商人のトーマス・B・グラバーが商会の代理業務をロッド二番の事務所ごと委譲され、それまで小さな事務所をかまえていた裏通りのロッド二十一番から移って、「グラバー商会」の看板もかかげていた。

その二つの横文字の看板がかかった事務所のドア脇の呼び鈴を鳴らすと、日本人の丁稚《でっち》が出てきたので来意を告げ、窓から海のよく見える応接間に案内された。待つほどに、痩《や》せぎすの背の高い、鼻下に髭《ひげ》をたくわえたイギリス青年が入ってきて、才助と堀に手をさしのべた。

「Good morning, sir. My name is Thomas Blake Glover. I'm very glad to see you.」

堀もまた英語で挨拶し、才助を薩摩藩の貿易掛であると紹介し、多少は英語のできる才助が、

「拙者ハ五代才助ナリ。貴殿ニ会エテ誠ニ嬉《よろこ》バシイ」

とオランダ語なまりの英語でいった。

グラバーはにこりともせず、椅子にかけるようにうながしただけで、黙って才助を見つめている。

(愛想のない奴だ)

才助は思ったが、

「いつ日本に参られた?」

と訊《たず》ねた。堀が英語に通弁した。

グラバーは、二年前、一八五九年九月に上海から長崎にきたと答えた。上海へは五、六年前にきたといい、

「私はスコットランドのアバディーンの生まれです」

となおも英語で話した。アバディーンは北海に面した港町である。

その町の名を才助ははじめて耳にしたが、スコットランド人についてはウイッヘルズ士官から話をきいたことがある。そこで、英語を駆使してこう訊ねた。

「無礼ナル質問ヲ許サレヨ。スコットランド人ハけちナリト、オランダ海軍士官ヨリ以前ニ聞イタリ。コレ、イエスカノーカ」

グラバーはおどろいて目をまるくしたが、才助に微笑して答えた。

「Yes, and no.」

そして、あとの言葉を堀が通弁した。

スコットランド人は確かに「けち」といわれるほどの倹約家である。しかし、いったんこうと決めると、惜しみなく家財を投げ出す。そして、人のつきあいも、いったん信用すればいつまでも誠実に深くつきあう。

「ことに、アバディーン気質がそうです」

とグラバーはいった。

「わかりもした。いったん信義を結べば、生涯、誠意をもって正直につきあい、生命をも投げ出すのが、わが薩摩隼人《はやと》の気質でごわす」

才助もそういった。そして二人はどちらからともなく手をさしのべて、固い握手を交わした。

才助は単刀直入に本題に入った。

「わが薩摩藩は五〇〇トン前後の蒸気船二隻を購入したい意向である。その斡旋《あっせん》をしてもらいたい」

堀の通弁でこれをきくと、グラバーは顔を輝かせたが、口もとにかすかに困惑の表情も浮かべてこういった。

「私はいまだ蒸気船の売買の経験がありません。私のグラバー商会はいまのところ茶の輸入が主で、この夏、この長崎に再製茶工場をつくり、軌道に乗りはじめたところです。もちろん、ジャーデン・マセソン商会の代理人として、上海の本社にさっそく照会し、売却可能な五〇〇トンクラスの蒸気船を捜す手配を致しましょう」

（正直な男だ）

堀の通弁をききとると、才助は大きくうなずいていった。

「よかよか。アバディーン気質とやらのグラバーどんに一切をお願いしもンそ。ジャーデン・マセソン商会で上海・香港の外国船をよく調べて、おはんのグラバー商会が大いに儲《もう》けたらよか」

グラバーは、才助の目に自分と同年か年長に老けて見えたが、このとき満二十三歳。才助より三歳若い。

なぜはるばる日本まで来たのか、との才助の問いに、グラバー青年は答えた。

「イングランド人はこういいます。『ためしに北極へ行ってみるとよい。スコットランド人が見つかるはずだ』と。私どもスコットランド人は、十八世紀初頭のイングランドとスコットランドなどが一つになった大ブリテン連合王国の成立以来、遠くインド、中国への海外雄飛が伝統になったのです。私はまず単身、上海に渡り、そしてこの日本にきました」

一七〇七年、イングランド、スコットランド、ウェールズの連合王国成立以来、イギリス植民地との交易を許されたスコットランド人は、海外に雄飛して、世界の利益獲得にその冒険心をかたむけるようになったのである。

商談がすんだところへ、日本人の丁稚が紅茶を運んできた。その少年は名を浅太郎といい、ほかに日本人二人が働いているという。そして、去年からグラバーの兄ジェームズが上海から呼ばれて事務を手伝っているということだった。

冒険心に富むアバディーン気質のスコットランド人を気に入った才助は、数日後、グラバーを丸山の花月楼へ招待し、堀も同席して酒肴《しゅこう》をともにした。

すっかり打ちとけたグラバーは、自分をトーマスのファーストネームで呼ぶようにいい、

「五代どん」

と日本語で才助に呼びかけて、至極《しご》真剣な質問をした。

「あなたのお国が、天皇《ミカド》と将軍《タイクン》の二頭だての政治体制であることはわかりました。ところで、これから天皇《ミカド》と将軍《タイクン》と、どちらがこの国を統治していくのでありましょう？」

（こ奴、商人としてよく見ておるわい）

才助は堀の通弁をきくと、グラバーの鳶色《とびいろ》の目の奥をじっと見て答えた。

「わが薩摩藩は、天皇と将軍、どちらにも与《くみ》せぬ外様大藩であり、その実力をもっている。

したがって久光侯は、前藩主斉彬侯の遺志をついで、天皇と将軍をひとつとする公武合体をなすじゃろ」

堀の通弁をきいたグラバーの顔が輝いた。

アバディーン気質のグラバー青年が、アバディーンの町を単身飛び出して、上海へ渡ったのは一八五六、七年、十八、九歳のころである。十月、広東でアロー号事件、翌年四月には清国へのイギリス遠征軍出動、第二次アヘン戦争が勃発《ぼっぱつ》した。

その上海でグラバー青年はジャーデン・マセソン商会で働いた。そして、さらに人生の転機となる経験をした。

「あれは一八五八年、日英通商条約が結ばれた年の秋のことでした。上海で開催されたウィリアムズ博士の講演をきいたのです」

とグラバーはそのときの話をした。

法学博士S・W・ウィリアムズはこう講演したという。「日本人は昔から他国の知識を得ようと努めてきました。かくの如《ごと》き努力は日本人の将来を十分に保証するものであり、他国との通商関係が進展するにともない、この《日出づる国》は、近く国際社会に座を占める適性をものにするばかりでなく、最良の国のもつ制度、自由、誠実のすべてを具備することになりましょう」と。

この講演をきいてグラバーの若い精神は、強く「日出づる国・日本」に惹《ひ》かれたのだという。

日本にきたグラバーの落ち着き先は、ジャーデン・マセソン商会の長崎代理人となっていたマッケンジーの居宅、日親誠孝院だった。グラバー青年は、ジャーデン・マセソン商会の社員としてではなく、単なる個人として身を寄せ、やがて大浦居留地の裏通りロッド二十一番に移って小さな店を開き、現在のロッド二番に移ってから、グラバー商会の看板もかかげ、ジャーデン・マセソン商会の代理人として輸出では茶、絹、木蠟《もくろう》、樟脳《しょうのう》、海産物など、輸入では綿織物、毛織物、英国炭、砂糖などの品目を扱い、とくに茶に力を入れ、買い入れた日本の原料茶を良質の紅茶とすべくもう一度火を入れて乾燥度を高める再製茶工場を長崎市内につくって、それが軌道に乗ってきたところだったのである。

「その私に、五代どんの薩摩藩からの蒸気船注文は、船舶売却という有望な市場に進出することを教えてくれました。貿易商人として心からお礼を申し上げたい」

グラバーは酒の入った赤ら顔で真摯《しんし》にそういって、日本風に頭を下げた。

「俺《おい》は、貴殿が気に入った。世界のことを教えてもらわねばなりもはん」

才助もまた上機嫌にいい、久しぶりに馴染みの久菊の酌で大いに飲み、グラバーにも妓をあてがって歓待した。

しかし、酔がまわるほどに才助の脳裡《のうり》に浮かぶのは、オランダ人の血をひく広子の、朝顔の花に見入っていた、あのかすかに憂いをふくんだ笑顔であった。

四

西洋暦で新年を迎えた一八六二年一月二日付で、グラバーのもとへ上海のジャーデン・マセソン商会から次のような文書が届いた。

——当商会に売却可能な二隻の社有船あり。ファイアリー・クロス号とランスフィールド号の四五〇トン級姉妹蒸気船である。

ただし、両船ともインド方面に就航中のため、即刻の長崎回航はむずかしい。
グラバーはこのことを才助にすぐに知らせるべく、薩摩藩邸へ使いを走らせた。すると、才助は数日前に鹿児島の藩庁から呼び出されて帰藩したという。
グラバーは、才助が長崎にもどるのを待たねばならなかった。

明けて文久二（一八六二）年の正月を鹿児島城ヶ谷の生家で迎えた才助は、登城して、江戸に出て蕃書調所教授手伝になっていた松木弘安が去る十二月二十二日、遣欧使節団の一員としてイギリス軍艦で江戸湾を出発したことを知った。

万延元年八月以降、英仏両公使を相手に、江戸・大坂開市、兵庫・新潟開港の延期について外交折衝をかさねていた幕府は、英国公使オールコックの提案もあって、開港開市延期談判のほかに西欧諸国の事情探索を任務とする使節団の派遣を決めた。

その随員として松木弘安が傭《やとい》医師兼翻訳方、渡米経験のある福沢諭吉が傭通詞《やといつうじ》に任命された。弘安は自ら志願して、これに選ばれたのである。

（あの博識の弘安さァが……）

しかし、別の変報も江戸からもたらされた。

一月十五日、江戸城坂下門外で、公武合体を推進中の老中安藤信正が尊王攘夷激派の志士に襲われて負傷、失脚した。世にいう坂下門外ノ変である。

二月一日、藩庁より才助に、

――船奉行副役《そえやく》
の辞令が下りた。長崎の薩摩藩邸で聞役《ききやく》の迫田《さこた》甚蔵を助けて海外事情の収集と引きつづき蒸気船購入の任にあたれとの辞令である。

長崎にもどった才助は、グラバーからジャーデン・マセソン商会所有の蒸気船二隻が売却可能であるとの報告をうけた。しかし、実際に乗船してみないことには、購入の交渉はできない。長崎回航を待つことにした。

すると、またも緊急の帰藩命令をうけた。グラバーに依頼していた蒸気船のうちの一隻、ランスフィールド号がボンベイから長崎に回航されてきたのは、才助が鹿児島に帰着した翌日であった。売買交渉は才助が長崎にもどるのを待つほかはなく、グラバーはやきもきしつつ日を過した。

鹿児島での薩摩藩の動きはあわただしかった。藩主の実父で後見役の島津久光が、ついに「国事周旋」を決意、公武合体の工作に乗り出すべく、軍勢をひきいて上洛《じょうらく》・出府の準備をととのえていた。

三月十六日、久光は陸路東上の途についた。従う者、小松帯刀、大久保一蔵らの側近をはじめとして洋式藩兵の精鋭一千余。流罪地から呼びよせられていた西郷吉之助は先発した。

この軍勢に加わらなかった才助は、久光の一行を見送ると、別路、長崎にもどった。

才助が長崎に帰ったとき、グラバーは、才助の留守中に長崎に回航されて港に滞留していたランスフィールド号をやむなく売却交渉不能としてジャーデン・マセソン商会上海店に報告し、次の航海のために横浜へ回航した後だった。

「それは残念なことをした。あいすまぬ」

才助はグラバーに詫《わ》び、もう一隻の蒸気船の長崎回航を待つことにしたが、グラバーから幕府が貿易船を上海へ送るのでその準備中だときいた。通詞として岩瀬弥四郎が参加するらしい。さっそく岩瀬に会った。

「これまで鎖国をしてきた幕府がようやく重い腰を上げて、はじめて貿易船を上海へ送ろうと一年ほど前から計画をねっていたらしいですね。リチャードソンというイギリス人船長の長崎・上海航路の商船アーミスティス号を幕府が買上げ、千歳丸《せんざいまる》と名づけて、幕臣だけでなく諸藩の士も乗せるということです」

と岩瀬は話した。ただし、諸藩の士は幕臣の従者という名目だという。その大方の者がすでに決まり、目下、同乗の長崎商人たちが輸出品の積荷の準備をしており、出航は四月中であろうという。

「上海か……」

才助は宙に目をすえた。

（ぜがひでも行きたか）

列強諸国がいまや日本進出の一大拠点として、香港以上に最新鋭の艦船を送り込み、繁栄しているという上海。

（勝さァはアメリカを体験し、松木さァはヨーロッパへ向っている。せめて俺《おい》はこの目で上海を見たか）

そこへ英語通詞の堀孝之もきて、かれも幕府貿易船千歳丸に通詞として乗り組める岩瀬を羨ましがった。

才助はいった。

「久光侯はわが藩の精鋭一千余をひきいて上洛、さらに出府をして、この国に回天の偉業をなさんとなされておる。じゃっどん、一方、攘夷激派は外国人を襲撃し、いまやこの日本の青年たちの閉塞感は絶頂に達しているのではあるまいか。公武合体なったとして果して日本が列強に伍《ご》して新しく変わるものか、俺《おい》にはわかりもはん。いまの日本を俺は海外からじっくり見たか。この海のかなた上海から、日本を見てみたか。また、上海に行けば、列強諸国のすぐれた蒸気軍艦とその砲をつぶさにしらべることもできもンそ。いまから千歳丸に乗り組める手段《てだて》はなかろうかのう、両君」

「五代さんは海軍伝習所で蒸気帆船のことをみっちり学んでおるのですから、水夫として乗船できるよう手をまわしてはいかがでしょう」

と堀がいい、岩瀬もうなずいて、大村藩士である弟の碩太郎《けんたろう》が岩瀬の従僕という名目で乗り組むから、誰かの従者という手もあると話した。海軍伝習所で親しかった佐賀藩の中牟田倉之助も幕臣の小人《こびと》目付の従者ということで同行するらしい。

「なんだ、あの中牟田もか」

ますます行きたい。しかし、水夫あるいは従者としてもぐりこむとしても、渡航する以上、藩庁の許可がいる。いまから藩庁に願い出たのでは間に合うまい。

(よし。久光侯から直接にお許しをいただこう)

こうと決めると、才助の行動は早い。

久光は馬関(下関)から、才助が購入の任にあたった元イングランド号の天祐丸に乗船して瀬戸内海を大坂に向かう予定である。

才助は小倉へ馬を飛ばし、小舟で馬関へ渡った。幸いにして天祐丸乗船前の久光に目通りがかない、上海渡航の許可をえることができた。

長崎へ急ぎとってかえすと、才助が水夫として千歳丸に乗船できるよう、岩瀬が手筈《てはず》をととのえてくれていた。

肌を合わせるようになった広子とは、しばしの別れである。

上海使節団の一行のなかに長州藩士高杉晋作がいるのを、才助はまだ知らない。

上海の風

一

初夏の朝日をあびて、広子はフリルのついた白い西洋の日傘をさして佇《たたず》んでいた。蝶園老人とともに波止場に見送りにきてくれたその広子の姿も、とうに遠ざかった。

鎖国以来、幕府の初の貿易船千歳丸《せんざいまる》は、三本マストの帆に順風をはらんで、長崎の港を出港した。

文久二（一八六二）年四月二十九日、快晴の朝である。

その船上で、五代才助はイギリス人水夫にまじって忙しく働いていたが、水夫に身をやつしているとはいえ、船奉行副役《そえやく》の薩摩藩士として初めて異国の上海《シャンハイ》へ渡航するのである。しかも、藩主後見役の島津久光から直々《じきじき》に洋式蒸気船購入その他のための市場調査という密命をおびていた。

幕府が久光の幕政改革案をいれて、諸藩に課していた艦船輸入制限を解除するのは、この三ヵ月後の七月である。

上海に針路をとった千歳丸には、使節の幕府勘定吟味役根立《ねだて》助七郎ほか長崎会所役人など十四名の幕臣と名目上その従者の諸藩の士二十三名、長崎商人三名、賄方《まかないかた》六名、水夫四名の計五十名の日本人が乗り組んでいた。

千歳丸は長崎・上海間の定期航路に就航していたイギリス船アーミスティス号を幕府が三万四千ドルで購入した三五八トンのイギリス製バーク型帆船で、船長はイギリス人のヘンリー・リチャードソンである。

輸出品の積荷は、昆布・干鮑《ほしあわび》などの海産物、漆器・蒔絵《まきえ》などの工芸品のほかに陶器、髭《ひげ》人参《にんじん》、反物、樟脳《しょうのう》などの商品。日本は清国との貿易を長崎においてのみ認めてきたが、いまだ通商条約を結んでいないので、上海のオランダ商館を通じて貿易をおこなうのである。

鎖国の祖法を重んじてきた幕府にとって、千歳丸における出貿易《でぼうえき》といい、この船に西国雄藩の士を乗せたことといい、画期的なことであった。

快晴の長崎を出航した翌日、雨天となった。北風強く、千歳丸は女島《めじま》・男島《おじま》沖を南下して快走するが、波が高くなり船の動揺激しく、船に酔う者が続出した。夜になると、風雨ますます激しく、翌五月一日、ついに暴風雨になった。

千歳丸は大帆をことごとく縮帆し、小帆のみを残して帆走したが、木の葉のごとく怒濤《どとう》に翻弄《ほんろう》され、間断なく大浪が甲板を大音響とともに襲う。

海軍伝習所で船に慣れている才助は、少しも船酔いせずに働いていたが、船室の日本人はひどい船酔いに苦しみ、嘔吐《おうと》しては床に伏し、呻《うめ》き声以外にたまに声を出せば、神仏への祈願であった。

才助がその船室をのぞいてみると、やはり船に慣れている中牟田倉之助だけが板壁に背を凭《もた》せかけて平然としていた。佐賀藩士の倉之助とは、海軍伝習所で別れて以来の再会である。すでに乗船のときに挨拶《あいさつ》を交わしていたが、才助は近づいて話しかけた。

「中牟田どん、おはん、さすがじゃのう」

「おお、才助どんか。貴殿の水夫姿もよう似合うのう」

「この大嵐の中でイギリスの水夫どもはよう働く。俺《おい》も負けてはおれん」

そう話しながら才助は、船室の向うの隅にいる男に目をとめた。あばた面の若い侍である。彼も小桶《こおけ》をひきよせて時折り嘔吐しているが、大刀を抱えて板壁に背を凭せかけて目をつむり、目をひらくと矢立をとってなにやら筆記している。よほど筆まめな男らしい。

「誰だい、あの仁は？」

「長州藩の高杉晋作という仁だ」

と倉之助は答えた。

このとき、高杉晋作、二十四歳。幕府の小人《こびと》目付犬塚鑅三郎《こうざぶろう》の従者という名目で乗り組んでいた。

晋作は船酔いに苦しみながらも、「航海日録」に、

――諸子甚《はなは》だ窮す。船毎《しきり》に動揺し、行李《こうり》人と共に転倒し、船に酔ふ人なほ酒に酔ふが如《ごと》く、体を臥《ふ》してほとんど死人の如く……。

と誌《しる》していたのである。

夜半にようやく風雨がやや穏やかになり、千歳丸は無事に大時化《おおしけ》を乗り切った。やがて雲が切れ、夜明けの月がのぞいた。

五月二日、快晴の朝を迎える。

荒れ狂う風雨の中で一晩中ほとんど働きづめだった才助は、他のイギリス人水夫と甲板にひっくりかえって、ひとしきり深くまどろんだ。ふと、朝陽のまぶしさに目を覚ますと、すぐそこの甲板に大刀をさげた高杉晋作が立っていて、波のおさまった東シナ海の洋上はるかを見渡していた。

才助は煙管《きせる》をとり出し、一服吸いながら高杉に近づいて声をかけた。

「俺《おい》は薩藩の五代才助でごわす。お前《ま》ンさァは長州藩の高杉晋作どんでごわンそ」

筒袖半袴《つっそではんばかま》の日本人水夫の身なりをして銜《くわ》え煙管の才助に声をかけられて、晋作はおどろいた表情をしたが、

「貴公が五代君か。話は中牟田君から聞きましたよ」

と笑顔になった。

「高杉どん、煙草《たばこ》はどうです？」

才助が煙管と煙草入れをさし出すと、

「おれは禁煙しとるで、吸《す》わはん」

と顔の前で手を振り、煙草は十六歳のときから吸ったが、二十歳のとき吉田松陰の松下

村塾で師の松陰が塾生に一緒に煙草をやめようと提案し、全員で煙管を折って束ね、天井からそれをつるして禁煙同盟をして以来、煙草は吸わないのだと、高杉は話した。

三年前に獄死した吉田松陰はそのような士であったのかと思いつつ、しかし煙草好きで禁煙などする気の毛頭ない才助は、二服目をくゆらしながら、高杉を船具のかげに一緒に坐るようにうながして話しつづけた。

「昨夜の船酔いはきつかったでしょうに、高杉どんは何やら筆記しとったですなァ」

「船酔いを忘れんがためです。五代君は船に強いようだな。それにしても、貴公は武士じゃろうに、なぜ水夫をしとる?」

才助は水夫になって乗り組んだ経緯を語り、長崎海軍伝習所で学んだことも話した。

「じゃっどん、海は好きじゃが、船ば動かすのは苦手じゃ」

すると、高杉もいった。

「おれも藩の軍艦で江戸まで行ったことがあるが、船は性に合わん。おれは〈疎《そ》にして狂《きょう》〉じゃからな」

「〈疎にして狂〉?」

「ああ、おれの気性じゃ」

「狂……まこち良かごわす。男は、精一杯《せっぺ》狂わにゃいかん」

才助はわが意をえたりと、

「俺《おい》は、いま女《おなご》と蒸気船に狂っちょい。女はわがもんちせねばいかんが、蒸気船は人に動かさせるに限り。俺は良か蒸気船ば買うて、人を使って交易して、この日本の国ば富ませたい。これからは海外貿易で百利を得る時代じゃ」

そのためには、西欧の最新の蒸気船の仕組を熟知せねばならず、上海で西欧列強がどのような貿易をおこなっているかも調べなければならない、と話した。

「薩摩武士が商人《あきんど》のようなことをいう。貴公も狂じゃのう」

と高杉は大笑し、千歳丸に乗船したわけを手短に語った。

高杉は去年の夏、藩の直目付《じきめつけ》を斬るつもりだったという。

その春ごろから長州藩の直目付長井雅楽《うた》が、公武合体と開国をすすめて海外に目を開けば国の発展の基となるとの「航海遠略策」を提唱し、藩主をはじめ進歩的な人物とされる周布《すふ》政之助《まさのすけ》が感服した。しかし、晋作は釈然としなかった。無視することにしたが、江戸や京都にいる尊攘派《そんじょうは》の志士たちの反発はすさまじく、「航海遠略策」は開国をすすめる幕府の立場を正当化するものだといきり立った。

江戸詰の小姓役を命ぜられて江戸に出た晋作は、緊迫した情勢におどろき、激しく心を揺り動かされた。水長密約に従って水戸浪士たちは、公武合体と皇女和宮降嫁《こうか》を推進する老中安藤信正の襲撃を計画していて、長州側は暴発をおさえようとする桂小五郎と過激な行動に出ようとする久坂《くさか》玄瑞《げんずい》の二派に分かれていた。久坂の計画は、参勤交代で東下する長州藩主を伏見にとどめ、藩主の名で和宮降嫁を思いとどまらせるよう朝廷に働きかけ、同時に長井を失脚させるというものであった。

久坂からこれを打ち明けられて、晋作は賛成した。激情がいっきに突き上げてきたのだ。

「失脚など手ぬるい。長井雅楽など暗殺してしまえ。おれが引き受ける」

剣客高杉晋作の腕が鳴った。

しかし、これをきいた桂小五郎は、暴発させまいと周布政之助に相談し、晋作を江戸から遠ざけることを考えた。折から幕府が貿易船を上海へ派遣する計画をもっており、西国雄藩からも乗船希望者を募っていると知り、晋作を行かせることにしたのである。

「まあ、そんなわけで、桂さんと周布さんにうまく乗せられたんだが、藩侯から清国の情勢を視察せよとの命をうけた。長井ごときを刀の銹《さび》にするより、上海を見てくる方がよっぽど面白い。こりゃあ、楽しみな旅だぜ、五代君」

二

長崎を出帆して七日目、五月五日、夜が明けると、海とも大河ともつかぬ黄濁《こうだく》色《しょく》の水面に見馴れぬ帆をあげた無数の漁船が見えた。やがて左手に岸が遠望でき、対岸は見えないが、千歳丸はすでに長江の河口に入っていた。

「河口の幅はなんと一五里（約六〇キロ）、さすが世界一の大河だ」

才助は声に出して自分にいいきかせた。

午後、千歳丸は長江の沿岸にある呉淞《ウースン》の沖に投錨した。呉淞は黄浦江が長江に合流するところで、上海は黄浦江を溯《さかのぼ》ることおよそ六里（約二四キロ）にある。

呉淞沖に浮かぶ大きな家屋のような十隻ほどの船は、アヘンを格納する趸船《とんせん》だと、イギリス人水夫が才助に教えてくれた。

黄浦江口の両岸には砲台の跡が見えた。リチャードソン船長によると、イギリス軍がアヘン戦争のときに破壊したのだという。

日の丸の国旗と三つ葉葵《あおい》の紋章旗をかかげていた千歳丸は、この呉淞からイギリス国旗もかかげて、曳《ひ》き船の蒸気船に曳かれて黄浦江を溯上《そじょう》した。

両岸に楊柳《ようりゅう》が茂り、密集する土壁のあばら家が見える。

(この風景をあのグラバーは七年前にはじめて眺めたのだ……)

才助は自分よりも若いグラバーが、弱冠十八歳で故郷スコットランドのアバディーンから遥《はる》か極東の上海へ冒険心と希望に燃えてやってきたときのことを想像した。

夕刻、西の方角に火焔《かえん》が上がり、炎と黒煙が天を焦がした。リチャードソン船長は、長髪賊の放火だと事もなげにいった。

十九年前、第一次アヘン戦争が終結して香港島がイギリスに割譲された翌年、拝上帝教というキリスト教を創立した洪秀全《こうしゅうぜん》は、民衆を救おうと清国政府に反乱をおこした。満州族の清国人の象徴である弁髪を拒否して長髪のままでいる彼らを長髪賊と呼んだこの太平天国の乱は、燎原《りょうげん》の火のごとく広がり、太平天国軍は南京《ナンキン》を占領して、天京《テンキン》と改称して都とした。それがいまから九年前、ペリーが日本に初来航した年であった。以来、この長髪賊の内乱は、第二次アヘン戦争中も止《や》むことなく、いまなおつづいていたのである。

（清国は外夷に攻められて敗れただけでなく、内乱がつづく不幸の渦中にある。もし、わが国もそのようなことになれば……。精鋭一千余をひきいて上洛《じょうらく》した久光侯は、どのように公武合体策をすすめておいでであろう……）

思いは日本に飛びつつ、黒煙の上がる彼方の空から目を移せば、岸辺には緑の野が果しもなくつづき、牛がのどかに草を食《は》んでいる。

翌日、夜が明けて二時《ふたとき》（四時間）ほどして、黄浦江が左曲するところへ船がすすんだとき、甲板に立つ才助の眼前に、忽然《こつぜん》と上海の港と洋館の建ちならぶ市街が出現した。長崎を発《た》って八日目、五月六日の正午ちかくである。

「おお、上海じゃ！」

誰かが大声で叫び、船室にいた日本人も全員が甲板に集って、真夏のような陽射しに輝くその風景に見とれた。

一八四三年に正式開港した上海は、その後着任したイギリス第二代領事ラザフォード・オールコックらの努力で、「宮殿の市」と謳《うた》われるほどに整備されていた。オールコックは現在、駐日公使である。

港には、イギリス、アメリカ、フランス、ロシア、オランダ等の船舶がおびただしく碇《てい》泊《はく》し、船上の才助が見る海岸通り《バンド》は、黄浦江沿いに北から南へゆるやかな弧を描いて伸び、各国の領事館、商館、銀行の赤レンガと白亜の洋館がぎっしりと建ちならび、波止場は荷物と人でわきかえっている。その広大さと賑《にぎ》わいは、長崎の港と大浦居留地の比ではない。

高杉晋作は「航海日録」に次のように誌した。
——漸《ようや》く上海港に至る。ここは支那第一の繁津港なり。欧羅波《ヨーロッパ》諸邦の商船、軍艦千艘停泊す。檣竿《しょうかん》林森として津口を埋めんとす。陸上はすなはち諸邦の商館の粉壁（白い壁）千尺、ほとんど城閣の如し。その広大厳烈なること筆紙を以《もっ》て尽すべからざるなり……。

千歳丸から上陸した日本人の一行は、物珍しさで集まってきたおびただしい群集に囲まれて、オランダ領事館を訪ねた。

黄浦江上流に上海県城と清国人街をひかえて、その手前に広大な外国人租界がひろがっている。上海県城につづくいちばん南がフランス租界で、オランダ領事館はフランス租界にあった。隣がプロシア領事館で、一ブロック先にフランス国旗をかかげたフランス領事館が見えた。

水夫の才助も武士に身なりをととのえて一行とオランダ領事館を訪問したが、中牟田倉之助と高杉晋作と三人で途中から抜け出した。幕府から派遣された使節はいずれも凡庸な役人どもで、晋作が名目上の従者となった犬塚ごときは船中から不満ばかりをこぼしていた愚物だった。そんな連中に付合う必要はないと、三人は早々に外に出て、海岸通り《バンド》を北へと歩いた。

フランス租界と小運河をはさんで北に最も広大なイギリス租界が蘇州河の河口までを占拠している。その中央にジャーデン・マセソン商会が三階建ての豪華な商館を構えていた。

才助がターバンを巻いたインド人門衛に英語で訊《たず》ねると、ジャーデン・マセソン商会は対岸の浦東《プートン》に専用の波止場をもち、広大な倉庫をつらねていると指さして教えてくれた。

三人はジャーデン・マセソン商会前の海岸通りに立ち止まって、港に碇泊するおびただしい艦船を眺めた。

「あのイギリスの軍艦は、一二ポンドの砲ば三十門積んどる」

と倉之助が指さしていった。二〇〇〇トンクラスと思える最新鋭の蒸気軍艦である。

「まこちふとか軍艦でごわす。俺《おい》はあげなん蒸気軍艦ば買いたか」

と才助はいった。

すぐそこの波止場では、にぎやかな荷上げ作業がおこなわれていた。よく見ると、瘦せ細った半裸の清国人苦力《クーリー》たちが、ターバンを巻いた屈強な体軀《たいく》のインド人警官に叱咤《しった》され棒で叩《たた》かれて働いているのだ。腰にピストルをさげた白服のイギリス人が横柄な態度で監督している。

「戦《いく》さに敗れた民はあの態《てい》だな」

高杉が呻くようにいった。

「これでもここは清国でごわンそかい」

と才助もいった。

イギリス領事館はイギリス租界の北端、蘇州河にかかるヴェールズ橋のすぐ前にあって、美しい壮大な庭園をもうけて白亜の威容を誇っていた。そこにも銃をもったインド兵の門衛が立っていた。そしてイギリス租界の海岸通りには、江南海関(税関)をはじめとしてロシア、イタリア、ポルトガルなどの領事館と商館がびっしりと建ちならび、各国の国旗が上海の夏空に翩翻《へんぽん》とひるがえっている。さらに橋の向う、黄浦江下流の虹口《ホンコー》にはアメリカ租界がひろがっていた。

二度のアヘン戦争の武力で清国を開国させた欧米人が、広大な土地を占拠してわがもの顔に振舞い、清国人は奴隷同然にこき使われている。

(ここは清国ではなくて、欧米の植民地ではないか)

帰路、三人はおし黙って、海岸通りを千歳丸にもどった。

翌日、船長以下イギリス人船員全員が下船したので、千歳丸はすべて日本人の手にゆだねられ、幕臣と通詞などは、フランス租界にあるホテルに宿泊した。その日から軽い咳《せき》をした高杉は、才助らと船に残った。

「大事ござらぬか」

才助は案じたが、高杉は「風邪らしい」といい、気ままに街を歩きまわるから心配ないと答えた。

――予は風疾あり、因《よ》って官吏に請うて陪従を辞す。

と高杉は「上海掩留《えんりゅう》日録」に誌したが、このころから結核にかかっていた希代の風雲児は、この五年後、維新を迎えずに二十九歳の若さで病死するのである。

才助は上海県城内も足まめに歩きまわった。堀と城壁に囲まれた南北二里ほどの楕円型の城内に街衢《がいく》が縦横に発達し、あたかも清国人はそこへ追い込まれたごとくに家々がひしめいていた。

城内の四辻《よつつじ》などには銃剣をもったイギリスとフランスの兵がいた。そして孔子廟《こうしびょう》にイギリス軍が駐屯しており、才助は街路で、イギリス軍のインド兵に追い立てられてゆく、重い厚板の首枷《くびかせ》をして鎖につながれた十数人の清国人を見た。いずれも蓬髪《ほうはつ》で、みすぼらしい身なりをしており、農民のようである。

かたわらの書店に入った才助は、主人に筆談で訊ねてみた。

「長髪賊也」

と弁髪の主人は筆を走らせた。

「洋夷が洋夷を使って清国人を捕えて罰するのか」

「清兵脆弱。没法子《メイファーズ》（どうしようもない）」

あとはニヤニヤ笑っている。

（もし日本もイギリスに敗れれば、イギリス植民地のインド兵によってあのような仕打ちを受けることになるのか……）

同じ光景を見た高杉と才助は、現今の日本について論じあった。

「草莽崛起《そうもうくっき》しかない」

と高杉はいった。

――これからの時代は、幕府でも藩でもなく、草莽にある者が立って、時代を変革しなければならない。

その吉田松陰の教えを、ここ上海にきてあらためて肝に銘じた、と高杉は語った。

才助もまたそう思う。

こうして六月に入った三日目、イギリス船で届けられた藩庁からの便りで、才助は寺田屋の事件を知った。

上洛した島津久光は朝廷に幕政改革九ヵ条を呈し、公武合体を実現すべく、急進尊攘志士の動きを抑えようとした。しかし、薩摩藩の軍事力を中心に倒幕の軍を挙げるべきだと考えていた急進派志士は久光の真意を理解せず、久光の入京で時こそ至れりと行動をおこそうとした。薩摩急進派の首領有馬新七らである。四月二十三日、新七ら薩摩藩士と諸藩の同志が大坂藩邸を抜け出し、伏見の寺田屋に集まった。その報をうけた久光は、新七と親交のあった奈良原喜八郎ら九名の剣客を寺田屋にむかわせた。こうして大乱闘となり、有馬新七、柴山愛次郎ら六名が即死した。世にいう寺田屋の変である。

千歳丸が長崎出航前におこっていたこの事件を、才助は上海で知った。

(ついに攘夷激派はついえたか……)

久光の果敢な英断に才助は感じ入った。そして、高杉や中牟田にこの変報を知らせた。

驚愕《きょうがく》し衝撃をうけた高杉は、日誌に誌した。

――予の魂飛び、心走すれど千里の海濤《かいとう》、如何《いかん》とも為《な》しがたし。むなしく東方を望み、むなしく慨然これ久しくしたり。

そのころから日本人の中に下痢《げり》に悩む者が多くなった。上海にコレラが流行していたのだ。最初の犠牲者は長崎役人の従僕伝次郎だった。ついで賄方の兵助が死に、才助の友で通詞岩瀬弥四郎の弟碩太郎《せきたろう》も吐瀉《としゃ》に苦しみ、フランス人医師の手当をうけたが助からなかった。大村藩士の彼は享年二十六であった。

海岸通りのホテル宏記館に高杉らと移った才助は、気落ちしている弥四郎を伴い、中牟田とジャーデン・マセソン商会所有の蒸気船を訪ね、船内の機関などを見学した。また、高杉と二人で布教と医療活動をおこなっているイギリス人牧師を訪ねたりもした。

才助はオランダ商館でピストルを買い、高杉はアメリカ商館で七連発の元込めスペンサー銃を購入した。

才助が中牟田と高杉とともに通詞の岩瀬を連れて、イギリスの砲台を見学することができたのは、六月も末になってからであった。

最新式のアームストロング砲である。

「これまでの砲とちがって、射程距離と命中率がすごいのだ」

と道々、中牟田が話した。海軍伝習所で砲について勉強した彼は、その後、アームストロング砲の情報を入手し、すでに佐賀藩では昨年の暮れに長崎のロシア商人を通じてひそかにアームストロング砲二門を発注したという。

旧式の砲は、筒口から発射薬を棒で押し入れ、つぎに丸い弾丸を転がし込んでから点火して発射し、砲弾は炸裂《さくれつ》しない。それが元込め式に変わりつつあったが、イギリスの企業家ウィリアム・アームストロングが開発したアームストロング砲は、さらに飛躍的に進歩した。

その実物を才助らは見ることができ、ジャーデン・マセソン商会員から説明をうけた。

「この砲身の内部をよくご覧なさい。砲腔《ほうこう》内に条線が螺旋《らせん》状に刻まれているでしょう」

なるほど鉄の砲身の内側にその条線が見事に刻まれている。発射する砲弾に回転をあたえるためである。しかも砲弾は球形ではなく椎《しい》の実のような尖頭弾《せんとうだん》で、信管がついていて、弾薬が入っているから、着弾すると爆発するのだ。その炸裂砲弾は回転して飛ぶので、飛距離が四倍も伸びただけでなく命中率も格段に向上したという。

「そればかりではありません。後装式なので操作が迅速にでき、砲身が過熱せず、普通砲の十倍以上の発射能力があります」

岩瀬の通訳に、才助ら三人は顔を見合わせ、驚愕《きょうがく》感嘆してうなずきあった。

しかも、ジャーデン・マセソン商会員は傲慢《ごうまん》に笑っていった。

「一八六〇年八月、英仏連合艦隊は白河《はくが》河口にあった清国軍の大沽《タークー》砲台の攻撃にはじめて最新兵器のアームストロング砲を使用し、大沽を陥落させました。このアームストロング砲があったから、簡単に敵をひねりつぶせたのです。そして、連合軍は北京《ペキン》に侵攻、その年十月に第二次アヘン戦争を終結させたのです」

そう話して、大袈裟《おおげさ》な身ぶりで肩をすくめてみせた。

(不愉快な奴だ)

才助たちは思ったが、アームストロング砲は凄《すご》い兵器であった。

（鹿児島の砲台は、この最新の砲に変えんにゃなるまいが、艦砲としてはどげんして使うとじゃろ。わが藩も早急に購入したかもんじゃ……）

その日から才助はこのアームストロング砲のことが頭から離れなくなった。

こうして上海に二ヵ月滞在した才助らは、七月五日、千歳丸で帰国の途についた。海岸通り《バンド》に大勢の見送人と見物人がつめかけ、ホテル宏記館の屋上からは顔見知りになった清国人従業員たちが手を振っていた。

三

長崎にもどった才助は、帰りを待ちわびていた広子と数日を過しただけで、上海視察の報告を出府している島津久光にすべく、単身、江戸にむかった。

船で大坂に出て、京に入り、東海道を草津、亀山、桑名、岡崎と泊りをかさねて、金谷まできて一泊した八月十三日、長州藩士桂小五郎の突然の訪問をうけた。そういえば、掛川の宿に長州藩主の世子毛利定広《さだひろ》一行の泊りがあったので、才助は宿場役人に藩名と姓名を告げて素通りし、金谷まで足をのばして宿泊したのである。桂は才助のことを宿場役人から耳にして追ってきたのだという。

「実は、お訊ねしたいことがあって参った」

「なんなりと、どうぞ」

高杉から桂の人となりをきいていたので、旧知の間柄のように感じられる。

「島津久光侯と勅使ご一行の江戸ご出立の日時をお聞かせ願えまいか」

桂が知りたいのはそのことであった。

「はて……？」

才助はそれを知らないし、なぜ桂がそれを知りたいのかもわからない。この二ヵ月間、上海に行っていて激変する日本の政情に疎《うと》い、そう正直にいうと、桂もまた正直にそのわけを話した。

薩摩藩が国事周旋に乗り出したとあって、長州藩もまた動き出した。薩摩藩の島津久光が京にあって公武合体を推進しようと有馬新七ら攘夷過激派を抹殺する一方、勅使を江戸に派遣することを朝廷に建言、この勅使に公卿大原重徳《しげとみ》が選ばれた。その勅使護衛の名目で久光は藩兵をひきいて京を発ち、六月はじめ江戸に到着した。その翌日、長州藩主毛利慶親《よしちか》・世子定広《さだひろ》が入京したのである。長州藩は薩摩藩に対抗意識の強い尊攘派が主導権を握っていて、寺田屋の変で久光によって斬りすてられた志士を忠節の士として扱おうとしていた。そして、定広は、江戸に下っている勅使を援助するよう朝廷の命をうけて、いまその東下の途上にあったのである。

せっかく江戸に下っても、勅使が江戸を発ってしまっていては、無駄足となる。それで桂は、才助が江戸出発の日を知っているのではないかと聞きにきたのだが、穏健派の彼は、薩摩藩との間柄がこじれることを案じて、才助にそのへんのこともさぐりにきたのである。

「申しわけござらぬが、俺《おい》はなにも知りもはん」

才助はそういうしかなかった。このとき桂は才助へは語らなかったが、薩長提携を企んでいた。

翌朝、その桂と金谷を発って大井川を渡って間もなく、二人は江戸からきた薩摩藩の急使と出会った。久光は今月二十一日、勅使はその翌日に江戸を発駕するという。八日後ではないか。才助と桂の足なら川止めがなければ江戸まで六日で行けるから間にあうが、長州藩の世子一行の行列はどうであろう。

才助と桂は、江戸への道を急いだ。そして、江戸藩邸に到着したのは、久光出立の前日であった。桂は久光に会って薩長提携の大計を訴えたが、久光の反応は冷やかであったようだ。才助は目通りもかなわず、翌朝、久光の行列の後続の隊にくわわって、あわただしく江戸を後にした。

八月二十一日の朝である。

この日、川崎宿で昼食をかねた休息をとって行列は出発し、神奈川宿にちかい生麦村に行列の先頭がさしかかったとき、事件はおこった。

前方から馬に乗った男三人、女一人のイギリス人が近づいてきた。上海・香港をへて横浜にきた絹の貿易商人ウィリアム・マーシャルとビリヤード仲間で貿易商社ハード商会勤務のチャールズ・クラーク、その友人の上海の貿易商で横浜に遊びにきていたレノックス・リチャードソンと香港から遊びにきていたボローデル夫人の四人である。

この日は西洋暦では九月十四日の日曜日で、彼らは外国人に許されている遊歩区域の六郷川の手前の川崎大師へ乗馬の散歩に出た。彼らは大名行列に気づき、馬を街道の左側に寄せて静かに進んできた。行列の先導組のかたわらを過ぎたとき、あとから進んできた小姓組の士が口々に「引返せ」と叫び、久光の乗物は止まった。供頭《ともがしら》の奈良原喜左衛門（喜八郎の兄）が進み出て、手を激しく振り、

「無礼者、引返せ！」

と下馬しない四人の外国人に怒声を浴びせかけた。その声に、鼻面を返そうとしていたリチャードソンの馬が暴れて前足をはねあげた。走り寄った奈良原の口から「チェストーッ」との気合が噴くと同時に白刃が一閃《いっせん》し、リチャードソンの脇腹は深く斬り上げられた。次の刹那《せつな》、示現《じげん》流の達者の返す刀は左肩から斬り下げていた。血飛沫《ちしぶき》が噴き、落馬したリチャードソンは即死した。

先導組の海江田信義らと小姓組の者がいっせいに抜刀し、マーシャルとクラークに斬りかかった。ボロ－デル夫人のみが馬の臀部《でんぶ》を斬られただけで、暴れまわる馬に笞《むち》打って神奈川宿の方角へ走り出し、重傷を負った男二人も馬を駆って遁走《とんそう》した。

後続組にいて、側役《そばやく》小松帯刀の駕籠《かご》の後を歩んでいた才助は、本隊の先頭でなにがおこったのかわからなかった。初秋の日差しの街道に砂埃《すなぼこ》りが舞いあがり、風になびくすすきの穂のように白刃のきらめくのが見えただけである。が、すぐに伝令がきて、事の容易ならぬ顚末《てんまつ》を知った。

リチャードソンの遺体に葦簾《よしず》をかぶせて、行列は出発した。小松帯刀は宿場役人に「浪人体之者三、四人」が外国人を斬ったと届出をして、事実を江戸藩邸に報告した。そしてその日の泊りは神奈川宿であったのを、横浜村の外国人居留地に近い神奈川宿では外国兵の襲撃があるかもしれぬと警戒して、次の宿場である程《ほど》ヶ谷《や》宿に変更して行列は進んだ。

事件の報告をうけた横浜のイギリス公使館の代理公使エドワード・ニールは激怒した。公使のオールコックが賜暇《しか》休暇で一時帰国中のために書記官で陸軍中佐のニールが代理公使となっていたのだが、江戸高輪の東禅寺のイギリス公使館での松本藩士による護衛兵殺傷事件や水戸浪士十四名による乱入事件につぐ、こんどの事件である。横浜居留地の外国人たちも激昂《げきこう》した。横浜港には七隻の外国軍艦が碇泊していて、兵力は充分にある。

一方、勅使の大原重徳の一行は、この日、江戸を出立し、神奈川宿泊りを予定していた。殺気立った外国人が武器を手に街道に押し出すことも考えられて、久光の一行は後からくる勅使一行のことを気づかいながら、充分に警戒の態勢をとって程ヶ谷宿に泊った。

江戸の薩摩藩邸からは幕府に次の届出をした。

——異人が行列に馬を無躰《むたい》に乗り入れたので、足軽の岡野新助と申す者が斬りつけ候ところ、異人どもが逃げたので、新助は追ひかけて行方をくらまし候。

そして、久光の一行はなおも背後を警戒しつつ、何事もなかったかのように東海道を西上した。

これ以前、八月十五日に藩が購入を予定していたファイアリー・クロス号が横浜港に入港していて、その売買交渉は久光に同行して江戸にいた砲術学頭の中原猶助《なおすけ》とジャーデン・マセソン商会横浜支店とのあいだにすすめられ、十三万ドルで購入されていた。

才助が久光侯に目通りを許され、上海情勢の報告ができたのは、京に入ってからであった。すでに小松帯刀へは詳しく上海情勢と蒸気船とアームストロング砲について報告し進言していた。

久光に報告した翌日、小松帯刀からただちに長崎へもどるようにと、次のような藩命をうけた。

——このたびの生麦村の事件により、イギリスが艦隊を鹿児島へ来攻させる万一に備えて、出来るだけ早くアームストロング砲ならびに蒸気船を購入せよ。

長崎にもどった才助は、まずグラバーにアームストロング砲の入手を依頼した。

「アームストロング砲を百門、それと一〇〇ポンド砲が欲しか」

さすがのグラバーも仰天した。

「え、百門も！」

そして、生麦事件の当事者である薩摩藩へイギリス政府がイギリスの秘密兵器アームストロング砲の輸出許可を出す可能性はほとんどない、といった。

「そこを何とか」

才助は強引に頼み、グラバーは上海と香港でイギリス政府の情報をあつめてみるとうけあった。

その秋、広子が懐妊した。

「それはめでたか。よか子を産んでたもンせ」

才助は広子の手をとっていったが、よろこびと同時に困惑もないではなかった。

家柄と血筋を重んじる国許《くにもと》の旧弊な兄がオランダ人の血をひく広子との結婚を許すはずがなく、母も反対であろうから、才助自身、広子を正式な妻とする気はなかった。広子もそのつもりでいて、祝言について口にすることはなかったのだが、子が生まれるとなればどうであろう。しかし、広子はそれをいい出すことはなく、子が生まれるのはたぶん来年の六月ごろでしょうといった。

「躰《からだ》を大事にしっくれよ。じゃじゃ、こん近くに二人の所帯《しょて》をもとう。小女《おごじょ》を傭《やと》って、お前《まい》が身のまわりの世話をさすことにすぃが」

おなじ東浜町に手頃な二階屋をさがして、翌月から二人はそこに住むようになった。才助はその家から銅座町の藩邸へかよった。

久光の一行は、横浜で購入したファイアリー・クロス号が兵庫の港に回航されてきたので永平丸と改名したその蒸気船に乗り、鹿児島に帰った。そして小松帯刀は家老に昇進、以前、長崎で水雷術を学んだ彼は蒸気船掛に任ぜられ、才助の直接の上司となった。

その鹿児島では、イギリスが生麦事件の報復で艦隊をさしむけた場合に備えて、軍備を整えていた。才助もまた長崎で蒸気船購入を八方手をつくして捜していたが、これはという船が見つからない。実は以前、才助が長崎にいなかったために売買交渉のできなかったランスフィールド号が十月に横浜へ再々度入港したのだが、薩摩藩に対抗意識を燃やす長州藩がこの船に目をつけて、ジャーデン・マセソン商会横浜支店を通じて十一万五千ドルで購入し、壬戌丸《じんじゅつまる》と名づけた。先に薩摩藩が購入した姉妹船ファイアリー・クロス号（永平丸）より一万五千ドルも安い価格である。

（なんちゅうこっか。俺《おい》が交渉にあたっちょったなら、そげなことはなかったとに……）

才助は悔しがったが、ランスフィールド号があの高杉晋作の長州藩に渡ったと思えば、諦《あきら》めがついた。

その才助へ、家老の小松帯刀から、上海にひそかに渡って蒸気船を購入せよとの藩命が下ったのは、十二月も押しつまってからであった。その購入資金の七万両までが送られてきた。

四

年が明けた文久三（一八六三）年正月、大浦居留地のグラバー商会に出むいた才助は頼んだ。

「グラバーどん、俺《おい》と一緒に上海へ行ってたもンせ」

「そう急がんでも」

とグラバーは応じた。彼はアームストロング砲について上海と香港のジャーデン・マセソン商会と頻繁に連絡をとりながら、兄のジェームズ・グラバーを上海と香港に出張させて、売却可能な蒸気船をさがしてくれていたのである。

「いや、もはや一刻も猶予はなりもさん。俺は七万両を預かっちょる」

才助の気勢にグラバーはうなずいた。

「行きましょう、五代どん。すぐに上海行きの船を手配します」

一昨年七月に幕府の艦船輸入制限は解除されたが、幕命以外の渡航は密航である。才助はグラバー商会の一員ということでひそかにジャーデン・マセソン商会の船に乗り、上海へ渡った。再度の渡航である。

その渡航の船中、グラバーは才助へしみじみと語った。

「実は私は迷っていたのです。ミカドかタイクンか。ソンノウジョウイか、コウブガッタイか」

英語にまじるその四つの日本語は、異様なひびきで才助の胸中を打った。グラバーはつづけた。

「いまのところ、天皇《ミカド》は攘夷ですが、開国をすすめる将軍《タイクン》に生活の糧《かて》を仰いでいるときます。イギリスが協力しているのもタイクンの幕府ですから、いずれは公武合体に落ち着くでしょう」

「ほう、グラバーどんはイギリス商人の目でそげん見ちょっどかい？」

「いいえ、商人の私には政治論議は無用です。攘夷は時代錯誤ですが、商売になるなら利用するのが商人です。横浜のジャーデン・マセソン商会がランスフィールド号を攘夷の長州藩に売ったのは、そういうことです。自由貿易をめざすイギリスの方針に反する勢力でも、商売になるなら武器も売ります」

「グラバーどんも同じ考えかね」

「私は、開国を見すえている大藩、五代どんの薩摩藩が主導権を握ると考えるようになりました。遠からず公武合体を実現するでしょう。商人としてそう判断して、こうして五代どんと商売をしているのです」

そこでグラバーは才助へ葉巻煙草をすすめ、自分も火をつけて紫煙をくゆらせ、

「しかし、困りました」

と言葉をついだ。

「私の期待していた薩摩藩は、生麦事件でイギリスの女王陛下の敵になりました。その五代どんの薩摩藩にグラバー商会は蒸気船を斡旋《あっせん》してよいものでしょうか。これ以上親密になって……」

「グラバーどん、俺《おい》を信用してたもンせ」

才助は葉巻をくゆらそうともせずに、グラバーの言葉をさえぎっていった。

「俺はなんとしてでもイギリスとの衝突をさける道ばないものかと考えちょる。蒸気船の購入はそのためでもありもす。いま、わが藩は先年購入したイングランド号の天祐丸と昨年入手したファイアリー・クロス号の永平丸の二隻の蒸気船ば持っちょるが、こんどさら

に最新鋭の蒸気船ば購入すれば、三隻もつことになり、これに砲を積めば、三艦の蒸気軍艦でイギリス艦隊に対抗することになりもンそ。それにアームストロング砲も入手できれば、イギリスも容易に手が出せまい。まず軍備を整えることで戦わずして双方が和平の道をさぐる。俺はその道こそ最善と考えちょる」

グラバーの表情がパッと明るくなった。

「Very good!」

そして、日本語でいいそえた。

「拙者、五代ドンヲ信用シモンソ」

しかし、グラバーはまた眉をくもらせて、生麦事件へのイギリスの対応を話した。

「私の予測ですが、イギリス政府は、幕府と薩摩藩へ謝罪とランソンを要求するでしょう」

「ランソン？」

才助はきき返した。最近は英語もかなり達者になってグラバーとの会話にあまり困ることはないが、その単語ははじめて耳にする言葉である。

——ransom

とグラバーはそのスペルを卓上に指で書いて、「賠償金」「身代金」の意味だと日本語で説明した。

「なんと、賠償金？」

「ハイ、ソウデス」

グラバーはそのあとは英語で、このような事件では相手国から賠償金《ランソン》をとるものだと話したあと、およそ次のようにいった。

第二次アヘン戦争のきっかけとなったアロー号事件のとき、イギリス政府は国旗が引きずり降ろされた侮辱に対して謝罪と多額の賠償金《ランソン》を要求したが、実は事件の真相などはどうでもよく、再び遠征軍を派遣して清国を攻め、さらに開港の港をふやさせることが目的だったのだと。

「ほいなら、イギリスは生麦事件を日本を攻める恰好《かっこう》の口実にしようというとか」

「おそらく」

「ならばいっそう、どげんしてん戦争を回避せねばなりもはん」

「ハイ、拙者モ努力シモンソ」

そこで二人は、はじめてそろって葉巻をふかした。

上海では先にきていたグラバーの兄のジェームズが、すでにサー・ジョージ・グレイ号という四九二トンの蒸気船に目星をつけていた。さっそく、才助はグラバー兄弟とともに乗船し、蒸気機関をはじめ船内をくまなく点検し、大いに気に入った。交渉の結果、船価は八万五千ドル（為替の関係で五万二千両）。その契約をすませた。

サー・ジョージ・グレイ号が長崎にむけて出航するまで、才助はふたたびアームストロング砲を見学に行った。こんどはグラバーが一緒だったが、藩の許可がないので購入はできず、ジェームズが本国にも再三問い合わせて調べたところ、イギリス政府の輸出許可はおりないという。事実、この翌月、ラッセル外相は取引禁止の指示を出し、イギリス政府はアームストロング砲装備の艦隊を横浜に進出させ、鹿児島遠征の準備をいそぐのである。

才助は上海県城内の街もまた一人で歩いた。アヘン窟《くつ》の一画では、生きている者とは思えぬアヘン吸飲者たちが、路上にも横たわって蠢《うご》めいていた。アヘンの煙管をくわえた男たちの顔は頬《ほお》がこけ、目は虚《うつ》ろに見開かれて、襤褸《ぼろ》をまとった亡者のようであった。いまなおジャーデン・マセソン商会などの外国商社は、武器のほかにインドからアヘンを清国に売り込み、民衆を廃人にするアヘンで巨利を稼いでいるのである。

その上海で、才助は円明園のことをきいた。アヘン戦争のとき、イギリス・フランス連合軍は北京に侵攻するや、清朝歴代皇帝の豪壮な離宮の円明園の宝物を略奪、建物のすべてを焼棄したという。

そのことを筆談で話した清国人は、

——洋鬼は貿易拡大のためならいかなる暴虐も働く。

という意味の漢語を書いて才助に示した。

上海滞在十日後、出航準備のできたサー・ジョージ・グレイ号に才助はグラバー兄弟とともに乗船し、イギリス国旗をかかげて長崎に帰った。さっそく、船価の精算と引渡しがおこなわれ、船名を青鷹丸《あおたかまる》と改め、鹿児島へ回航の手続きをとった。

しかし、才助の留守中、半年前に藩が購入したばかりの永平丸が明石沖で座礁沈没していた。乗船していた大久保一蔵は救助されて九死に一生をえたが、せっかく三隻にふえるはずであった蒸気船が二隻では足りない。そこで才助は、長崎でアメリカの蒸気船コンテスト号（五三二トン）を九万五千ドル（四万八千両）で購入し、白鳳丸《はくほうまる》と改名して、翌月、鹿児島に回航させた。

これで計画通り「天祐丸」「青鷹丸」「白鳳丸」の三隻の蒸気船がそろった。いずれも商船だが、砲を積めば戦艦として使える。

薩英戦争

一

文久三（一八六三）年二月十九日、横浜にイギリス艦隊八隻が入港し、イギリス本国からの訓令と外務大臣ラッセル卿の指令書がもたらされた。これを受けとったニール代理公使は、幕府老中へ生麦事件について次のごとき要求書を提出した。

まずイギリス国女王と政府最高首脳部が激怒していることを長々と述べ、

一、十分に誠意ある謝罪書をイギリス国女王陛下に提出すること。

一、賠償金《ランソン》十一万ポンドを支払うこと。

この二ヵ条についての回答は、本日より二十日の猶予をあたえるが、もし実行されないときは、二十四時間以内に横浜港のイギリス艦隊の提督が武力行使の命令を発する。

なお、賠償金十一万ポンドの内一万ポンドは東禅寺事件のものであるから、生麦事件については十万ポンドである。

そして、ニール代理公使から幕府に提出された薩摩藩に対する要求が幕府から薩摩藩へ知らされた。

一、島津三郎（久光）誅戮《ちゆうりく》之事。

一、薩州へ到ル戦争之事。

一、償金之事。

島津久光を殺すという第一条の要求に、薩摩藩士は激怒した。長崎藩邸にもこの報がもたらされて、五代才助は第一条に驚愕《きようがく》し憤怒《ふんぬ》した。そして、これは翻訳の誤りではあるまいかとふと思った。

才助が疑ったごとく、ニールの長文の通告文を夜を徹してあわただしく翻訳した和文は二種類以上あったようで、それらを比較してみると、次のようである。

第一、「ヘール、リチャルドソン」を殺害し及び「リチャルドソン」に同伴せし貴女と諸君を殺さんと襲ひ懸りし諸人中の長立たるもの等を速《すみやか》に捕へ吟味して、女王殿下の海軍士官の壱人或《あるい》は数人の眼前にて其首を刎《は》ぬべし。

第一、リチャルドソンヲ殺害シ、且《か》ツ其同伴ノ婦人及ビ男子ニ、殺害ニ均《ひと》シキ疵傷《ししよう》ヲ負セタル者ノ魁首《かいしゆ》ヲ直《ただち》ニ捕ヘ、之ヲ吟味シテ女王海軍士官ノ面前ニ於テ斬首スベキ事。

前者は福沢諭吉らの翻訳文で、「長立たるもの等を速に捕へ吟味して」「其首を刎ぬべし」とあり、後者の訳文では「魁首ヲ直ニ捕ヘ」「斬首スベキ事」とあって、これらを読んだ幕閣の者が「長立たるもの」「魁首」を島津久光と受けとったのであろう。

一、島津久光の首級を差出すべし。

一、薩州へイギリス艦隊を指向けるべし。
一、償金を差出すべし。
の三項目となって薩摩藩へ伝えられたのだが、やがて、次のごとき要求だということがはっきりした。
一、リチャードソンを殺害し他の者に重傷を負わせた薩摩藩士を捕え、吟味の後、イギリス海軍士官の眼前でその首を刎ねること。
一、殺傷されたイギリス人の親族に賠償金として二万五千ポンドを支払うこと。これを薩摩藩が拒否した場合は、イギリス艦隊による相応の処置をとる。
（グラバーがゆたごつ、多額の賠償金《ランソン》を幕府とわが藩の双方《まんぼ》へ要求しっきたか……）

才助はその計算をしてみた。

一ポンド四ドルとしてドルに換算すると、幕府が支払う十一万ポンドは四十四万ドル、日本両に換算すると銀貨でなんと三十四万二千百両である。薩摩藩が支払わねばならない賠償金《ランソン》二万五千ポンドは十万ドルで、七万七千七百五十両に当たる。才助が上海で購入した蒸気船サー・ジョージ・グレイ号（青鷹丸）が八万五千ドルで為替の関係で五万二千両、長崎で購入したコンテスト号（白鳳丸）が九万五千ドルで四万八千両だったから、いずれにしろ蒸気船一隻の価格を優に超える賠償金《ランソン》である。

（巨額《うごつ》の賠償金を要求しっきたもんじゃが、理非《じひ》はどげんあれ、こん金額なら払えぬこと

はあいめ）

才助はまずそう思った。そして、

（イギリスがアロー号事件のごつ戦争《いっさ》を仕かける口実にしておいなら、どげんあっても戦争をさけにゃならん）

一方、三月十四日、島津久光は上洛参内し、攘夷《じょうい》の非を進言した。しかし聞き入れられず、三日後に退京し、大坂から白鳳丸で帰路についた。

四月二十日、在京の将軍徳川家茂《いえもち》は、来《きた》る五月十日（西洋暦六月二十五日）を攘夷の期日とすることを天皇に誓言した。

この日はグラバーの満二十五歳の誕生日で、才助はグラバー邸に招かれて共に祝杯を上げたが、二人の話題はもっぱら生麦事件の賠償金《ランソン》を幕府と薩摩藩が支払うべきかどうかと、日本の攘夷決行についてであった。

五月九日、攘夷期日の前日、幕府はイギリスの要求に屈して賠償金《ランソン》十一万ポンドを横浜運上所でイギリス公使館員に支払った。銀貨で三十四万二千百両、莫大《ばくだい》な量である。そして幕府はこの日、イギリスはじめ各国代表に攘夷決行は勅命である旨を告げ、幕府の責任を回避した。

翌五月十日、攘夷決行日。攘夷の先鋒《せんぽう》を自任する長州藩は幕命を無視して決起、下関海峡に停泊中のアメリカ商船ペンブローク号を砲撃して、攘夷実行の火ぶたを切った。

五月十一日、イギリス公使館が受領した賠償金は、横浜港に停泊中のイギリス艦隊の旗艦ユーリアラス号に銀貨四十四箱、パール号に三十五箱が運び込まれた。

五月十二日、長州藩士井上聞多《もんた》、伊藤俊輔《しゅんすけ》ら五名は、攘夷のためにはヨーロッパの実情を知らねばと、長州藩の攘夷実行の情報がまだ届かない横浜から密航渡英の旅に出発した。

余談ながら、このイギリス留学をグラバーが世話したという説があるが、そのようなことはなく、手を貸したのはジャーデン・マセソン商会横浜店代表のS・J・ガワーであった。

五月二十三日、長州藩は下関海峡通過のフランス軍艦キンシャン号を壇ノ浦などの砲台と長州藩の軍艦庚申丸《こうしんまる》、癸亥丸《きがいまる》から砲撃。さらに三日後、オランダ軍艦メドウサ号を砲撃した。

（やるのう、長州藩は……）

才助は攘夷実行を内心にがにがしく思いながらも、あの高杉晋作の憂国の志に感じて長州藩の戦いを応援したが、列強側艦船の優勢な武力を知っているから、必ず反撃があると思った。

（第二次アヘン戦争で清国の大沽《ターク－》砲台はエゲレス艦隊のアームストロング砲でちんぐゎら〈あっけなく〉破壊されたじゃなかか……）

そのことは高杉も十分に承知のはずである。

案の定、六月一日、横浜から急行したアメリカ軍艦ワイオミング号が下関沖に侵入、庚申丸と壬戌丸《じんじゅうまる》を砲撃して二艦を撃沈、癸亥丸も大破され、また亀山砲台も猛攻撃されて大破した。

ついで六月五日、フランス軍艦セミラミス号、タンクレード号の二艦が下関海峡に侵入、長州藩諸砲台を艦砲射撃で沈黙させ、陸戦隊二百五十名が上陸して砲台を占領、備砲を破壊し、弾薬を海中に投棄し、刀・鎧《よろい》・兜《かぶと》・火縄銃等を奪った。

(なんと、わずか三艦の軍艦で……)

この報をきいたとき、才助は言葉を失った。そして、アームストロング砲を備えたであろう軍艦の威力にあらためて驚嘆した。

一方、朝廷は長州藩の攘夷実行を「叡感《えいかん》、斜めならず」と称揚し、「皇国の武威を海外に輝かすように」との賞讃の御沙汰書を下した。そして諸藩に長州藩を応援するように命じたが、幕府は長州藩を詰問し、諸藩へは外国艦にみだりに発砲しないようにと沙汰した。

(高杉どんはどげんしておっとじゃろう……)

才助が案ずる高杉晋作は、アメリカ・フランス軍艦による手痛い反撃をうけた情勢の中で、奇兵隊を結成していた。武士の正規軍に対して、農民でも町人でもよい、「草莽崛《そうもうくっ》起」の民衆による新しい軍隊である。

その報に接したとき、才助は思わず声を発していた。

「さすが高杉どん、やりよるわい」

この日、藩船青鷹丸で鹿児島から長崎にもどった才助は、広子の出産を間近にひかえていた。

臨月を迎えた広子は、すっかり大きくなったお腹をかかえて大儀そうにしていたが、十九日の夜、陣痛がはじまった。小女が走って産婆を呼んできたが、広子の様子をみた産婆はまだだといって帰り、居あわせた才助はまんじりともせずに広子のかたわらで夜を明かした。二十日の明け方、ふたたび陣痛があって産婆が呼ばれ、朝日が昇って間もなく、庭に出ていた才助の耳に元気な産声《うぶごえ》がきこえた。女子であった。

「おやっとさァじゃったね、広子。めでたかァ」

赤子の隣に横たわって微笑をむける広子の手をとって才助はいい、よく肥《ふと》った赤ん坊を間近にのぞきこんだ。生まれたばかりの赤子を見るのははじめてで、これがわが子かと、うれしいというより妙な気分で、自分似なのか広子似なのかもよくわからない。が、小さな黒い目をしていたので安堵《あんど》した。

二十九歳にして、わが子の誕生である。

治子《はるこ》と名づけた。

この二日後の六月二十二日の朝、期限を過ぎても薩摩藩の謝罪と賠償金の支払いがないとして、イギリス艦隊が横浜港を出港した。

鹿児島遠征の艦隊は七隻。旗艦ユーリアラス号（二三七一トン・砲三十五門）、パール号（二四六九トン・砲二十一門）、アーガス号（九八一トン・砲六門）、パーシューズ号（九五五トン・砲十七門）、レースホース号（六九五トン・砲四門）、コケット号（六七七トン・砲四門）、砲艦ハヴォック号（二三三トン・砲三門）。砲数総計九十門の大艦隊である。

旗艦ユーリアラス号にはキューパー提督、ニール代理公使、通訳官シーボルト・ジュニア、通弁清水卯三郎《うさぶろう》などが同乗。他の軍艦には通訳生アーネスト・サトウなどが分乗し、旗艦ユーリアラス号とパール号には、幕府から受けとった賠償金の銀貨七十九箱がそのまま積み込まれていた。

二

——鹿児島遠征のイギリス艦隊は、必ず長崎に寄港する。

才助はまずそう考えていた。

横浜から佐多岬沖まで五五七海里（一〇三二キロ）、太平洋上の針路をとった場合は、四国沖を通過し、大隅半島佐多岬沖から鹿児島湾内に入ってき、瀬戸内海をぬける針路なら下関海峡を通過し玄界灘に出て、平戸沖を南下して薩摩半島をかわして侵入してくる。前者の方が距離の短い航路だが、艦隊が戦闘行動をおこせる態勢で侵入してくるためには、それ以前の港で十分な薪水《しんすい》と食料を補給しておく必要があり、それには、後者の針路をとって長崎に寄港し、ここを補給地にするにちがいない。

（イギリス大艦隊が寄港するこの長崎で、俺《おい》に戦争ば未然に防ぐ手段《てだて》はなかもンでごわンそかい……）

才助はわが子の誕生どころではなく、そのことを夜も眠れぬほどに考えぬいていた。

（ニールと直接に談判して、賠償金を支払えば、どうであろう……）

しかし、薩摩藩に賠償金支払いの意思はまったくなく、長州藩が下関海峡で攘夷を実行している現在、アメリカとフランス軍艦の砲撃で長州藩の砲台が破壊され藩の蒸気艦も撃沈されたとはいえ、イギリス艦隊がその海峡を通過して長崎へ寄港するであろうか。

迷いつつ熟慮していた六月二十三日、才助は、横浜から上海へむかう途中のD・F・レニーというイギリス海軍医官がグラバーのところへきていると、グラバーから知らせをうけた。レニーが横浜で出動準備中のイギリス艦隊を訪問したときいたグラバーが、その最新情報を才助に知らせようと、レニーを会わせるといってきてくれたのである。

その日の午後、才助は英語通詞の堀孝之を呼び、東浜町の自宅にレニー海軍医官とグラバーの訪問を待ちうけた。

幾度か遊びにきたことのあるグラバーは、玄関の土間で靴をぬぎ、レニーにもそうするように教え、二人は広子に案内されて階段をのぼり、才助と堀の待つ二階の八畳間に入ってきた。

海軍士官の服装のレニーは、グラバーより年上の三十前後と思える誠実そうな紳士である。才助は握手をして英語で歓迎の意をのべ、通訳の堀を紹介した。グラバーはいつものように出窓に腰をおろした。通りを見おろせる腰掛窓になっているそこが彼のお気に入りの場所で、レニーへも隣にかけるようにうながし、二人のイギリス人は仲のよい友人同士のように並んで腰掛窓に腰をおろして膝に手をおき、畳に正座した才助と堀に向いあった。

広子が茶と果物を運んできて引きさがると、さっそくグラバーが来意をのべ、堀の通訳を介してイギリス艦隊の鹿児島来航をめぐる応答に入った。

まずレニーが、イギリス艦隊はすでに横浜港を出港しているだろうといい、才助は訊《たず》ねた。

「長崎への寄港の有無はいかに？」

「おそらくないであろう。なぜならば、ニール代理公使は鹿児島行きを急いでおり、平均時速四・五ノットで航行をつづければ全艦隊が五日間で鹿児島湾に達するから、長崎をまわって補給する必要はなく、また、ニールは戦端を開くことはあるまいとの見方をしているからである」

「なぜニールは鹿児島行きを急いでいるのか。また、戦端を開くことはないとの見方をしているとは、どういうことか」

「最初、ニールをはじめイギリス公使館員は、生麦での〝野蛮きわまる殺戮《さつりく》事件〟は、薩摩侯の指示ないしは暗黙の了解の下でおこなわれたと考え、それゆえ薩摩侯こそが事件の〝元凶〟であるとの見方をしていた。しかし、その後の情報で、薩摩侯は諸外国との条約関係を尊重し、国を開いて諸外国との新しい関係を樹立する意向をもつ最も開明な大名であるとわかった。したがって、ニール代理公使は、薩摩藩の謝罪がなされ賠償金《ランソン》が支払われれば、薩英間で新しい条約を締結できると期待しており、それればかりか、開明な薩摩侯がミカドとタイクン政府に働きかけて、より親密な日英関係を築けるとも楽観的な見解をもっている」

「それが本当ならよろこばしいことである。艦隊のキューパー提督も同じ考えなのか」

「キューパー提督は最初、鹿児島行きは軍艦二隻で充分だと主張したほどである。これをニールがしりぞけたのは、強力な艦隊による薩摩藩への威圧効果を考えたからであろう」

「かさねてうかがうが、ニール代理公使とキューパー提督には、示威はしても戦端をひらく意志は無いということか」

「その通りである」

「しかし、イギリスの大艦隊に鹿児島湾に侵入されては薩摩側は防衛のために砲撃しないわけにはいかない。砲台に配置された兵が、命令を待たずに発砲する恐れもある。薩摩藩士は勇猛であり、私のように外国を知る者は少なく、多くの武士が攘夷の血気に燃える者たちである。たとえイギリス艦隊側に戦端を開く意志がないとしても、艦隊が湾内に侵入すれば戦いとなるのは必至である。なんとか戦争を回避する手段はないものであろうか」

「砲台の兵を退かせることはできないのか。接近する艦隊を目前にして任務を果そうとする、その誘惑から兵を遠ざけることである」

「それはできない。いまから艦隊を長崎に寄港させる手段はないのか」

「長崎に寄港すれば、戦争を回避する良い手段があるというのか」

「ある」

才助はいった。

「俺《おい》が個人で賠償金《ランソン》二万五千ポンドをニールに払いもンそ」

通訳の堀と日本語のかなりわかるグラバーが驚いた。

「五代さん、通訳していいのですか」

堀がまずそう念を押し、グラバーは、

「五代どん、あなた、そんな大金を持ってますか」

と日本語でいった。

「グラバーどん、お前んさァに借りもンそ」

「えッ」

のけぞるほどに驚くグラバーへ才助は言葉をついだ。

「グラバーどんと上海で買いつけた青鷹丸を俺が預って乗っちょるが、あの蒸気船ば担保に、二万五千ポンド貸してたもンせ。なァ、グラバーどん」

才助はグラバーの返事も待たずに、堀へ「自分が個人的に賠償金《ランソン》を支払うことでイギリス艦隊の鹿児島来攻を未然に阻止できないものか」をレニーに訊ねるように頼んだ。

個人的に賠償金を支払うことなど、船奉行副役《そえやく》ごとき才助の言えることではなかった。

しかし、いま才助は、人生ではじめて自分の意志で、この未曽有《みぞう》の難局に対処しようとしていた。これまでは、海軍伝習所での勉学にしろ二度の上海行きにしろ、藩命に従ったまでである。が、いまはちがう。おのれ一人の意志で、藩をイギリスとの戦争から救おうとしていた。

――二万五千ポンドの銀貨を俺《おい》の一存でイギリス代理公使ニールの面《つら》に叩《たた》きつけてやる。

五代才助だけが熟慮の末に考えつき、実行できる唯一のことであった。戦争を阻止できた暁には、僭越《せんえつ》の責を負って薩摩武士らしく割腹すればよい。才助は命を投げ出して、その覚悟を決めた。

堀の通訳の言葉をきいてレニーは、信じられぬといった面持で才助を見たが、しばらく黙って腕組みをして考え込んだ。

才助はそのレニーの目の前で、巻紙に筆を走らせ、長崎藩邸の上役蓑田伝兵衛と青鷹丸で一緒に長崎藩邸にきていた船奉行の松木弘安に宛《あ》てた紹介状をしたためた。

二年前、文久元年十二月に幕府遣欧使節の随員、傭《やとい》医師兼翻訳方としてイギリス軍艦オージン号で渡欧し、パリ、ロンドン、ロッテルダム、ペテルスブルグなどを訪問して昨年十二月に帰国した松木弘安は、今年二月、藩主島津忠義から帰藩を命じられ、三月初旬に鹿児島にもどると、久光に供奉《ぐぶ》して上京、船中、久光に西洋事情を進講。この四月、船奉行に任じられて、才助とともに蒸気船管理にあたっていたのである。

ヨーロッパを実際に知るその松木弘安にレニーの情報を直接に伝えるべく、才助はレニーに頼み、紹介状をもたせて堀と二人で藩邸へ先に行かせた。そして、グラバーと二人だけになると、二万五千ポンドの借金をあらためて頼んだ。

才助は畳に両手をついて、腰掛窓に腰をおろしているグラバーを見あげていった。

「俺《おい》は薩摩武士として命をかけちょる。グラバーどん、いったんこうと決めたら家財を投げ出すおはんのアバディーン気質に、俺はすがりもす。二万五千ポンド、投げ出してたもンせ。損はなか。イギリスと薩摩が戦争ばせんで仲良うなれば、おはんの商売は万々歳じゃ。儲《もう》けが出るばかりじゃなか。イギリスと薩摩の戦争を止めたとあって、グラバー商会は世界に知れわたる。薩摩国を救ったグラバー商会は、義商じゃ。薩摩もニール代理公使もおはんを恩にきる。義をもって商売ができる。担保が青鷹丸一隻で不足なら、俺と松木さァで預っちょる蒸気船天祐丸、白鳳丸をくわえた三隻でどうじゃ。松木さァと相談して証文ば書きもンそ。責はすべて俺が割腹して負う」

熱弁をふるう才助の言葉に聞きいっていたグラバーは、腰掛窓から立ちあがると畳に膝を折ってすわり、才助の手をとって日本語でいった。

「わかりもした。二万五千ポンド、五代どんに貸しもンそ。アバディーン生まれのトーマス・グラバー、この日本に骨を埋める覚悟でございます」

二人は薩摩藩邸へ急いだ。

藩邸の一室ではレニーが松木弘安と蓑田伝兵衛へ説明しているところだった。弘安とは堀の通訳ぬきで英語で直接やりとりしている。才助とグラバーもくわわり、横浜への賠償金送達でイギリス艦隊の鹿児島来攻を阻止できないものかとの一点にしぼられた。しかし、レニーは、すでにイギリス艦隊は横浜港を出港して鹿児島への途上にあることはまず確実だとここでもいい、

「イギリス艦隊は、鹿児島の現地で賠償金要求書を突きつけるよう本国政府から命じられている」

といった。そして、鹿児島への航路について、長州藩の封鎖下にある下関海峡を通過することはなく、太平洋の外洋を南下して鹿児島に直行するはずだと、その針路を説明した。

「折角の、五代どんの命を投げ出しての奇策も、いまとなっては間にあわぬか」

弘安はそういって深い吐息をもらした。

場所を変えてのレニーとの会談は三時間に及んだが、結局、解決策は見出《みいだ》せず、レニーは夕刻出港の上海行の船にぎりぎりで間にあって、長崎を去って行った。

イギリス艦隊がすでに横浜を出港して鹿児島にむかっているなら、猶予はなかった。そのことを確かめた三日後の六月二十六日、才助と弘安は港内に待機していた青鷹丸で、戦雲急な鹿児島へ急いだ。

一方、二十二日に横浜港を出港したイギリス艦隊は、晴天と穏やかな風にめぐまれて、真夏の炎天下を、レニーの言葉通りの針路をとって出港三日後の二十五日正午には室戸岬の南方九三海里（一七二キロ）を通過、才助が長崎を出港した二十六日の正午には足摺《あしずり》岬の南西八一海里（一五〇キロ）の洋上にあり、才助と弘安が鹿児島に到着した二十七日の正午には佐多岬の東方一六海里（三〇キロ）に達していた。

岬をまわれば鹿児島湾口である。

三

快晴のこの日、六月二十七日の午前中、レニーとの会談内容を家老小松帯刀に報告した才助は、次のごとき上申書を藩庁に差し出した。

一、生麦事件のような場合、賠償金の要求は、西欧列強諸国では当然であること。これを長崎奉行やレニー軍医官、長崎在泊のイギリス船長などの言を付記して述べた。

一、イギリス政府は第二次アヘン戦争のとき、アロー号事件で謝罪と賠償金を求め、その不履行を口実に清国へ戦争をしかけたこと。

一、イギリス艦隊と交戦した場合、アームストロング砲を装備する軍艦の艦砲射撃の威力は絶大で、わが方の砲台がいかに奮戦してもまず勝ち目はないこと。

一、イギリス艦隊で来薩するニール代理公使とキューパー提督には、賠償金が支払われるなら戦う意志はなく、友好的な条約締結への期待と意向があること。

この上申書に才助は、賠償金支払いが唯一の打開策であることを述べ、個人的支払いについてはむろん触れなかったが、小松帯刀へはおのれの胸中を打ちあけ、また居合わせた大久保一蔵にももらした。

さらに才助と弘安は、イギリス艦隊にはとても太刀打ちできない藩の蒸気船三隻、天祐丸、青鷹丸、白鳳丸を敵艦隊から守るために鹿児島湾外に待避させることを建言したが、側役の中山中左衛門が大いに怒り、卑怯《ひきよう》未練の行為だと二人を罵《のの》り、建言は容《い》れられず、集成館に近い重富《しげとみ》脇元浦の入江にかくすことにした。

こうして才助と弘安が藩庁を出て三隻を避難させていた午後二時頃、イギリス艦隊七隻は鹿児島湾口沖合に姿を見せた。遠見番所がこれを発見し、狼煙《のろし》と号砲で藩庁へ知らせた。

鹿児島湾に侵入してきたイギリス艦隊七隻は、湾内の水深を測量しつつ碇泊《ていはく》地をさがして、旗艦ユーリアラス号を先頭にゆっくりと航行し、午後七時頃、城下から南東一〇キロほどの七ッ島付近に並列して錨を下ろした。

鹿児島城下東岸には南から天保山砲台（砲数十一）をはじめ大門口（八）、南波止（五）、弁天波止（十四）、新波止（十一）、祇園州《ぎおんのす》（六）の各砲台が並び、桜島側にも、横山（四）、洗出（六）、鳥島（三）、沖小島（十五）の砲台があり、砲総数八十三門の砲台の諸隊が持ち場をかためて緊張の夜を明かした。

これらの砲台は五年前、海軍伝習所教師団長カッテンディーケが鹿児島を訪問した折に建言して新設された天保山砲台をはじめ、改良をくわえて当時としては最も進んだカノン砲を備えていた。しかし、これに対してイギリス艦隊は、多くの艦がアームストロング砲を搭載しており、総砲数九十門である。

六月二十八日の朝を迎えた。西洋暦なら八月十二日で、晩夏の太陽が桜島から昇り、今日も晴天、炎暑である。

午前七時、イギリス艦隊は煙突から黒煙をあげてゆっくり北上、湾内の水深を測量しながら城下に近い前ノ浜沖に単縦陣のまま碇泊した。

薩摩側から役人を乗せた小舟が旗艦ユーリアラス号に漕《こ》ぎつけ、イギリス艦隊の来意を訊ねてひきかえしてきた。午前十時頃、軍役奉行折田平八ら四名が旗艦に行き、第一補助官グワーならびに将官数人とシーボルト通訳官らをしたがえたニール代理公使に面会してニールから要求書をうけとり、二十四時間以内の回答を求められた。折田らは、わが藩侯は病にあって霧島といえる温泉で療養中で、その地は鹿児島を距《へだた》ること二〇里の遠くにあるため使者の往来に数日を要し、短時間での回答はできないと遁辞《とんじ》を弄《ろう》した。しかし、ニールはなお六時間の猶予しか認めず、論議の末、折田らは旗艦を辞してもどった。

ニールの要求書は、これまで同様に、生麦事件の加害者をイギリス士官立会いのもとに処刑することと賠償金二万五千ポンドを支払うことの二ヵ条で、英語、日本語、オランダ語の三ヵ国語で記されていた。

これに対し、薩摩側は、ニール代理公使とキューパー提督の上陸を書面で要請した。

——来翰《らいかん》の趣《おもむき》相違す、生麦一件につき申し立てられ候事件、書面往復にては弁知致し難き儀有之《これあり》候間、明二十九日午刻、外国人応接公館において、事理明白の応接に及び度候につき、水師提督、その重役の面々上陸あらんことを乞《こ》ふ。

そして、艦隊が希望する薪水《しんすい》その他の品について便宜をはかること、それゆえ勝手に上陸して不測の事態をまねかぬようにと付記した。

翌二十九日の朝、使者が旗艦を訪れて上陸を督促したが、ニールは、旗艦での協議かハヴォック号を海岸の近くに碇泊させてその艦上での談判を主張してゆずらず、上陸の要請を拒否した。

このとき藩士の間には、ニールが上陸し城内に入ったときに彼らを殺害する企てがひそかにすすめられていた。その刺客に志願したのが、生麦でイギリス商人リチャードソンを

ラス号は城下中央の弁天波止砲台の前方一〇町ほど（約一〇〇〇メートル）の海上に投錨し、七隻の艦隊中四番めに大きいパーシューズ号は桜島に近い位置に碇泊した。

薩摩側の最も大きな蒸気船天祐丸が七四六トン、白鳳丸が五三三トン、青鷹丸が四九二トンに対して、ユーリアラス号は二三七一トン、次に大きなパール号が一四六九トン、そしてパーシューズ号は九五五トンである。他の艦も天祐丸とほぼ同等の大きさで、それらの艦が砲門をひらいて戦闘態勢に入ったことが才助にはわかった。

薩摩側は、すでに市民の避難をすませ、藩主忠義と久光は武具に身をかため、小松帯刀ら家老をしたがえて鶴丸城二の丸を出馬、市内本営の千眼寺に入り、裏手にある常盤《ときわ》山の遠見番所から湾内のイギリス艦隊を望見した。各砲台には一門につき九十発の砲弾が用意され、旗艦ユーリアラス号を射程内におさめた。

夕方、一艘《そう》のボートが重富脇元浦の沖合に現れ、イギリス士官が望遠鏡で天祐丸ほか二隻の方をしきりに見ている。

「発見されたかもしれん」

弘安がいい、才助と顔を見あわせた。才助は直ちに重富番所へ報《し》らせ、兵に命じて警戒を固めた。

日が没し、強風が吹きはじめた。波が高くなり、夜空は雲におおわれた。

台風接近の兆《きざ》しである。

湾内は濃い闇《やみ》にとざされ、イギリス艦隊の灯《あかり》がわずかに明滅しているだけである。

四

七月一日の朝を迎えた。

今日も天候は荒れ模様で、雲がひくく、蒸し暑い。

昨日届けた家老川上但馬の回答書について町田六郎左衛門ほか二名の使者がその返事をききに旗艦ユーリアラス号に行ったが、責任は幕府にありとする但馬の回答書に対して、ニール代理公使は憤りをあらわにして、シーボルト通訳官にこう返事をさせた。

「薩摩藩の回答書は、我が大英帝国女王陛下を愚弄《ぐろう》するものであり、極めて愚かしく不快で、甚《はなは》だ不満である」

町田らは引きさがるほかはなかった。

双方対峙《たいじ》のうちにその日が暮れ、夜に入って薩摩側は荒れ模様の闇に乗じて、桜島と沖小島の間に水雷三箇を敷設した。

ますます風が強まり、雨が降り出した。

天祐丸の船長である船奉行副役の五代才助は、船奉行の松木弘安が乗船する青鷹丸の船長室にきて、弘安と戦闘回避の策をなおさぐっていた。

「松木さァ、ニールはいま目と鼻の先の海上におる。この闇にまぎれて、俺《おい》とお前んさァの二人でイギリス旗艦ば乗り込んで、ニールと膝《ひざ》づめの談判ばする、今夜が最後の機会じゃっど」

「私もいまそれを考えちょったが……」

「なにを迷っちょるね。賠償金《ランソン》二万五千ポンドはグラバーが都合してくれるで、俺が払う。賠償金《ランソン》を払う約定さえ結べば、あとはヨーロッパ帰りの松木さァの英語の弁舌と俺の舌先三寸でニールば納得させもンそ」

「しかしながら、大方の理は先方にある……」

「そげなことはなか。ここは外国ではなか。清国ともちごう。わが国の祖法を知らじ大名行列に乱入したイギリス商人が悪かとは明々白々じゃっど。ニールもそいを知っちょっ」

「ニールと正々堂々議論して、道が開ければよかが……」

「事が成ろうが成るまいが、一切の責は俺が切腹して負う。なあ、松木さァ、ここは〝泣こかい、跳ぼかい、泣こよっか、ひっ跳べ〟じゃ」

逡巡《しゆんじゆん》する弘安となおも話しあい、焼酎《しようちゆう》を飲んで議論し、夜半を過ぎても才助は天祐丸にもどらずに、二人は青鷹丸の船長室で眠った。

いっそう雨風が強まり、船は揺れ、帆柱が軋《きし》み、風が唸《うな》っていた。その騒音を意識の外できくようにして焼酎の酔いで熟睡していた才助は、異様な気配を感じてハッと目覚めた。甲板にあわただしい足音がひびいた。靴音である。宿直《とのい》の兵の誰何《すいか》する大声もする。

一気に酔いは覚めた。才助はすばやく起きあがると弘安に声をかけ、かたわらの大刀をつかみ、卓上に置いてあったピストルを懐《ふところ》におさめた。上海で買ったピストルである。

そのときドアが乱暴に開き、ピストルを手にしたイギリス士官と剣つき銃を構えた二人のイギリス兵が部屋に入ってきた。

「私はイギリス艦隊アーガス号艦長のムーア中佐である」

士官は才助と弘安に英語でそういった。

才助は落着きはらって、姓名を名乗り、船奉行副役で天祐丸の船長であることを英語でいい、弘安もまた姓名と身分を告げてから、

「なにゆえに無礼にも乱入してきたか。どのような目的か」

と達者な英語できびしく詰問した。

ムーア中佐はそれには答えず、天祐丸、白鳳丸、そしてこの青鷹丸の三隻を即刻引渡すよう要求した。

「それは出来ぬ」

才助は応じ、

「まだ宣戦の布告もないのに、このように武力をもって乱入し、わが藩の蒸気船を掠奪《りゃくだつ》するのは不法である」

と強く抗議した。

弘安もまたいった。

「われわれは商船の船長であり、戦闘員ではない。われわれの商船三隻は戦火を避けてこのように避難しており、イギリス艦隊に対してなんらの抵抗もしない。しかし、藩命がないかぎりわれわれは船を離れることはできず、また離れるつもりもない」

そのとき、青鷹丸の武士三名が抜刀して走り込んできた。

「手出し無用ぞ！」

才助は一喝し、おしとどめておいて、ムーア中佐に質《ただ》した。

「貴官はニール公使とキューパー提督の命をうけてここにきたのか」

「イエス。私の艦のほかにパール号、コケット号、レースホース号、ハヴォック号の四艦が他の蒸気船二隻の拿捕《だほ》にあたっている。要求に応じなければ、全員を射殺する」

アーガス号艦長ムーア中佐は興奮して激しい態度で威嚇《いかく》し、ピストルの銃口を松木弘安と才助にむけた。

「待て」

才助はゆったりといい、握っていた大刀を卓上に置き、ピストルは懐におさめたまま、弘安の目をじっと見て目くばせをした。

（ニールとキューパーに会う絶好の機会ではないか）

弘安もかすかにうなずいて応じた。才助はムーア中佐にいった。

「甲板に出て話をしよう。私の蒸気船天祐丸と白鳳丸の状況を知りたいし、もし引渡しに応ずる場合は、その旨を二船の者に命じねばならない」

風雨のつのる甲板に出ると才助は殺気立っている青鷹丸の乗員全員をなだめ、不穏な行動に出ないように命じ、闇をすかして近くに碇泊する天祐丸と白鳳丸の状況をうかがった。

天祐丸の方角の闇で突然に銃声がきこえ、何かが海中に落下した水音がひびいた。甲板から身を乗り出してうかがうが、天祐丸船上からわずかに藩士の怒号がきこえるのみである。そして、また水音がした。

このとき、船長不在の天祐丸では、風雨の闇にまぎれて接舷《せつげん》してひそかに乗船してきたパール号の艦長ポーレース大佐とその将兵にむかって、まっさきに気づいた本田彦次郎が抜刀して斬りつけたが、ピストルで射殺され、海中に投げ込まれた。そして、ポーレース大佐は他の乗員を剣つき銃をかまえた兵たちに包囲させ、日本刀の大小をわたすよう要求したが、応じる者はなく、吉留直次郎が怒声をあげて抜刀したので、兵の一人が背後から吉留を銃剣で刺し、海へ突き落した。さらに、三たび才助が水音を耳にしたのは、海中の吉留を助けようと柿内作之助が飛び込んだのである。

風雨の激しい東の空が明るみ、夜がしらしらと明けはじめた。才助は天祐丸とそのむこうの白鳳丸に接舷して碇泊するイギリス艦隊の巨大な戦艦二隻と付近に浮かぶイギリス水兵を乗せたボートを認め、天祐丸甲板で武装のイギリス将兵に囲まれている部下の姿を目にした。

不覚であった。嵐《あらし》の闇にまぎれて接近したイギリス戦艦五隻に、わが方の商船三隻が気づいたときには包囲され、接舷されて敵兵に乗り込まれていたのである。

海面では、作之助に助けられた手負いの直次郎が、イギリス水兵のボートに救助されていた。

「松木さァ、こげんなってはやむをえん。残念じゃっどん、蒸気船ば三隻、奴等の手にいったん預け、俺《おい》どんら二人で敵の旗艦ば乗り込んで談判しもンそ」

「うむう。それがよか」

才助はムーア中佐にその旨を伝え、三隻の薩摩藩士の乗員全員を無事に上陸させるよう要求した。ムーアはそれを承知した。

才助と弘安は、自分たち二人が船に残るから乗員全員は退避するように三船の乗員に命じた。

全員が退船すると、曳航《えいこう》準備がはじまった。天祐丸にはレースホース号、白鳳丸にはコケット号、青鷹丸にはアーガス号がそれぞれ曳航索をとりつけた。そして、イギリス戦艦に曳航されて天祐丸、白鳳丸、青鷹丸は脇元浦の入江をはなれた。

「松木さァ、俺どんらはみずから捕虜になったんじゃ」

才助はおのれにいいきかすように弘安へいった。

「じゃっどん、薩摩武士がすすんでイギリス艦隊の捕虜になるのは、前代未聞のこっじゃ。外国を知るお前んさァと俺じゃっで出来る。じゃっどん、戦わずして敵の捕虜となるとは、薩摩武士の風上にもおけぬ卑怯者との誹《そし》りをうけもンど。俺はちいとも気にはならんどん」

「左様。私らの真意は薩摩の猪《いのしし》武者《むしゃ》どもばかりか日本中の侍にまずわかるまいが、私ら二人、藩内では西洋かぶれと評判が悪いから、いまさら何といわれようとおどろかんし、恥とも思わん。のう、五代どん」

雨が小止《こや》みになり、海上はすっかり明るくなっていた。

この日、七月二日の夜明け前に旗艦ユーリアラス号とパーシューズ号を残して湾内から姿を消していたイギリス艦五隻が、三隻の蒸気船を曳航して明るくなった重富沖に姿を現したのを発見した遠見番所の藩兵は仰天した。イギリス軍艦に曳航されているのは、藩旗をかかげた蒸気船天祐丸、白鳳丸、青鷹丸の三隻ではないか。

その報が千眼寺の本営に入ると前後して、重富番所からの早馬が、三隻が奪われたことを急報した。

「馬鹿すったん！　松木どんと五代どんは、戦《ゆっ》さをせんで蒸気船ば奪われたか」

「臆病者《ひっかぶい》が！」

見守る藩の将兵は口々に二人を罵った。

わずかに才助の胸中を知る家老の小松帯刀のみが才助に期待したが、藩船三隻の拿捕は、イギリス艦隊の宣戦布告である。直ちに藩主忠義と久光は、イギリス艦隊への砲撃を命じた。

各砲台へ伝令が飛び、大久保一蔵が馬を走らせた天保山砲台がまず砲撃を開始し、これを合図に各砲台が一斉に砲弾を発射した。正午であった。

城下中央の弁天波止砲台の前方海上にあって、射程距離内の旗艦ユーリアラス号へ城下の各砲台からの集中砲火があびせられた。

しかし、弾丸は敵艦に達せずに海面に水しぶきをあげ、また艦をかすめて後方に落下し、照準を修正してようやく艦に命中した。

ユーリアラス号からはふしぎなことに応戦の砲撃がなかった。キューパー提督は、天祐丸、白鳳丸、青鷹丸を拿捕すれば、薩摩藩は戦意を失って談判に応じるものと判断して、砲戦の準備をしていなかったのだが、応戦を命じてもすぐに砲撃ができなかったのは、幕府から支払いをうけた賠償金の銀貨の箱が弾薬庫の前に積み上げられていて、その撤去に手間どったからである。ようやくアームストロング砲が火を噴いたのは、開戦一時間もたってからであった。

才助は弘安とともに引渡した青鷹丸から戦艦アーガス号に乗り移って、その甲板から、応戦するユーリアラス号と桜島寄りの海上に碇泊して桜島の横山砲台からの砲撃をうけているパーシューズ号を見た。

才助と弘安は大小をとりあげられたが、才助は懐のピストルは見つからずにそのまま隠し持っていて、二人はアーガス号の士官室をあたえられ、甲板に出て戦況を望遠鏡で見ることを許された。

キューパー提督が指揮する旗艦ユーリアラス号から大音響とともにようやく発射されたアームストロング砲の威力はすさまじく、その炸裂尖頭弾《さくれつせんとうだん》の第一弾は天保山砲台の後方に飛んで爆発し、火焔《かえん》と土煙が高く上がり、黒煙が風雨の天に立ちのぼった。そして、第二弾は砲台に命中し、砲と兵が火煙とともに飛び散るのが見えた。

五

五代才助と松木弘安がアーガス号から旗艦ユーリアラス号へ移されたのは、開戦まもなくであった。アームストロング砲を発射して天保山砲台の一部を破壊したユーリアラス号はなぜか砲撃を中止し、二人が乗艦したとき、薩摩側砲台の射程距離外へ後退していた。

(ニール代理公使とキューパー提督に会える)

期待して乗艦したユーリアラス号の甲板でも、才助と弘安は剣つき銃を擬した水兵にとりかこまれ、才助は懐に隠し持っていたピストルを士官にとりあげられた。

「ニールとキューパーに面会を要求する」

才助は英語できびしくいったが、士官はいまは出来ないと答え、二人を士官室へ鄭重《ていちょう》に案内し、戸口に武装の監視兵を残して去った。

その士官室の窓から海上を見た才助と弘安は、アッと息をのんだ。

レースホース号などの戦艦三隻に曳航索でつながれて停船していた天祐丸、白鳳丸、青鷹丸の蒸気船へイギリス水兵どもが乗り込み、火縄銃や船室の鏡や椅子《いす》などを掠奪《りゃくだつ》しているではないか。その連中が退船すると、曳航索のはずされた三隻から火焔が噴き、見るまに燃えさかってゆく。そして、火焔と黒煙につつまれた三隻が傾きはじめた。掠奪をすませた洋鬼どもが各船に火を放ったばかりか、船底に穴をあけて立ち退《の》いたのであろう。

「何たることか!」

才助は臓腑《ぞうふ》の千切れる思いで火焔につつまれて傾く三隻を凝視した。計三十万八千ドルもの巨額の藩費を投じて、才助が建言し購入した薩摩藩自慢の外国製蒸気船、天祐丸、白鳳丸、青鷹丸の三隻が、イギリス艦隊によって放火され沈没させられているのだ。

顔面蒼白《そうはく》となった松木弘安も歯をくいしばって見つめている。

「こげんなっては、ニールとキューパーと刺しちがえせえ死にもンそ」

才助はうめくようにいった。

キューパー提督は、旗艦ユーリアラス号が被弾し、桜島寄りにいたパーシューズ号も桜島の横山砲台からの砲撃をうけて慌てて錨鎖を切断して逃れたので、拿捕した天祐丸、白鳳丸、青鷹丸を確保しつつ全艦隊が戦うのは不利と判断して、三隻の焼却を命じたのである。

天祐丸など三隻が炎上沈没すると、イギリス艦隊はユーリアラス号を先頭に戦列をととのえ、桜島の沖、北東方向へ進みはじめた。海上は暴風雨になっていたが、艦隊は砲台の射程圏外にあって、砲声は絶えていた。

ユーリアラス号は激しく揺れながら暴風雨の中を進み、やがて左旋回した。

（重富沖へむかっている）

才助たちが蒸気船三隻を退避させていた重富脇元浦から南へ、島津家の磯御殿、工場群の集成館、そして祇園州砲台と稲荷川の川口があり、その南、城下の東岸を新波止から大門口まで四つの砲台が守り、少し離れて甲突《こうつき》川河口に天保山砲台がある。イギリス艦隊は旗艦ユーリアラス号を先頭にパール号、コケット号、アーガス号、パーシューズ号、レースホース号、ハヴォック号が単縦陣形で城下前面の湾内を南進しながら、集成館はじめ各砲台へアームストロング砲の一斉射撃を敢行しようとしているのだ。才助にはその大胆な戦略がすぐにわかった。

そこへ士官がきて、甲板に出ての観戦を許すとのキューパー提督の言を伝えてきた。キューパー提督はアームストロング砲の射撃によほどの自信があるのだろう。

才助と弘安は暴風雨の甲板に出た。キューパー提督は風雨の艦橋にいて指揮をとっている。やがて一一〇ポンド砲のアームストロング砲が火を吐いた。才助はその射撃のさまを目のあたりにして怒りで軀《からだ》がふるえ、血が逆流するのを感じた。

上海でアームストロング砲をはじめて見、説明をきき、砲身の内部に刻まれた旋条をのぞきこみ、砲身に手を触れて以来、わが藩の備砲にしたいと強く願いながら、ついに果せなかった最新鋭の艦載砲が、イギリス軍艦から眼前のわが藩の砲台めがけて発射されているのだ。

砲弾を発射するたびに轟音《ごうおん》と反動がすさまじく、艦が振動した。指揮の士官と砲手の兵がなにやら慌てている。激しい波浪の動揺で照準が定まらないだけではなく、発射のすさまじい反動で後装砲の複雑な尾栓の個所が壊れたらしい。別の砲では豪雨で点火装置が濡《ぬ》れて、弾丸が連続して発射できないようだ。

射程距離が四〇〇〇ヤード（三六五八メートル）もあり、命中率にすぐれ、着弾すると爆発する尖頭炸裂弾のアームストロング旋条砲が、暴風雨の中の実戦で意外な欠陥を露呈したのだ。

しかし、修復するとさすがアームストロング砲はその威力を発揮した。旋条を刻んだ砲身から発射される尖頭弾は、雨風の中を回転して正確に飛び、まず祇園州砲台に命中し、次々に火焔と土煙があがる。次には城下に近い新波止砲台が巨砲の餌食《えじき》になった。さらに艦は砲撃しつつ南進して弁天波止砲台の前に進んでゆく。

薩摩側砲台の応射もすさまじい。砲弾はイギリス艦隊にむかって飛来し、ユーリアラス号にも命中した。一〇〇ポンド砲と八〇ポンド砲の球型弾である。炸裂はしないが、そこにいた艦長ジョスリング大佐と副長ウィルモット中佐が即死した。つづいて飛来した炸裂弾は第三番砲に命中して、砲手七名が戦死し、士官一名が重傷を負った。

しかし、ユーリアラス号は弁天波止砲台を砲撃して通過、南波止砲台と大門口砲台前面の海上に進出して、なおも激しい砲撃をつづける。後方を見ると、一列縦隊のイギリス艦隊からの砲撃で、ほとんどの砲台は破壊され、鹿児島城下から火の手があがっていた。パーシューズ号が火箭《ロケット》を市街地へ放っていたのだが、祇園州砲台に接近したレースホース号からは、砲台の守備兵へ小銃の一斉射撃があびせられていた。

正午からはじまった砲戦は、暴風雨の中、午後四時になっても激しさを増し、ユーリアラス号が天保山砲台を砲撃して破壊後、左旋回して沖にむかって進み、各艦に信号を送った午後五時、薄暗くなってようやく各艦の砲撃がやんだ。

才助はユーリアラス号艦上から、風雨のおさまった夜に入ってもなお燃えさかる城下の火災を見つめていた。右手の集成館、磯御殿のあたりからも火の手が高くあがっている。さらに、入江にあった琉球船や藩の和船も燃えていた。

才助の家のある城ヶ谷あたりにも火の手が見えた。才助は年老いた母や具足に身をかためて駆けまわっているだろう兄たちの無事を願った。

七隻のイギリス艦隊は、桜島の小池村沖に碇泊して夜を明かした。城下の火災の明かりで艦上のイギリス兵の顔が見えるほどであった。士官室にふたたび軟禁された才助と弘安は、怒りと悔しさで片隅に身をうずくまらせ、眠れずに朝を迎えた。

翌七月三日、夜半のうちに風雨はおさまり、雲も薄れて、朝日が昇ると桜島の空は青く澄み、青空の下に火災はおさまったがなお黒煙をあげる城下が望見できた。

甲板に出ることを許された才助と弘安は、昨日戦死したジョスリング艦長、ウィルモット副長ほか水兵の水葬がおこなわれているのを見た。帆布につつまれた遺体が弔銃の発射とともに海中へ葬られる。艦橋にいて敬礼していたキューパー提督と才助は目があったが、キューパーは鋭い一瞥《いちべつ》をくれただけであった。そして、今朝も面会は許されなかった。

正午ごろになって、各艦は動き出した。旗艦ユーリアラス号を先頭に今日も南進しながら、射程距離の長いアームストロング砲の特長を生かして、焼け落ちた集成館をはじめほとんど破壊された各砲台と、まだ焼けていない市街南部を、遠距離から砲撃した。そして、桜島各所の砲台もつぶしにかかった。

（これでは全滅させせられるな。イギリス人は酷《むご》い……）

才助は憤りと焦燥のうちに思ったが、桜島の洗出砲台を砲撃して沈黙させたユーリアラス号が、神瀬島の沖を通過して、桜島と沖小島の間の水路にすすんでいるのに気づいた。

「天佑でごわンど！　松木さァ」

才助は思わず大声を発していた。その水路には、火薬三百斤をおさめた電気点火装置の水雷三個が敷設されているのである。

「この艦は木端微塵《こっぱみじん》ぞ！」

弘安も叫んだ。その装置は彼の考案である。

（ニール代理公使、キューパー提督の乗艦するこの艦とともに、俺と松木さァは爆死して果てる）

いまとなっては願ってもないことであった。

しかし、しばしして突然、沖小島の砲台から白煙があがり、ユーリアラス号にむけて砲撃がはじまった。この砲台には、旧式ながら十五門もの砲が備えられていた。至近距離からの不意の迎撃に狼狽《ろうばい》したユーリアラス号は、砲撃をさけて西へ急転回して水雷の敷設水路から離れ、湾の中央を南下してゆく。

才助と弘安は舌うちして痛恨の吐息をもらした。敵旗艦爆破の絶好の機会は失われたのである。

才助と弘安が再三要求したニール代理公使とキューパー提督との会談がようやく実現したのは、各艦が被弾個所の修復につとめていた、その日の夕刻であった。

二人が艦長室に入って行くと、ニールとキューパーが通訳官シーボルト・ジュニアを従えて待っていて、他の艦の艦長たちも居並んでいた。誰もが疲れきった顔をしている。

「わが艦での観戦はいかがでした？」

キューパー提督が自信ありげに訊ね、シーボルトが通訳しようとしたが、

「存分に観戦してごわす。戦いは五分五分じゃっど」

と才助は薩摩弁で即座に答え、弘安が流暢《りゅうちょう》な英語で通訳した。

それからは英語と日本語のやりとりをシーボルトが翻訳してすすめられた。

まず才助は、宣戦の布告なしにわが藩の蒸気船三隻を武力で拿捕し、その上、放火沈没させた不法をきびしく咎《とが》め、戦いに至っては、鹿児島城下を艦砲射撃で焼き払い、非戦闘員である老若男女の市民までを殺傷した非を詰問した。

これに対してニールとキューパーは、戦争であるから仕方がないとの遁辞《とんじ》を弄《ろう》したが、二人の表情には苦渋の色が見てとれた。事実、一般市民の住む鹿児島の町を焼いたことについては、後日、本国のイギリス議会でとりあげられ、世論の批判をあびるのである。

次に才助はニール代理公使にむかって、生麦事件について、大名行列に乱入すれば死をもって罰せられるのがわが国の祖法であること、日本に居留する以上従うべきこと、この法を幕府が貴国へ通知していなかったなら、その責は幕府にあり、幕府はその責を負って

すでに賠償金を支払ったのであるから解決済であることを滔々《とうとう》と述べ、弘安が英語でさらに弁舌をふるった。

これに対してニールは、あくまでも薩摩藩の謝罪と賠償金支払いを要求した。

そのニールもキューパーも、居合わせた各艦の艦長たちも、旗艦の艦長と副長を失い、各艦がそれぞれに損害をこうむって、かなりまいっている様子である。事実、ジョスリング大佐をはじめ十三名が戦死、五十名が負傷し、各艦が被弾していた。そして、キューパー提督は、艦隊が搭載していた三十一基のアームストロング砲後装砲による三百六十五発の砲撃で百二十八件もの事故が発生したことを、本国へ報告せねばならなかった。

だがキューパー提督は、各艦の応急修理がすんだなら兵を上陸させて攻撃を敢行すると才助たちへ豪語し、その強い意志をしめした。

血に飢えた洋鬼どもに砲台を占領され、城下に乱入されては多くの領民が命を奪われ、掠奪にあうであろう。

「陸戦ともなれば、この鹿児島城下には十万のサムライがいる」

と才助は英語でいった。

すると、ニールが訊ねた。

「薩摩藩と長州藩ではどちらが強いか」

才助は即座に答えた。

「強かとは薩摩じゃ。長州より弱か藩はこの日本にどこにもごわはん」

弘安がくすりと笑ったが、そのまま通訳し、才助はさらに熱弁をふるった。

薩摩藩は昔から武をもって海内に鳴りひびいており、もしイギリス艦隊の兵が上陸するようなことがあれば、白兵戦を得意とする示現流の剣の達人十万のサムライ軍団が、イギリス兵を一人たりとも艦に帰すことはないばかりか、各艦に決死の斬り込みをかけて、イギリス艦隊の将兵を皆殺しにし、この旗艦に積まれている幕府からの賠償金も頂戴《ちょうだい》するであろう、と。

才助は鹿児島城下がこれ以上の戦火の被害をうけぬよう必死だった。砲台はほとんど全滅、城下の大半は焼失していた。いま藩を救えるのは、おのれの弁舌しかなかった。

才助は武士でありながら、武をもってでなく、みずから捕虜となり、話術をもってこれ以上の戦火をくいとめようと必死だった。

もし暴風雨でなかったら、イギリス艦隊は薩摩側砲台の砲の四倍も長い射程距離のアームストロング砲の特性を生かして、見通しのきく陸地へ沖合から砲撃したであろう。それを思うと、才助は肌に粟立《あわだ》つ思いがした。

その日は暮れ、翌日を迎えた七月四日、各艦の応急修理を終えたイギリス艦隊は、午後二時、煙突から黒煙を吐き、蒸気を上げ、抜錨して、旗艦ユーリアラス号を先頭に南下を開始し、機関が破損して錨を失っているパーシューズ号を他の艦が曳航《えいこう》して、全艦隊が鹿児島湾を退去した。

その旗艦上にあって、捕虜の身の才助は、台風一過の初秋の陽《ひ》ざしに輝く凪《な》いだ湾の彼方に遠ざかってゆく戦火に焼かれた鹿児島城下と、午後の陽をあびていつもと変わらぬ桜島を無言で見つめていた。ふと、乳呑児《ちのみご》の治子を抱いた広子の母子の姿が、戦火の光景にかさなって脳裡《のうり》に浮かんだ。

逃亡の日々

一

横浜に帰還するユーリアラス号の艦上で、俘囚《ふしゆう》の身の五代才助と松木弘安へ親しく話しかけてきたのは、通弁の清水卯三郎《うさぶろう》であった。

「松木さん、私を覚えておいでですか」

「おお、ご貴殿は……」

武州羽生《はにゆう》村の農家の出身で、江戸に出て洋学者の箕作阮甫《みつくりげんぽ》の門に学んだ清水は、弘安とは洋学仲間の一人で、江戸で幾度か顔をあわせていた。清水の方は弘安にすぐに気づいたが、ニール代理公使らとのやりとりはもっぱらシーボルト通訳官が同席していたので弘安の前に出る機会がなく、鹿児島炎上の晩、弘安と才助が士官室の片隅にうずくまっている姿を目撃していっそう胸をしめつけられて、声をかける折を待っていたのだという。

「さぞ、ご痛恨、ご心痛のことでしょう。お察し申し上げます。しかし、薩摩武士がよくぞみずから捕われの身になられた。私はそのことに感じ入っているのです」

清水はそういって頭をさげ、

「洋学を学んで敵を識《し》る者にしかできぬことです。いや、洋学を学んだとて、誰にもできるものではありません」

といった。

「いや、いまとなっては生きて俘囚の恥をさらすより、このイギリス艦上で命を絶とうと、五代どんといまも話していたところです」

弘安が答えると、

「それはいけません。それでは犬死にではありませんか。私にお任せください。横浜に着いたら、お二人がこの艦を脱出できるよう、なんとか致しましょう」

さらに清水がいうには、ニールもキューパーも松木たちに好意さえもっており、二人の措置に困惑している様子だという。

そういえば、ニールとキューパー提督の才助と弘安に対する態度は、蔑《さげす》みが少しもないどころか敬意さえ感じられ、艦長室での食事に二人を招き、艦内を自由に見学することも許した。

才助は自死を決めながら、ニールとキューパーと食事をともにして談話すればするほど、イギリスに学ばねばならぬことの多さをあらためて思い知った。また、アームストロング砲の実戦をつぶさに体験しただけでなく、最新鋭旋条砲がなぜ暴風雨下の戦闘で速射に耐えられずに故障したかを知り、その欠陥を知ってなおこの最新砲をわが手で藩に購入しなければならぬとの決意をいっそう強くしていた。

「なァ、松木さァ、死ぬのはやめじゃ」

と才助は、清水が立ち去るといった。

「死ぬのはいつでもできる。いま自害しては、清水どんがいうとおり犬死にじゃ。これほどイギリス軍艦とその戦法を知った俺《おい》どんらには、やることが山ほどごわンど。イギリス艦隊のアームストロング砲にあれほどみじめにやられて、藩の石頭どももイギリスの武力と技術がいかに進んでいるか、思い知ったでごわンど。俺はイギリスに学んで、諸外国との開国修好なくしてはこの国の前途はなかと、確信を深めもした」

「私も同感だが、じゃっどん、五代どん、この艦を首尾よく脱出できたとして、江戸の薩摩藩邸へは入れず、鹿児島《かごんま》へももどれンど。私ら二人は生かしてはおけぬ卑怯《ひっか》者《ぶい》と、藩の者からこの首をねらわれておいもンど」

「なァに、なんとかなりもンそ。清水どんがうまくやってくれるじゃろうよ」

才助はそういって笑ったが、事実、二人は戦わずして蒸気船三隻を奪われた卑怯者、臆病者と罵《のの》られているだけでなく、薩摩側の情報をイギリスへ売った裏切者扱いをされて、命をねらわれていたのである。

しかし、何事も楽天的に考えるのが、才助という男のいいところである。

鹿児島湾を退去した四日後の七月八日の夜、旗艦ユーリアラス号が横浜の港に入り、十一日の朝には、戦闘中に錨《いかり》を失い、機関故障のパーシューズ号も他艦に曳航《えいこう》されて入港し、全艦隊が帰港するのである。

ユーリアラス号が入港した夜、イギリスの横浜領事アベル・ガワーと領事館書記生のアメリカ人ヴァン・リードらが出迎えた。通弁の清水は、才助と弘安のことをこの二人に相談した。すでにニール代理公使とキューパー提督へは、このまま艦にとどめてはいつ二人が自殺するかも知れず、それでなくても二人の生命をねらっている薩摩藩士が江戸藩邸から大挙していつ斬《き》り込みをかけてこの艦を襲ってくるかもわからず、また二人が自殺すればその報復の斬り込みもあるだろうから、厄介な二人はそれとなく逃がすのが上策と進言していた。これに同意していたニールとキューパーは一切をガワー領事に頼んだ。そこでガワーは書記生のリードに任せた。

決行は翌九日の夜と決まった。清水は上陸して江戸へ発《た》ち、二人の潜伏先を用意して知人宅で待つ手筈《てはず》である。弘安は万一に備えて所持していた二十五両を清水に託した。

九日の深夜、才助と弘安は縄梯子《なわばしご》をつたって艦を脱出すると、リードが用意してくれていたボートに乗り移った。甲板から身を乗り出したリードが、カンテラを振って早く艦を離れるよう合図を送っている。当直の兵は二人の脱出を見て見ぬふりをしているらしい。

才助がオールを漕《こ》ぎ、二人が乗ったボートは艦を離れて暗闇《くらやみ》の沖へむかった。人目につく横浜の港はさけ、できるだけ江戸に近い無人の浜に上陸する計画である。才助と弘安はリードの計らいで、旅商人の衣服に着がえていた。

湾を出たが、風が強く、月のない荒れ模様の天候で、容易にボートは進まない。が、才助は海軍伝習所で洋式ボートには慣れている。懸命に漕いだ。

翌朝未明、ようやく羽根田の浜に上陸した。暗闇の中、歩きつづけて川崎大師の土手と思われるあたりにたどり着いた。六郷川である。川沿いに遡《さかのぼ》って、六郷の渡しに着いたとき夜が明けた。

二人は顔をかくすようにして渡し舟に乗って川を渡り、六郷の宿で駕籠《かご》を雇って東海道を江戸にむかった。疲れ切って眠った才助は、ハッとして目覚めた。品川の宿である。が、迂闊《うかつ》に駕籠から出られない。品川と高輪には薩摩藩の下屋敷があり、藩士に顔を見られては一大事である。

イギリス軍艦を無事に脱出できたのに、藩邸へ逃げ込むことも顔を出すこともできない皮肉な辛《つら》さに、才助は駕籠の中で大げさに舌打ちした。

清水卯三郎が待つ江戸小舟町《こぶねちょう》の歯磨粉屋に着いたのは、午《ひる》過ぎであった。

「これはご無事でなにより。さぞお疲れでございましょう」

手をとらんばかりに出迎えた清水は、二人を用意していた近くの船宿「鈴木」に案内した。才助と弘安はここで二晩を過して疲れを癒《いや》したが、いつまでも江戸に隠れているのは危険である。七月十二日、清水にともなわれて、彼の故郷である武州羽生村に出立した。両国から乗合船に乗り、翌日、羽生村に着いた。

羽生村は利根川の右岸にある村である。二人は清水の生家に滞在した。しかし、ここも薩摩藩の者と幕吏に知られて危険であろうと、清水の親類筋にあたる熊谷《くまがや》近郊、四方寺《しほうじ》村の吉田六左衛門のところに移った。六左衛門は豪農で、不朽堂という私塾も開く篤学《とくがく》の士である。

六左衛門は二人を自宅二階の小部屋に匿《かくま》い、手厚く遇した。そして数日後、田圃《たんぼ》をへだてたすぐ隣村の下奈良村の分家、吉田市右衛門の離れの方が安全で暮らしやすいと、二人はそこへ移った。

このあたりは養蚕のさかんな村々である。畑には初秋蚕の桑をつむ乙女たちの姿があった。

一方、薩摩藩では、戦いの三日後、イギリス兵の遺体が浜に流れついたり、パーシューズ号の錨が引き上げられたりして、敵にあたえた損害を誇示する者もいたが、ほとんどの者は、イギリス艦隊の兵器の威力をまざまざと見せつけられて、薩摩武士の士気をもってしてもどうにも乗り越えられぬ西洋の科学技術の進歩にあらためて目をひらかざるをえなかった。

まず、イギリス艦隊の再来襲にそなえて、藩士のみならず一般人も各砲台の修築につとめ、集成館の再建にも力をそそぐ一方、長崎駐在の蓑田《みのた》伝兵衛がグラバーに大砲購入の斡《あっ》旋《せん》を依頼した。グラバーはポルトガル領マカオにあったアメリカ製の鋳鉄砲八十九門を総額四万三百九両三分で斡旋した。またロシア製鋳鉄砲四十二門のほか、火縄銃にかわって銃身の内部に施条《ライフル》が刻まれたミニエー銃五千挺もグラバーから購入した。

さらに緊急を要したのは、久光が上京に用いる蒸気船の補充であった。まず長崎製鉄所の長崎丸を借り入れ、グラバーに他の船の手配を頼んだ。グラバーはさっそく長崎丸とおなじ一〇〇トンのイギリス籍スクリュー船サラー号を薩摩藩に斡旋した。アームストロング砲もグラバーに購入を依頼したが、ラッセル外相が日本への輸出禁止を進言していたので、この希望は叶《かな》えられなかった。

こうして軍備と蒸気船をととのえながら、イギリスと和議を結ぶべきかどうか、藩論の統一がなされた。藩士の中にはいまなお過激な攘夷《じょうい》論者が多い。

重臣を集めての評議の席上、久光は問いかけた。

「集成館をお造りなされた昭国公（先代斉彬）は、西洋の技術との差はまことに大きく、無謀な攘夷はこの国を亡ぼすと仰《おお》せられていたが、こたびの戦いで攘夷をいかに思う?」

長い沈黙の後、家老の小松帯刀が口をひらいた。

「私《あたい》は攘夷に反対でごわす。かねがねそう思っていましたが、こたびの戦いでその信念を強く致しました。イギリスと和睦し、恥をしのんで西洋に学ぶべきでごわす」

攘夷論者の数人が色をなしたが、今年二月に側役《そばやく》になっていた大久保一蔵がいった。

「私も小松さァの考えと同じでごわす。イギリス艦隊の再度の来襲があったなら、焦土ち化した鹿児島城下はどげんなりもんそ」

二人の意見に賛成する者が多く、評議の末、和議が決まった。

そこで、支藩の佐土原藩が和議を仲介するという形をとって、佐土原藩の家老と用人の二名に薩摩藩から重野厚之丞ら二名がくわわった計四名が、イギリスとの和平交渉の任をおびて鹿児島を発った。長崎を経て、船便で江戸にむかい、薩摩藩邸に入ったのは八月十日である。

こうしてニール代理公使との和平会議が横浜のイギリス領事館ではじまったが、重野らは才助と弘安の消息を知ることはできなかった。脱出を手伝ったガワー領事とリードが口をつぐんでいただけでなく、巷間《こうかん》にありもしない二人の噂《うわさ》を流していたので、重野は大久保宛《あ》ての書簡に、

――横浜または箱館いづこへ罷《まか》り在り候儀、今もってあひわかり申さず候。

としるすほかはなかった。

和平交渉は、大久保一蔵が横浜に下向して、会談中、軍艦購入の周旋をニールに依頼し、希望する軍艦の型、その代価、建造の日数、航海操練の教官の派遣などにも話が及んで雰囲気がなごやかなものになり、薩摩側が賠償金二万五千ポンドを支払うことで、十月二十九日に和議が成立した。

薩摩藩はこの二万五千ポンド、すなわち十万ドル、六万三百三十三両一分を幕府から借金して、三日後に支払った。

二

才助は、武州下奈良村にいる。

吉田市右衛門宅の離れに、弘安と潜伏して二ヵ月余が経《た》った。

「退屈じゃのう」

今日も才助は縁側に肘枕《ひじまくら》で寝そべって、鼻毛を抜いていた。

中庭のむこうに桑畑がひろがり、母家につづく蚕室《さんしつ》では晩秋蚕の掃き立てがはじまって、忙しく立ち働く吉田家の家族と使用人の声がする。

弘安は座敷に正座して読書をしていた。その弘安は無精髯《ぶしょうひげ》が伸び、総髪の髪も乱れて、いかにも潜伏の日々に耐えている志士といった風情だが、縁側に寝そべって無聊《ぶりょう》をかこっている才助の方は、月代《さかやき》を青々と剃《そ》り、髯もきれいにあたって、男前が際立っている。ときどき首をあげて生垣のむこうの往還をうかがって、なにやら落着かない。

「才助どん」

近頃はそう呼ぶようになっている弘安が、

「お喜多《きた》さんはまだ見えまいよ」

と書見をしながら、からかうようにいった。

お喜多は本家の主人《あるじ》吉田六左衛門の姪《めい》で、この近くに両親兄弟と暮らし、六左衛門のいいつけで才助たちの食事、洗濯などの世話をしている。歳《とし》は十六。色白の、男好きのする顔立ちで、鄙《ひな》にはまれな器量よしである。

「なあに、あの娘より夕餉《ゆうげ》を待っておるのじゃ。何をせんでも腹は減るのう」

才助はわざとのように背伸びをしていったが、髪結いも娘にまかせていて、そのときの鼻の下の伸ばしようといったらなかった。

「それにしても、遅いのう。干物でもとり込んでやるか」

そう独り言をいうと才助は、立ちあがり、草履《ぞうり》をつっかけて庭におりた。裏庭の物干場の竹竿《たけざお》に、お喜多が洗濯してくれた二人の襦袢《じゅばん》や褌《ふんどし》などが干してある。陽《ひ》は西の竹林にかたむいて、いつもならお喜多がとり込みにきてくれる時刻である。

才助が鼻唄《はなうた》をうたいながら洗濯物をとり込んでいるところへ、お喜多が急ぎ足に入ってきた。

「あら、ごめんなさい。おらがやるから」

「なァに、たまには自分でやらねば罰《ばち》が当る。居候の身でこんなによくしてもらっているんじゃから」

「でも、お武家さまの五代さんが……」

洗濯物を才助の手からとりあげたお喜多の耳もとへ、才助は何やらささやいた。お喜多の頬《ほお》がぽっと染まる。

「いやねえ……」

才助を睨《にら》んだが、満更ではない様子である。というより、小娘が妻子もちの男をそそのかしていると見えなくもない。

その数日後の晩、才助は近くの権現堂でお喜多とひそかに会った。かなり待たせて忍んできたお喜多は、湯に入ってきたらしく洗い髪と肌が匂《にお》った。才助が甘い言葉をささやきかけてやさしく抱き寄せ、口を吸おうとすると、幼な子がいやいやをするかのように首を振ってあらがったが、なおも唇を求めると、才助の胸に顔を埋《うず》めてしがみついてきた。そして、

「五代さんを好きだべ」

と小さな声でいった。

胸もとへさし込んだ才助の掌《てのひら》は、豊かであたたかい乳房に触れていた。

十六の百姓娘は、権現堂に射し込む月の光にその身をさらして、固肥《かたぶと》りの若い肌をひらいた。はじめてではないようである。才助は逃亡の身で、久しぶりに女の躰《からだ》に精をそそぎ込んだ。思い出してみれば、三月《みつき》以上前、戦雲急な鹿児島へ急ぐために青鷹丸で長崎を発った前夜、乳呑児《ちのみご》のわが子のとなりで広子を抱いて以来である。あれからもう一年も経ったような気がする。

ことがすんでから、身づくろいをしたお喜多の肩に手をおいて、なおもやさしい言葉をかけると、

「長崎で待っているおかみさんに、悪いことをしてしまったべ」

とお喜多はつぶやいて涙ぐんだ。

さすがの才助も返す言葉がなかった。

生まれて間もない治子と才助の帰りを待つ長崎の広子へは、他に知れることを警戒して、ここに潜んで無事でいるとの便りさえ出していないのである。もっとも、安否を気づかっ

て急遽《きゆうきよ》横浜へ飛んできたというグラバーが、才助の無事とその所在を伝えてくれてはいるだろうが。

才助は広子に悪いと思いながらも、その後もお喜多と密会を楽しんだが、卯三郎が時折もたらしてくれる横浜からの情報と、この国と薩摩藩の動静には気を配っていた。

折々顔を見せる卯三郎は、それが主義の仮名の分ち書きで、手記を残している。

——……ごだい　うぢ　の　てがみ　を　もて　よこはまに　ゆき、いぎりす　こうしくわん　の　しよき　がば　うぢ　を　おとづれ、かく〳〵と　ありし　ことをかたらひ　をはれば　がば　うぢ、かね　ごじふ　りやう　を　とりいだし、ごだい　に　わたし　てよ　といふ。すなはち　うけとり　ごだい　うぢ　に　とゞけたれば、うぢは　おほいによろこび、これにて　しばらく　こゝろ　やすし　と　いへりき。これより　ふたたび　みたび　にじふりやう　さんじふりやう　づゝ、とりつぎたる　ことありき。また　よ　のありさま　を　したゝめ、まつき　に　おくり　やり、なぐさめ、あるひは　ひとつき　ふたつき　の　あひだには　ひま　を　みて　おとづれ、よ　のものがたり　を　つたへり。

イギリス領事のガワーは、潜伏中の才助へ、五十両、二十両、三十両と、数度にわたって金銭の援助をしたが、才助の身を案ずる長崎のグラバーから送られてきたものであろう。

そして卯三郎は、ロンドンで発行されるイギリスの新聞を持参して、薩英戦争にたいするイギリス本国の反響まで知らせた。

生麦事件以後、ニール代理公使とキューパー提督が本国政府に送った報告は、逐一ロンドンの新聞に公表されていて、薩英戦争に関する公文書は、十月三十日（陰暦九月十八日）の『ロンドン・ガゼット』、三十一日の『ザ・タイムズ』紙に全文が掲載された。そして、「鹿児島への遠征」と題して発表されたキューパー提督の戦争報告書は、他の欧米諸国の新聞にも転載され、鹿児島の町を焼いたキューパー提督の措置は非難され、イギリス国内では厳しい批判をよんでいた。

さらに『ザ・タイムズ』紙では、イギリス下院議員のチャールズ・パクストンなる人物が、「鹿児島の火災」について、非武装の一般人の家を破壊することが今後の戦争におけ
る先例となるならば、人類にとって恐ろしいことになるだろうと指摘し、キューパー提督のとった措置は、「大英帝国の名声を汚す恥ずべき犯罪行為」だと糾弾した。

また別の日付の同紙は、幕府と薩摩藩の双方に賠償を要求したラッセル外相の訓令は不当なもので、もしヨーロッパの一国で生麦事件と類似した犯行がおこった場合には、その十分の一の金額でも充分とみなされるであろうとの批判の声を紹介していた。

「イギリスという国は、政府のなすことをこのように明らかにし、その批判の意見まで人びとに知らせるとは、大したものじゃのう」

新聞を読み終わると、弘安は無精髯をなでながら感心し、才助もまた深くうなずいていった。

「鹿児島を砲火で焼いたことをキューパー自身、内心は恥じていたようじゃったが、本国

でかように糾弾されているとはのう。かようなイギリスの政治の仕組といい、言論の自由な新聞のありようといい、わが国の学ぶべきものは多くありもす。せっかく開国しても、いまの日本では世界から遅れた国と蔑《さげす》まれよう。それにしても、この期《ご》に及んで横浜鎖港などと頭の古いことを朝廷がいい出して、なんとも腹立しかッ」

このころ、横浜鎖港について朝廷から督促をうけた幕府は、最初に条約を結んだアメリカとオランダの代表を江戸に招き、横浜鎖港を提議し、アメリカとオランダばかりか、もれきいたイギリスからも強硬に反対されていたのである。

一方、八月十八日には京都で政変がおこっていた。薩摩藩は、京都守護職の任にある会津藩と手をむすび、都から尊王攘夷派を一掃した。尊攘派の長州藩は、同派の三条実美《さねとみ》らの公卿《くぎょう》をともなって長州へ退《ひ》かざるをえなかった。後世にいう「八・一八クーデター」であり、世にいう「七卿落ち」である。

「薩英講和」を果した島津久光は、開国路線を再構築しながら公武合体の工作をいっそうすすめていたが、十二月二十四日、久光が上京に用いた蒸気船長崎丸が下関海峡で長州藩の報復攻撃をうけて沈没した。幸い久光は無事だったが、士卒二十八名が犠牲になった。

朝廷から横浜鎖港を督促されていた幕府は、その年も押しつまった十二月二十九日、ついに横浜鎖港の交渉使節を横浜港からパリへ送り出した。

「何という愚かなことを！」

才助はうめいた。横浜鎖港は、薩摩藩の開国志向とはあきらかに矛盾する。

めまぐるしく激変する天下の動静をもれきくにつけ、武州の片田舎に身を潜めていなければならない才助は、藩政に参加できぬ焦燥を日増しにつのらせていた。お喜多との逢瀬《おうせ》がその自分を忘れられる唯一のひとときだったが、お喜多の肌に触れていても、ふと、長崎や鹿児島のことが思い出されて、

「長崎のおかみさんのことさ、想《おも》っているんだべ」

とお喜多からなじられた。

「いや、以前に行った上海のことを思い出していた」

そう偽ると、お喜多は外国の話をせがみ、この近在からも遠くフランスという国へ行ったらしい男がいると話した。

兄は熊谷で医者をしているが、斉藤健次郎という百姓家の次男で、吉田六左衛門の不朽堂の塾生だったこともあり、江戸に出て勉学し、外国へ密航したらしい。

その男のことを六左衛門の養子の二郎にきくと、噂では日本にきていたフランス人の書生になって、ヨーロッパへ密航したらしいという。

「かような僻村《へきそん》からヨーロッパへ密航する若者がいるとは、時勢じゃのう」

弘安もひどく感心したが、ちかごろの弘安は不朽堂へ折々顔を出して、塾生に洋学を講義するようになっていた。才助も隙《ひま》つぶしに不朽堂へ行き、塾生の二郎や市右衛門の息子の市十郎らの若者たちと時勢を語らっていたのである。

この吉田二郎と市十郎は、これが機縁で後年新政府に出仕して高位につくのだが、この

ころの才助のことを卯三郎は例の手記にこう書きとめている。

――あるとき　ごだい　うぢ　は、しのぶ　み　の　うみはて、　さと　ごころ　おこりしならん、しきり　と　ながさき　に　ふるき　なじみ　の　しりびと　あれば、こゝに　ひそみ　しのばん　といふ。されど　もし　みとめ　らるゝ　こともありてこと　あらはれ　なば、たゞ　きみ　のみ　に　とどまらず、まつき　にも　われ　にも、また　このいへ　にも　わざはひ　かゝれば、いま　すこし　こらへ　またれよ、と　いふて　とゞめたりき。

しかし、才助は年が明けた文久四（一八六四）年正月、松の内が過ぎると、周囲の制止をふりきって、吉田二郎ひとりを従者につれ、幕臣川路要蔵の変名でひそかに長崎へ出立した。

冬の間吹いていた赤城颪《あかぎおろし》の空っ風がやんで、すっかり春めいたその日の朝、市右衛門宅の門の前に出て見送る弘安、六左衛門、市右衛門、市十郎や妻女たちの蔭《かげ》に、お喜多がひっそりと佇《たたず》んでいた。

三

「中山道を行くのではないのですか」

街道に出ると江戸の方角に歩き出した才助へ、従者の二郎は怪訝《けげん》そうに訊《たず》ねた。

「折角の機会じゃ、江戸と横浜を見物して東海道を行きもンそ」

吉田六左衛門が入手してくれた幕臣川路要蔵の偽名の道中手形があるとはいえ、熊谷から中山道を行く方が安全で近いのに、危険の多い江戸に出て、横浜も見物して行こうと、才助は物見遊山《ゆさん》のようなことをいう。

「ンでも、その薩摩言葉では……？」

二郎が案ずると、

「ンだなァ」

と村言葉で合点して、武州の侍言葉をしゃべってみせた。この男、言葉についても器用な才能がある。

二郎を連れて江戸に出た才助は、熊谷近在の者が常宿《じょうやど》にしている上野黒門町《くろもんちょう》の旅籠《はたご》に逗《とう》留《りゅう》して、小舟町の船宿に二晩潜んだときはできなかった江戸見物を楽しんだ。

正月の江戸の空には子供らの上げる字《じ》凧《たこ》絵凧が風にゆれ、長崎ではハタと呼ぶ唐風の絵柄と形のそれらが春の空を彩る光景を才助は懐かしく思い出したが、

「幕府おひざもとのこの江戸は、攘夷などどこ吹く風の賑《にぎ》わいでござるのう」

と、北関東の天領から江戸見物にきた下級武士の顔つきで、しきりに感心している。

——開国がすすめば、この江戸はどのように変わるであろう。

十一年前、才助が十九歳のときにペリーが初来航した江戸湾をながめながら、江戸をあとにした今年三十歳になった才助は、薩摩藩下屋敷のある高輪と品川は顔をかくすようにして通り過ぎて六郷の渡しを渡り、あの殺傷事件があった生麦村を苦渋の思いで通過して、

神奈川宿から横浜に入った。

安政六（一八五九）年の開港と同時にできた横浜の町は、以来五年が経ち、道幅一〇間の本町通りに一丁目から五丁目まで貿易商の店がびっしりと建ち並び、上海の街さながらに馬車や人力車の外国人も大勢行き来している。その目抜き通りでとりわけ目立つのが、四丁目角の中居屋である。幕府から銅瓦《どうがわら》は贅沢品《ぜいたくひん》として禁止されているので、軒口にのみ銅を張った瓦屋根だが、世間からは銅《あかがね》御殿と呼ばれている広壮な本建築で、中居屋は横浜一の生糸の貿易商である。

熊谷在の村々にも中居屋の手代が繭《まゆ》や蚕の産卵紙を買いつけにきていたが、ことに上州は生糸の産地なので、横浜へは上州商人も出店して貿易商を営んでおり、才助と二郎は吉田家の遠縁にあたる前橋の商人吉田幸兵衛の吉田屋に滞在した。

その吉田屋は道幅五間の裏通りにあるが、本通りの二筋東に海岸通りが走り、中居屋の前の目抜き通りを南に進むと、右側が御役所と役人長屋、左角が運上所（税関）で、その奥が異国人旅館所、御役所から右へ行けば太田新田の沼地を埋め立てた一万五千坪の土地に遊廓《ゆうかく》ができている。

御役所前を直進すると、これが異国人往還で、その先に外国商館の白亜の洋館が建ち並ぶ広大な居留地がひろがっているのだ。

運上所の前がイギリス波止場、その海岸通り角の英一番館から八番館までが一等地を占め、英一番館がジャーデン・マセソン商会。さらに進むとフランス波止場があり、海岸通りにフランスの商館が並び、居留地は山手の方へひろがって、長崎の居留地に似ている。が、長崎よりも活況を呈していると才助は思った。

しかし、二郎と逗留した吉田屋の主人幸兵衛は、不平をこぼした。

「お上から生糸の輸出は一日五百斤を越えてはならぬとの禁令が出ているだけではございません。攘夷論者やその浪人者のいやがらせがある上に、このたびはこの横浜の港をいったん鎖《と》ざすという交渉で外国奉行の使節が出発なされ、外国商館との商売が意気の上がらぬことおびただしうございます」

昨年末に出発した、外国奉行池田筑後守長発《ながのぶ》を正使とする横浜鎖港使節は、沸騰している攘夷論の熱をひやすため、貿易を長崎・箱館の二港に限り、横浜港を一時鎖ざす交渉と、昨年フランス軍中尉が殺害された事件や長州藩によるフランス軍艦砲撃事件の謝罪で渡欧したのだが、横浜の貿易は外国商館も日本商店も不況に陥っているというのである。

「いかに朝廷の意向とはいえ、この横浜の港を鎖《と》ざすとは、幕府のなすことは弱腰で困ったものだ」

才助はそういったが、幸兵衛は話題をかえて、熊谷在からフランスへ密航したという例の斉藤健次郎という若者についての横浜での噂話をした。

「あの者は白川健次郎と変名して、フランスからきていたモンブランという西洋貴族の書生になってフランスへ行ったようでございますな」

「ほう、そのような者の書生になってかね」

「はい、二年ほど前に居留地におりましたモンブランという男を私も二、三度見かけたことがございますが、その異人がねんごろになっていたお政という洋妾《ラシヤメン》は、異人が国に帰ったあと、江戸から美人を呼びあつめて本牧に酒楼を営んでいるとの噂でございます」

そのお政という女は、江戸浅草の町家生まれの評判の美人で、おなじ浅草の町人に嫁したが、三、四年で不縁になり、その後、旗本の囲い者になったが、情夫とのことが知れて妾宅《しようたく》を逃げ出して横浜に身をかくしていたとき、女衒《ぜげん》の蓬莱屋《ほうらいや》が仲に入ってモンブランの愛人になったらしいという。

「なるほど、フランス貴族の洋妾にのう」

才助は話をききながら、長崎でベルギー生まれのオランダ人の思われびとになった広子の祖母のことを思い出し、長崎で待ちわびる西洋人の血をひく広子と幼な子の治子の面影を想い浮かべていた。

才助は横浜に滞在中、脱出に協力してくれた横浜のイギリス領事ガワーと清水卯三郎へ礼状を二郎に届けさせたが、二人に会うことはせず、横浜を後にして東海道を西上した。

箱根の関所を無事に越え、三島、吉原、府中と泊りをかさねて島田の宿まできたとき、浪人風の二人の侍に尾行《つけ》られているのに気づいた。いずれも三十前後で、人相に険のある痩《や》せぎすな男と髭面《ひげづら》の男である。その顔に見覚えはなく、薩摩藩士ではないであろう。とすると、横浜に立ち寄ったことが江戸藩邸に知れて、藩邸の者に依頼されて追ってきた刺客であろうか。

「二郎、今夜はこの宿に泊らず、夜中に抜け出すかもしれぬ。そのつもりでな」

旅籠《はたご》に入ると、才助は二郎へそういって、抜け出す裏口を見つけておいた。

外は雨である。かなり強く降っている。すぐそこが駿河《するが》と遠江《とおとうみ》の境の大井川で、この春先の季節は水量《みずかさ》が少ないが、大雨が降れば一気に増水して川止めになるかもしれない。

夕餉《ゆうげ》をすませてから、才助は旅籠の傘を借りて外に出て、居酒屋へひとりで飲みにゆく風情で夜の雨の往還を歩き出した。案の定、例の二人が尾行てくる。不意に路地に入ると、狼狽《ろうばい》した足音が追ってきて、一人が路地へ飛び込んできた。物陰に身を隠していた才助がここだというように顔を出すと、相手は有無をいわさず抜刀して斬《き》りつけてきた。才助は身を退《の》きざま手にしていた傘を相手に投げつけ、その開いた傘を相手が斬りつけてとまどっている隙《すき》に、路地を飛び出て、裏道を旅籠に引き返し、旅仕度をして待っていた二郎と裏口から河原に出た。

篠《しの》つく大雨になっている。

「二郎、川を渡るぞ」

二人は大粒の雨に打たれて暗闇の激流に入った。流れは強いが、水位は胸のあたりまでである。声をかけあい、助けあって渡りきった。

幸い川番所の役人にも気づかれない。近くの百姓家の薪小屋《まきごや》で休み、一睡して朝を迎えた。雨は上がったが、大井川は濁流の水量が増して川止めになった。追手を巻いたことになる。

しかし、才助は油断せず、金谷《かなや》の宿へは立寄らずに脇道に入り、村々の小屋に泊りをかさね、その後も脇街道を使ったので、京に着いたのは二月も半ばを過ぎていた。久光侯が手勢をつれて上洛《じょうらく》中と知って、洛中には入らず、伏見から船で大坂にきて宿をとった。船便をさがして長崎へもどるつもりである。

その船便を待つあいだ、大坂の市中を才助は歩きまわった。堂島の米会所や米問屋、遠く蝦夷《えぞ》地《ち》と交易をおこなう大坂商人……さすが商都大坂である。にしんなどの蝦夷地の魚肥が北前船ではるばる大坂に運ばれてから全国に出まわり、綿作や桑の肥料となって綿や絹に変わる。その物資の流通のふしぎに、才助はあらためて目をひらいた。

――この物流がたかだか千石船の和船ではなく、大型の蒸気船でなされたならどうであろう。全国津々浦々から集めた日本全国の特産品を、上海、香港へ輸出したらどうであろうか。

逃亡の武士の身を忘れて、商人のようなことを考えている自分に、才助はいささかあきれもした。

それにつけても、大坂湊に停泊する薩摩藩の新しい蒸気船を目にして、才助は心が痛み、藩政に復帰できぬ、追われるわが身を嘆かざるをえない。薩英戦争で才助が失った天祐丸、白鳳丸、青鷹丸にかわって、そして昨年末に下関海峡で長州藩の報復攻撃をうけて沈没したという長崎丸にかわって、グラバーから新しく買い入れた長崎丸と同型のイギリス製蒸気船サラー号が、船名もまだそのままに、久光侯上洛の使用船として藩旗をひるがえしてそこに停泊しているのである。

その蒸気船を、才助は物陰に身をかくして、盗み見ることしかできない。

翌日、才助は大久保一蔵が京都から蒸気船サラー号にきているとの報告を二郎からうけた。久光侯が急に帰郷ということになって、側役《そばやく》の一蔵が一足先に船にきたのだろうか。ひそかに会って、身の潔白を弁じる絶好の機会である。才助は湊の物陰にひそんだ。

待つほどに大久保一蔵が船から降りてきた。幸い一人である。才助は物陰から低く声をかけた。

「大久保さァ、五代才助でごわす」

才助を認めた大久保は、おどろきを顔にあらわさず、まるで会うことを予期していたかのように口もとに微笑を浮かべてうなずいた。そして、近くの船宿のよしずの陰に才助をいざなって、

「久しか振《ぶい》じゃ。ひょっこい顔を出すっち、五代どんらしか」

と親しい友のようにいった。

(この男は一まわりも二まわりも人物が大きくなった)

と才助は思った。

斉彬侯の急逝の直後、集成館で偶然に出会ってはじめて親しく語り合ったあのとき、口数少ない大久保へ才助はほとんど一人でしゃべり、おのずとしゃべらされるふしぎな魅力を感じ、薩英戦争で意中をそれとなくもらしたときも、黙ってうなずくかれが自分の真意

を理解してくれていると思ったけれども、久光侯の側役になって一年、その痩せぎすな三十五歳の穏やかな顔貌《がんぼう》に沈毅《ちんき》の相を深めている。

その大久保は、才助が語り出すまえに静かな声でいった。

「俺《おい》は、水が湯に変わったばっかいで、そん蒸気の力が世界を変えたちゅう五代どんの話を生涯忘れはせん。じゃっどん、イギリス艦隊にあのように敗れながら、いまだ五代どんと松木どんの真意をわかろうともせぬ者が多か。いましばらく、辛抱してたもンせ」

「なァに、俺《おい》はさほどへこたれてはおりもはん。しばらく長崎にひそんで、時節を待つつもりじゃ」

「久光侯へはよく申し上げておく。じゃっどん、いま、久光侯は大変でのう」

「大変ちいうと……」

「横浜鎖港じゃよ」

口数の少なかった大久保が、かなりの言葉を費やして才助へ語ったことは、およそ次のようであった。

昨年十二月三十日、将軍後見職の徳川慶喜《よしのぶ》、会津藩主で京都守護職の松平容保《かたもり》、宇和島藩主伊達宗城《むねなり》、越前藩主松平慶永《よしなが》、土佐前藩主山内豊信《とよしげ》が朝議参与を拝命し、今年一月十三日、久光も従四位少将に任じられて朝議参与に就任した。

二条城で開かれたこの参与会議で、横浜鎖港問題は意見がまっ二つに分かれた。慶喜は幕府の方針として横浜鎖港を主張したのに対して、久光は最も強硬に反対し、宗城、慶永、

豊信も反対した。鎖港は薩摩藩の開国志向とあきらかに矛盾する。すでに前年十一月の意見書で反対していた久光は、

「もし鎖港などしては、列強諸国と戦争ともなるやもしれず、無謀な攘夷である」

と舌鋒《ぜっぽう》するどく慶喜の賛成論をこきおろした。薩英戦争で攘夷の無謀を知り、生麦事件の賠償金を支払って対英接近をはかっていた久光は、幕府の貿易利益の独占に反対して、横浜鎖港反対論を強く唱えたのである。

こうして迎えた二月十六日の参与会議で、激しく反対する久光、宗城、慶永の三名の参与を慶喜は、

——天下の大愚物、天下の大奸物《かんぶつ》。

とまで罵《ば》倒《とう》したという。

語り終えた大久保は、慶喜の言動は「言語道断の所為」であり、慶喜には薩摩藩を「いなす数条の奸略」があると、冷静なこの男が声を荒らげていい、「内外切迫の折柄、名賢侯と共にせずして何をもって天下の制御ができようか」と語ってから、沈痛な面持でいった。

「すでに久光侯は、腰脚痛を理由に参与の辞表を提出なされた。近日中に国許《くにもと》へおもどりなされるじゃろう」

そのようなわけだから、いましばらく辛抱するようにといい、才助をじっと見た。

「ご苦労でごわす、大久保さァ」

才助は一礼し、いずれ必ず藩に尽すとのべて、その場を辞した。

四

二月に「元治」と改元された三月半ば、長崎に帰りついた才助は、岩瀬弥四郎や堀孝之などの親友知人が潜伏先をさがしてくれたが、彼らに迷惑のおよぶのを恐れて、とりあえず広子の義父徳永蝶園が懇意にする素封家《そほうか》の酒井三造の家にかくまってもらった。

すぐに広子が治子を抱いて訪ねてきた。九ヵ月ぶりの再会である。

「可愛《こや》らしか。やっぱい女《おな》ごん子《こ》じゃ」

生まれるとすぐに別れた、九ヵ月になる治子を才助は抱きとって、ぱっちりと目をあけて間近に見あげるわが子の小さなぬくもりを抱きしめた。

「広子、お前には苦労をかける」

涙にうるむ目で見つめる広子は、少し窶《やつ》れたようである。

「いいえ、あなたがご無事でなにより」

広子は気丈にそういい、しばらくして、

「鹿児島の妹御が、昨年十一月におなくなりになりました」

といいにくそうに告げた。

「あの信子が……」

イギリス艦隊の来襲で鹿児島にもどったときも会えなかったが、才助思いのやさしい妹は、才助が外夷の捕虜になった恥辱と非難中傷をその身にうけとめて病《やまい》となり、命をちぢめたのであろうか。

葬式にも出られなかったが、妹が亡くなってすでに四ヵ月、墓参にさえ帰郷できないわが身の境遇に、才助は言葉もなく、何も知らぬわが子の幼な顔をただ見つめるほかはなかった。

翌日、グラバーが顔を見せた。

わずかの間にすっかり貫禄《かんろく》がつき、自信にみちた表情をしている。薩英戦争で薩摩藩が失った大砲や蒸気船の補充と新たな武器弾薬の購入にすばやく対応したグラバーは、武器商人として大儲《おおもう》けをしただけでなく、薩摩藩の外交顧問といえる地位を急速に築いていた。

「すべて五代どんのおかげです」

とこのアバディーン気質のイギリス武器商人は正直にいった。ガワー横浜領事から才助に届けられた金子《きんす》は、やはりグラバーが送金していたのである。

「それにしても、五代どん、あなたは薩摩藩から憎まれ、命をねらわれています。せっかく長崎にもどれたのに、ここにいては薩摩藩邸の者にいつ所在が知れるかわからず、危険です」

「じゃっどん、あんたによい知恵がありもすか」

「もし見つかっても、治外法権の居留地に身をかくしていたら、安全ではありませんか」

「なるほど」

「私のところにおいでなさい。お陰で、南山手の一本松に邸宅をかまえることができました。屋敷も広く、見晴らしがいいところです。ぜひ、おいで下さい。万一にそなえて、ひそかに大工を入れて隠し部屋もつくらせておきました」

「手まわしがよいのう」

グラバーは才助が長崎にもどったなら、自分の新邸にかくまおうと決めていたらしい。

その二日後、才助は長崎見物をすませた二郎を武州へ帰すと、夜陰にまぎれてひそかにグラバー邸へ移った。その後、平成の世まで残り、観光客でにぎわう南山手のグラバー邸である。

ところが、才助の所在はほどなく薩摩藩の察知するところとなった。

薩摩藩の記録『忠義公史料』は次のように誌している。

――頃日《けいじつ》、江戸長崎等の通信に、松木安右衛門（弘安）、五代才助の二名は横浜に放たれ、五代は長崎に来り、英商ガラバなるもの、住家に潜匿《せんとく》し居る説あり。此等の説を聞きて壮士等は素《もと》より、一般此の二名の怯懦《きょうだ》なるを憤り、其の罪を匡《ただ》さんことを喋々《ちょうちょう》す。斯《か》く憤る所以《ゆえん》は、二名共に当時船奉行の職を奉じ、掌《つかさど》るところの（汽）船掠奪《りゃくだつ》せられ、しかのみならず虜《とりこ》となりたるは生を貪《むさぼ》るの甚《はなはだ》しき、臣子の分尽さざる其の罪重し、宜《よろ》しく軍律に問はざるべからずと、要路に於《おい》て責論する者寡《すくなか》らざりしとなん、就中《なかんずく》五代は気船購求の事に就て、英商ガラバ等と謀り、許多《あまた》の財を得たるの説あるが故、其の事実糾《きゅう》弾《だん》せずはあるべからずと喋々す。

さらにこの文書には、才助のことを「近ごろにわかに富をいたし、長崎に妾宅をかまえ、あるいはガラバなるものが金庫の鍵鑰《けんやく》は五代にまかせたりとも言えり」と注記して、グラバーを通じて購入した蒸気船五隻の価額を約三十万両と見積り、その二分を手数料にえた利益までをはじき出している。

グラバー邸に潜んだ才助は、グラバーに迷惑が及ぶことを恐れて、外出をひかえ、広子が治子を連れてたまにそっと訪ねてくるのを待ちつつ、藩庁へ提出する謝罪をかねた上申書の作成にとりかかった。

その間も、この国の情勢はめまぐるしく動いていた。一月に夫人同伴で横浜に帰任したイギリス公使ラザフォード・オールコックは、一年あまりをへても日本の対外政策が依然として攘夷にあるのを見て、敵対行為を続行している長州藩に対する積極的に武力をもちいての懲罰《ちょうばつ》を日程に乗せた。また、三月に来日した新任のフランス公使レオン・ロッシュは、イギリスが薩摩藩と友好関係に入ったのに対抗して幕府援助の好餌《こうじ》で日本に海外覇権の確立を画策しつつ、長州藩懲罰の趣旨に賛成した。そして、アメリカとオランダも下関海峡通航の確保をはかる意見に同意し、四月二十五日、四国連合が成立した。

この外圧がらみの政局を慶喜を中心とした幕府が主導してゆく情勢下、慶喜の「数条の奸略」にしてやられて公武合体に見切りをつけた薩摩藩では、ようやく五代才助と松木弘安の見識を惜しむ声が上がりはじめた。

もともと才助の才能と見識を認めていた家老の小松帯刀は、グラバー邸の才助へ市来《いちき》四郎を使者としてよこし、上海に亡命して藩の貿易業務をおこなってはどうかとすすめてくれた。しかし、才助は小松家老の厚意を謝しながらもこれを断わり、富国強兵の開国論と貿易論の上申書作成にいっそう精力をそそいだ。

才助が意図したのは、原則論ではなく、具体的な数字に裏づけられた開国論と貿易論である。グラバーから秘密の貿易資料を借り、実際の数値を引用または分析整理して具体的な貿易策を提案し、海外留学生の派遣を進言する内容である。

この執筆中、何人かの薩摩藩士に会い、国情をイギリス艦隊に流したとの疑いが晴れたばかりか、才助の弁舌で固陋《ころう》な攘夷論者の数人が開国論者に転向した。

こうして上申書は五月に完成し、才助は藩庁へ提出した。

「私事、今般重罪を犯し奉り候上に、一旦は亡命に似候所業に及び、重々恐れ入り候へども、国家の御為め、当時天下の時変、機応の御処置、万死を顧《かえりみ》ず左に中上奉り候」

謝罪の前文にはじまる長大な上申書は、道理を知らぬ尊王攘夷派を、

「愚昧《ぐまい》愚鈍とはいへ東印度や清朝の轍《てつ》を踏む危険あり」

と手きびしく批判し、開国の海外貿易による富国強兵策の実施こそ、

「地球上の道理」

と述べ、現今の世界情勢を次のごとく論じた。

「五州乱れて麻の如《ごと》し。和すれば則《すなわ》ち盟約して貿易に通じ、和せざれば則ち兵を交へてた

がひに其の国を襲ひ、奪呑《だつどん》す」

つづいてわが国の現状を、

「勤王攘夷を唱《とな》へ、天下に周旋、同志を集め自国の政を掌握する様大言を吐き、愚民を欺《ぎ》迷《めい》し、その上口論のみに走り、浪士ともに増長いたし、攘夷の功業ならずを知らず……」

と「至愚」を歎《なげ》き、先進技術に対する蒙昧《もうまい》を反省させた薩英戦争を、

「天幸」

と説きすすめて序論を終え、以下、富国強兵の術策を三段階にわけて展開した。

第一は貿易の輸出論で、

「わが国の貿易は、まづ上海・広東《カントン》・天津《テンシン》までも御運送、盛大に御手術あひ伸し候はば、追々広大の御国益」

になると説き、人口の多いシナ市場との貿易こそ大事だと、その貿易品目、方法、利潤などを具体的な数値をあげて論述した。

すなわち、米穀の輸出については、大坂表で琉球国が未曾有《みぞう》の凶作であるため米穀を運送すると触れて肥前米四千石を買い入れ、大型の蒸気船に積んで出航し、水夫には琉球国へ行くともっぱらいいきかせて、出航後、上海へむかったらよい。開港はしてもいまだ貿易と日本人の出入国は鎖国下にある薩摩藩の貿易方法である。そして、大坂で八千両で買い入れた米は、上海で売って一万一千七十五両になるとその利益の計算も付した。シナへの輸出品目は、米穀類のほかに漆器、茶、白糸、昆布、白炭、杉板、干鮑《ほしあわび》、干貝などで、

これら各地の産物を小型蒸気船で全国から定期的に買い集めて輸出することを提案した。

第二は、輸出でえた利益による輸入論で、まず「砂糖製法蒸気機関」二十基を輸入し、これらを沖永良部《おきのえらぶ》島など三島にすえて製糖にあたれば「天下無双の御産物」となり、「瞬時に数万両の蓄財」ができると細述し、農業機械、紡績機械、貨幣製造機など文明の利器の輸入を具体的に提案した。そして最後に、軍艦、大砲、小銃など富国強兵のための武器輸入を詳細な数値をあげて説いた。

第三が、最重点施策としての、英仏両国へ視察団と留学生の派遣上申である。

留学生の内訳は――家老職につくべき者より四名、攘夷説をとなえる者らから三名を選んで、軍勢・地理・風俗を見聞させる。郡《こおり》奉行よりの一名は英仏の農耕に用いる機械を調査研究させ、また誂《あつら》えさせる。軍賦役よりの二名は、砲台、築城、砲術の研究と砲銃の製造方法を学ばせる。藩校造士館よりの一名は、英仏諸学校・病院・貧院を研究させ、細工・絵図面・機械取扱いの達者な者から選ばれた三名は、その分野の技術を学ぶと同時に最新技術の絵図を写しとってくる――などである。

この上申は、小松、大久保が強く推し、藩主ならびに久光の賛成がえられ、留学生派遣の儀は藩庁で実行に移されることとなった。

六月、その知らせと同時に、才助は長崎在勤のまま藩への帰参を許された。

その六月の五日、京都では祇園祭宵宮《よいみや》の夜、尊攘派志士がひそかに集まっていた三条河原町の旅館池田屋を近藤勇《こんどういさみ》ら新撰組《しんせんぐみ》が急襲、桂小五郎《かつらこごろう》は池田屋から対馬藩邸に出向いていて難を逃れたが、志士五名が討ち死にした。世にいう池田屋事件である。

池田屋事件に反発を強めた長州藩の尊攘派は、千余の軍兵で京へ進攻、七月十九日、ついに幕府軍と戦端をひらくに至った。禁門ノ変である。

その七月、「帰藩すべし」との藩命が武州下奈良村になお潜伏中の松木弘安にもたらされ、弘安は江戸に入り、妻の実家である芝白金の家に帰った。

八月二日、幕府から長州征討令が発令される一方、五日にはイギリス、アメリカ、フランス、オランダの四国連合艦隊が下関を攻撃、わずか一時間で長州藩の諸砲台を破壊し、六日には二千余の陸戦隊が上陸して砲台を占拠した。長州藩は高杉晋作を正使とする降伏使を送り、十四日停戦協定を結んだ。

こうした情勢の中、薩摩藩では英仏留学生の人選が、創設された藩の洋学養成機関「開成所」の学生を中心にすすめられ、留学生十五名が決まった。

全権大使を兼ねた責任者は、家老新納《にいろ》刑部《ぎょうぶ》。知行八百五十石で三十三歳、軍役奉行として藩兵の洋式化を推進してきた革新派の一人である。副役《そえやく》として才助と帰藩が許された松木弘安。副役ながら立案者の才助が事実上の団長といえる。留学生の世話役として開成所学頭の町田民部。通訳は堀孝之。留学生の中の最年少者は磯永彦輔の十三歳。十八歳の森金之丞はロンドン大学に学んで後に新政府で駐清公使、駐英公使を歴任後、わが国初代の文部大臣となる森有礼《ありのり》である。

十一月、留学生派遣の藩命がくだる。

才助はさっそくグラバーに連絡をとり、万般の準備にとりかかった。

才助とモンブラン伯爵

一

年が変わって元治二（一八六五）年、留学先がイギリスにしぼられた訪英使節団の最大の難問は、五代才助が上申書では貿易の利潤で賄《まかな》うつもりであった諸費用をどのように工面するかであった。

旅費、滞在費、留学生の学費などがおよそ七万ドル、購入する蒸気船、武器、諸機械の費用を入れると莫大《ばくだい》な金額である。

「どうじゃろう、グラバーどん。俺《おい》か一行の主だった者が現地で発行する金券を、ロンドンのジャーデン・マセソン商会がポンドやフランに換金してくれるというのは？」

才助が提案したのは、その金券を長崎に回送すれば、薩摩藩が必ず決済するという一種の手形決済の方法である。グラバーはさっそく上海へ行き、ジャーデン・マセソン商会上海店に協力を懇請した。その結果、金券の換金に十分な利子を支払うこと、金券発行には使節団に同行するグラバー商会の幹部社員、グラバーの右腕といわれるライル・ホームの副署を要することなどが決められた。万一の場合は、グラバー商会が弁済しなければならない。これに同意したグラバーは、アバディーンの父親と兄に手紙を送り、一行への協力も依頼した。

幕府の禁制を犯しての密航であるから、グラバー商会の社船でひそかに出国するのがよく、香港でヨーロッパ行きの定期船に乗りつぐことにして、グラバー商会の社船オーストラリアン号に乗船が決まった。

密航なので全員が変名を用い、五代才助は「関研蔵」、松木弘安は「出水《いずみ》泉蔵」、団長の新納《にいろ》刑部は「石垣鋭之助」、森金之丞は「沢井鉄馬」、通訳の堀孝之は「高木政二」などである。

折からグラバーは上海から運ばせた蒸気車を居留地前面の大浦海岸にレールを敷いて走らせた。本邦最初の蒸気車の運転走行である。大勢の見物人がおしかけた。グラバー商会の存在を誇示するエキジビションであると同時に、才助たち訪英ミッションの準備に追われるオーストラリアン号から人々の目をそらさせるためだったかもしれない。

そのオーストラリアン号に、才助、弘安、通訳の堀の三人はホームとともに長崎からひそかに乗船し、新納と留学生らの十七名は、人目に立たぬよう鹿児島を発《た》って西部海岸の串木野《くしきの》郷羽島《はしま》の湊《みなと》にひそんで、オーストラリアン号の来るのを待った。

三月二十二日早朝、オーストラリアン号は才助以下一行全員を乗せて羽島の湊を出港した。

才助は西郷や大久保と同様に雄藩連合の構想をもっていたが、才助らの出発は、土佐藩の坂本龍馬《りょうま》の仲介で薩長秘密同盟が結成される十ヵ月前、明治維新の三年前である。

東シナ海では海が荒れ、船に慣れない留学生たちは船酔いに苦しんだが、羽島を出航して四日目の夜、香港に入港したとき、一同はその夜景に目を奪われた。海岸から山の斜面にかけてガス灯のおびただしい灯火が漁火《いさりび》のごとく輝き、大英帝国がアヘン戦争に勝って極東にはじめて建設した、ヴィクトリア女王の名を付した植民都市ヴィクトリア市の景観が才助たちを迎えた。上海を知っている才助とヨーロッパの都市を見ている弘安を除いて、薩摩留学生たちが最初に度胆《どぎも》を抜かれた「異国」であった。

香港でイギリスのP.&O汽船会社（Peninsular and Oriental Steam Navigation Co.）の東洋・欧州間定期便客船、二〇〇〇トン級大型蒸気船に乗りかえるにあたって、以前の欧州旅行の際、使節一行の丁髷《ちょんまげ》姿が各地で失笑を買ったと弘安が話し、欧州視察後に帰国する新納と才助を除いて、弘安以下全員が断髪を実行した。そして、ホームがヴィクトリア市内で洋服、帽子、靴などを買いそろえてきたので洋装し、その何とも奇妙な恰好《かっこう》をたがいに笑いあった。

一行がP&O汽船会社の蒸気客船で香港を出港したのは、四月五日（洋暦四月二十九日）であった。二日後の四月七日、日本では年号が改まり「慶応」となったが、異国の洋上にあった才助たちは知る由《よし》もなかった。シンガポール、ペナン、ゴール、ボンベイ、アデンを経て、熱暑のスエズに着いたのは洋暦六月八日である。

工事中のスエズ運河の完成はこの四年後なので、紅海と地中海を結ぶ交通手段は鉄道であった。すでにイギリスが資本と技術を投入して七年前の一八五八年に、スエズ―カイロ―アレキサンドリア間、全長二六〇マイル（約四二〇キロ）にも及ぶ鉄道を完成させていた。一行がはじめて乗って驚嘆した蒸気車である。

開明派の留学生の一人、二十三歳の市来《いちき》勘十郎は、日記に次のように誌《しる》した。

――蒸気車の道の当る処は大きな鉄筋を土地に敷き、その上を走る。その早きこと疾風の如《ごと》し。スエズ蒸気車は一時間に一七里（六八キロ）を走るときく。

小姓の身分であった市来は、数学教師の家に寄宿してロンドン大学で海洋測量術を学び、アメリカに渡って海軍術も学び、明治六（一八七三）年に帰国して、海軍兵学校長をつとめて男爵となる人物である。

蒸気車で古都アレキサンドリアに到着した一行は、沖合に停泊していた、去年進水したばかりの豪華客船デルファイ号に乗船し、地中海をジブラルタル海峡へとむかった。途中、英領マルタ島でその最新式砲台の要塞《ようさい》と西欧文化に接した留学生の反応を、才助は藩庁へ送付した書簡に次のように誌した。

――此節遠行人数の内にも過半は巨魁《きよかい》たる人物有之《これあり》、地中海マルタ島港に着き、初めて欧羅巴《ヨーロッパ》の開成張大なるを実見して忽《たちま》ち蒙昧《もうまい》を照し、これまで主張せし愚論を恥ぢ慨歎して止《や》まず。

イギリスに到着する前、早くもマルタ島で攘夷《じょうい》守旧派の面々はみずからの蒙昧さを悟り、開国論に傾斜してゆく。

ジブラルタル海峡を抜けて大西洋を北上し、イギリス海峡に入って間もなく、イギリスの陸地が左舷《さげん》前方に遠望できた。

慶応元年五月二十八日(一八六五年六月二十一日)木曜日の未明、午前四時三十分、才助ら訪英使節と薩摩藩留学生の乗船する豪華客船デルファイ号は、イギリスのサザンプトン港に錨《いかり》を下した。

薩摩の羽島湊を発って二ヵ月と六日後である。

イギリス南部の貿易港サザンプトンは、ロンドン間約一三〇キロの鉄道が二十五年も前に全線開通して、いっそうの発展をとげていた。才助ら一行を乗せてサザンプトン駅を発車した蒸気車は、二時間半後の午後八時、ロンドンのウォータルー駅に到着した。

——ついに着いた、ロンドンに……。

草履の足裏にプラットホームを踏みしめた才助は、みずから捕虜となった薩英戦争以来のことが感動の涙とともに一挙にあふれた。その潤む目に、アバディーンからロンドンにきてプラットホームに出迎えていたグラバーの三兄ジェームズ・グラバーの姿が映った。

一行は乗合馬車でテムズ川を渡り、薩英戦争相手国の首都の夜景に目を見張りながら馬車に三十分ほどゆられて、高層建築のケンジントン・ホテルの豪華な部屋に旅装をといた。

一行の部屋は四階と最上階の五階で、窓下にはガス灯のともる、手入れのいきとどいたケンジントン・ガーデンがひろがっていた。

翌日、世話役のホームが仕立屋を連れてきた。一同寸法をはかり、洋服を新調した。できあがると、調髪もして仕立ておろしの洋服に盛装し、弘安が引率して写真館に出むいて留学生一同記念写真を撮った。後日、才助は堀とホームと三人で撮ったが、断髪しない髪をひっつめに結った才助の洋服姿は結構似合った。

ロンドン見物は、三年前にロンドンにきたことのある弘安を除いて才助はじめ全員のど肝をぬいた。華麗なバッキンガム宮殿と各所にひろがる美しい公園《パーク》。洒落《しゃれ》た店がならぶオックスフォード・ストリート。屋根にも乗客の乗る乗合馬車が市内にあふれ、その馬車や蒸気車だけでなく、大地を掘り抜いて市民がチューブと呼ぶ地下鉄までが二年前から開通しているのだ。地下の交通といえば、技術の粋をあつめて、テムズ川の下に掘られたトンネルもあり、老若男女が川底のトンネルを通って行き来している。

そのテムズ川の川畔には、上院・下院両議員が衆議をかさねる国会議事堂が、すぐ前のウェストミンスター寺院の中世ゴシック建築の尖塔《せんとう》や橋のたもとにそびえる時計塔ビッグ・ベンと競うかのように、ゴシック風建築の威容を誇っている。テムズ川には大小の蒸気船と帆船が航行し、ロンドン・ブリッジの下流には海外貿易船の巨大なドックがならんでいるのだ。そして、広いハイド・パークには、十四年前に世界ではじめてロンドンで開催された万国博覧会の主会場、水晶宮《クリスタル・パレス》と呼ばれて話題を呼んだという総ガラス張りの大殿堂が残されていて、各種の催しに使われているのである。

しかし、街路の掃除人はアフリカから連れてこられた黒人たちで、裏町には貧民街がひろがり、物乞《ものご》いもたむろしていた。

そうしたロンドン市内見物の一方、どのような修学方法をとるか、ホームとジェームズをまじえて相談した結果、留学生は大学の夏期休暇の間、まず家庭教師による英会話実習をすることになり、ケンジントン・ホテルを引き払い、学生係の町田に引率されて近くのアパートに移った。ホテルに残ったのは、新納、才助、弘安、通訳の堀の四人である。

こうして英語の学習がはじまった翌週の日曜日、留学生のアパートを長州藩留学生山尾庸三ら三人が訪ねてきた。二年前、ジャーデン・マセソン商会の船で横浜から密航した長州藩の留学生のうち伊藤俊輔と井上聞多は、四国連合艦隊による長州藩の危機を知ると、イギリス留学六ヵ月たらずで急ぎ帰国したのだが、山尾らは残って勉学していたのである。山尾は渡航前、品川御殿山のイギリス公使館を焼打ちするほど過激な攘夷論者の一人であったが、留学生活が完全な富国開明論者に変容させていた。

この三人はケンジントン・ホテルへも訪ねてきたので才助も会った。そして、才助ら視察組がロンドン市内の学校、病院などの見学を終え、ロンドンの北にある農業都市ベッドフォードの鉄工場を訪ねて各種の農耕機械、中でも最新式蒸気鋤《すき》に大いにおどろき、市長と晩餐《ばんさん》をともにしてもどった後、バーミンガムなどへ視察旅行に出発しようとしていた前夜、夕食後、一人の日本人がフランス人を伴ってケンジントン・ホテルに才助を訪ねてきた。

ボーイが持ってきた名刺に、

――白川健次郎
とある。潜伏中の武州下奈良村で噂《うわさ》をきいた斉藤健次郎、横浜の噂では白川と変名してフランスへ密航したという、あの男ではないか。

待っていると、ボーイに案内されて、一見イギリス人かと見まごう日本人の青年が入ってきた。背が高く、鼻筋がとおって色白の、歌舞伎役者にしてもおかしくない美貌《びぼう》の青年がフロックコートにその長身をつつみ、山高帽を小脇にかかえてそこに立っている。鄭重《ていちょう》に一礼して、

「お初にお目にかかります。白川健次郎と申します」

さわやかな声で挨拶《あいさつ》すると、

「こちらは、東洋学者のレオン・ルイス・ルシオン・ド・ロニー先生です」

と、かたわらの小柄なフランス人を紹介した。

「お初に御意《ぎょい》をえます。レオン・ロニーです。私は三年前の文久二年、お国の幕府遣欧使節が来仏した際、フランス政府の通訳官として御一行の接待にあたりました。その折、使節随員の福沢諭吉、福地源一郎、松木弘安殿らと交友を結ばせていただきました」

三十代半ばと見えるロニーは流暢《りゅうちょう》な日本語でいった。このときロニーは二十八歳、東洋語学校で日本語を学び、後に日本語学の権威として活躍した人物である。

「ほう、弘安殿ともお知り合いですか」

才助は、噂の密航日本青年がロンドンで突然に目の前に現れたことといい、その青年が弘安と知り合いのフランス紳士を伴ってきたことといい、まるで夢を見ているようで、おどろきとよろこびで握手をかわし二人に椅子《いす》をすすめると、ボーイに別室の弘安と団長の新納を呼びに行かせた。そして、まず白川へ旧知の青年へのように話しかけた。

「武州熊谷在の出身だそうですね」

「えっ、よくご存知で……？」

才助が吉田六左衛門の不朽堂の塾生たちも知っていると話すと、白川はみるみる目をうるませ、しばらく声もなく才助を見つめていたが、横浜からフランスに渡って二年になりますと話した。そして、才助が横浜で噂をきいたように、モンブランという貴族の世話になってパリで暮らしているといい、たまたまロンドンに来ていて才助たち薩摩藩一行のことを新聞で知り、懐かしさのあまりロニーと連れ立って訪ねてきたのだといった。

そこへ弘安と新納が入ってきて、弘安とロニーは旧交をあたため、新納をまじえて薩摩藩留学生のことや今後のヨーロッパ視察の話になったが、才助と新納が明朝からイギリス各地の視察に出発するのだというと、白川が懐中時計を見て夜分の訪問をわび、ロニーも恐縮して辞去するといった。午後九時半をまわっていた。それでもなお三十分ほど談笑し、退出際に白川がいった。

「いつおもどりでしょうか。私の主人、モンブラン伯爵がぜひお会いしたいと申しております。おもどりのころを見計らって、お訪ねしてもよろしいでしょうか」

「どうぞ」

才助は新納の同意を求めていい、ほぼ一ヵ月後にこのホテルにもどる予定を告げた。才助は噂をきいて以来モンブランというフランス貴族に興味をもっていたが、日本語学に通じたロニーに会って好意をもち、おなじフランス人で日本へ行ったことのあるモンブラン伯爵が一体どのような男か会ってみたい気持がいっそう強くなっていた。

白川とロニーは夜分の訪問の非礼を詫《わ》びて帰って行った。

留学生たちを弘安と町田にまかせて、才助と新納は、通訳の堀と渉外係のホームとジェームズをともなってイギリス各地の視察の旅に出た。

才助らはマンチェスターやバーミンガムといった工業地帯を主に視察し、バーミンガムでは小銃二千三百挺、騎兵銃五十挺、大砲隊小銃二百挺、合計二千五百五十挺を購入した。

ヨーロッパで雷管式発火装置が発明されたのは十九世紀初頭で、才助が購入したのは、雷管銃で先込め滑腔銃《かっこうじゅう》のゲベール銃、先込め施条銃のミニエー銃、エンフィールド銃、元込め施条銃のスナイドル銃などである。当時、バーミンガムは銃器産業の都市で、イギリスの銃総輸出量は、一八五五年から六四年の十年間で約三百十一万挺、イギリス陸軍向けの三倍以上の小銃が海外に輸出されていて、幕末維新期に日本が輸入した洋銃は、総計七十数万挺にのぼったとされる。

才助はマンチェスターでは木綿紡績機械、洋書などを購入した。そして、紡績工場が建ちならぶ商工業都市マンチェスターの発展に目を見張った。

その旅からもどると、ケンジントン・ホテルにモンブラン伯爵と白川健次郎が才助を待っていた。

二

「こちらは、シャルル・フェルディナンド・ド・モンブラン伯爵でございます」

色男の白川健次郎が緊張からかやや声をふるわせて、いささか芝居がかった紹介をすると、

「お初に御意《ぎょい》をえます」

と、モンブラン伯爵はロニー同様に流暢な、しかし巻き舌の日本語でいい、深く一礼した。そして名刺をさし出し、江戸の侍言葉でいった。

「拙者、恥ずかしながら、かような日本名を名乗ってござる」

その和紙の名刺には、伯爵自身が墨書したものか、それとも白川に書かせたものか、達筆な墨字でこうしたためられていた。

——白山伯。

才助はかたわらの新納に見せながら顔を見合わせた。すると白川が説明した。

「フランスの名峰〝モンブラン〟は、フランス語で〝白い山〟という意味でございます」

「なるほど、それで白山でごわすか」

新納が感服していったが、才助は、白山伯と名乗るこのフランス貴族におどろきとおかしみを感ずると同時に、真似《まね》をしてか命ぜられてか「白川」に変名した武州出身の色男の書生との主従関係に何やら妖《あや》しげなものを感じて、あらためて二人を見くらべた。

にこやかにうなずいたモンブラン伯爵は、ひびきのよいフランス語で挨拶して、いかにも貴族らしい鷹揚《おうよう》さで手をさしのべてきた。

包みこむような掌《てのひら》は大きく肉厚で、温厚な人柄を感じさせるぬくもりをもっていた。才助はイギリスに来て以来、多くの西洋人と握手をしてきたが、モンブラン伯爵の手を握り返しながら、ふとグラバーとの初対面のときの握手を思い出していた。

無愛想な奴だと思ったグラバーがアバディーン気質のいい奴だったように、この西洋人も深くつきあえる相手ではあるまいか。

モンブラン伯爵は、鳶色《とびいろ》の目に鼻眼鏡をかけ口髭《くちひげ》をたくわえた、恰幅《かっぷく》のよい四十代半ばと見える紳士で、西洋人は老けて見えるからおそらく自分と同年ぐらいだろうと才助は思った。

このとき、一八三三年生まれのモンブランは満三十二歳。才助は数えで三十一歳だからモンブランの方がわずかに年上だが、ほぼ同年といっていい。

新納と英語通訳の堀の紹介がおわって一同がテーブルにつくと、モンブランはいささか奇妙な侍言葉の日本語で、言葉をさがしながらいった。

「拙者、パリで生まれ、普段はパリに住んでござるが、ベルギー人でござります。ベルギーに領地をもつ、ベルギー貴族でござりまする」

「ほう、フランス人ではなく、ベルギーの方でごわすか」

才助は広子の祖父にあたるオランダ人がベルギー生まれだときいていたことを思い出して、懐かしいような心地でききかえした。

「左様。ベルギー国フランドル地方のインゲンムンステルに領地をもち、居城がござります。そして拙者は、ご貴殿のお国、日出づる君主国日本へ二度行ったことがござる」

「ほう、わが国に二度も！」

新納がおどろきの声をあげた。

「はい」

おもむろにうなずいたモンブラン伯爵は、剽軽《ひょうきん》に目をしばたたいていった。

「拙者、日本語をイッチョケンメイ、勉強いたしましたが、かくのごとく下手でござりますれば、フランス語でお話しいたしまする」

それからは、彼のフランス語を白川が日本語に通訳したが、才助がオランダ語を解すると知ると、モンブランは才助とオランダ語で直接話したりしながら会話はすすんだ。

モンブランの最初の日本訪問は、七年前、一八五八年、安政五年で、フランス全権使節ジャン・ルイ・グロ男爵の随員の一人としてであったという。安政五年といえば、才助が長崎遊学二年目、海軍伝習生のときで、七月に藩主斉彬が急死した年である。この年九月から十二月まで日本に滞在しすっかり日本に魅了されたモンブランは、帰国後、日本語の習得と日本の政治組織の研究に時間を費して、四年後の文久二年、こんどは一旅行者としてふたたび来日した。このときは横浜の居留地や江戸三田のフランス公使館で一年ちかくを暮らし、横浜で白川健次郎と出会い、帰国に際して健次郎をパリに連れ帰ったという。

「お政はいかがでした？」

才助が口もとに微笑をふくんで訊《たず》ねると、モンブランは、

「おお、オマサ！」

と声を発して、よくご存知ですねと聞きかえしてから、日本語で、

「オマサさんは、美しう、賢い女性《にょしょう》でござりました」

と悪びれもせずにいい、日本の女性はすばらしいとフランス語でくりかえした。

そのモンブランは、日本の現状をおよそ次のように分析してみせた。

「日出づる君主国日本に激変の危機を生じさせたものは、ほかならぬ外国人たちの出現である。封建貴族とそのサムライたちは、伝統の尊重という名のもとに、君主であるミカドのまわりに団結して、外国人に反対するジョウイの勢力となっている。一方、江戸に幕府をもち二百年以上日本を統治してきたタイクンとその家来のサムライたちは、外国と条約を結びはじめたが、それは外国人に好意をもったからではなく、蒸気軍艦に積まれている大砲の威力を認めざるをえないからである。

この二つの陣営に対して、もう一つの勢力が急速に台頭していることに私は注目している。それはタイクンが日本の唯一の権力者ではないとするごく少数のダイミョウたちであ

る。中でもイギリスと砲火を交えたにもかかわらずイギリスと友好関係を急速に築きつつある薩摩藩に私は最も注目している。なぜなら、藩主は代々改革精神に富み、外国の先進技術を積極的にとりいれ、こんどはタイクンの許しなしにいち早く使節団と大勢の有能な留学生の若者をこうして送りこんできたからである」

このように述べたあとモンブラン伯爵は、

「昨年、フランスにきた幕府の使節団は、横浜鎖港という、いわばミカドの圧力とタイクンの願いとの間の妥協の産物としての使節団であって、明らかな矛盾を荷《にな》っていて私は失望した。しかし、幕府に批判的精神をもつご貴殿らは改革と自主独立の精神に富み、私の最も尊敬する方々である」

そう述べて、

「ぜひ、ご協力したい」

といいそえた。

そして、才助と新納へマンチェスターやバーミンガムの視察旅行はどうであったかと感想をたずねてから、こういった。

「たしかにイギリスの工業は、産業革命以来世界をリードしており、大英帝国は世界に覇権を拡張している超大国であります。それにひきかえ、私の国ベルギーは、オランダとフランスとドイツと北海に囲まれた小国です。古くはローマ人に侵入されたこともあり、五十年前の一八一五年には、ナポレオン一世率いるフランス軍に対してウェリントン将軍率いるイギリス軍とブリュッヒャー将軍率いるプロイセン軍などの連合軍が激突して戦い、ナポレオンが敗北したその戦場となったのは、わが国の首都ブリュッセル郊外のワーテルローでした。

そのわが国は、オランダから一八三〇年に独立してまだ三十五年、周囲を列強諸国にかこまれた、日本の九州とほぼ同じ広さの小さな立憲君主国です。しかしながら、おいでいただければわかりますが、イギリスに劣らず商工業は発達し、国民は幸せに暮らしておりますぞ。また他国を侵略することはなく、平和と協調を外交方針としております。

私が愚考しますに、極東の小国日本は、超大国イギリスよりもむしろ小国ベルギーこそ、ご参考になるのではありますまいか。ことにご貴殿の薩摩国にとって、わがベルギー国の工業と商業は、大いに得るところがありましょう」

そのように述べたモンブラン伯爵は、

「ケン」

と白川健次郎の名を息子ででもあるかのように親しげに呼んで、持参した贈り物を出すように命じた。パリではジラール・ド・ケンと名乗っているという白川が恭《うやうや》しくさし出してテーブルの上に置いた小函《こばこ》の蓋《ふた》をひらくと、新納が感嘆の声を発し、才助も息をのんだ。

見事な銀細工の置物に大粒のダイヤモンドが輝いていた。

「このダイヤモンドは」

とモンブランは鼻眼鏡の奥の目を細めていった。

「アントワープという町で近年、優れた加工技術が開発されました。わが国は古くからイギリスから輸入した羊毛を加工する織物工業を発展させてきましたが、このダイヤモンドの技術同様に武器産業も発達し、おいでいただければ、ご視察なさったイギリスのマンチェスターやバーミンガムに決して劣るものでないことがご理解いただけましょう。といいますのは、ベルギーの諸都市は領主から特権を獲得し、自治を強め、商工業者は自主独立の精神を最も尊重しているからです」

まるでベルギー国の商工業が一同の目の前にあるダイヤモンドの輝きであるかのように、モンブランは弁舌をふるって微笑した。

これまで才助は、ベルギーのことをほとんど知らなかったといっていい。イギリスの後のヨーロッパ諸国視察旅行の予定にも入れていなかった。しかし、

（かような小国がありもしたか……）

目からヨーロッパ列強という鱗《うろこ》が落ちたようにそう思った。

才助が海軍伝習所でもっぱら学んだオランダから独立した新興国、しかも列強諸国にかこまれた、九州ほどの広さの小国。

（このベルギーの貴族がいうごとく、薩摩藩が学ぶものは、超大国のそれではなく、他国に覇権を拡張せず、自主独立の気風に富んで商工業を発展させているという、この男の国ベルギーではあるまいか……）

「モンブランさァ」

と才助は薩摩弁で親しく呼びかけた。

「俺《おい》はお前《まん》さァが大いに気に入りもした。新納さァも同様でごわンそ。イギリスでの用件がすんだなら、ベルギー国をぜひ視察しとうごわす。ご足労でも案内してたもンせ」

三

英会話を勉強していた留学生たちは、九月上旬、新学期がはじまったロンドン大学に入学して新生活に入った。もっとも、十三歳の最年少の磯永彦輔は、ロンドン大学での高等教育をうけるには年少すぎたので、グラバーの三兄ジェームズの世話でアバディーンの学校に入るため、スコットランドへ旅立って行った。

一方、ロンドン訪問二度目の松木弘安は、ランダム・ホテルに移って、薩摩藩が直接イギリスと通商関係を結ぶべく、下院議員ローレンス・オリファントの仲介でイギリス外務省と折衝をすすめていた。

オリファントは、安政五（一八五八）年、日英修好通商条約の交渉使節団の一員として来日、日本に惚《ほ》れこんで帰国した人物で、その三年後、オールコック公使の後任予定者としてふたたび来日したが、水戸激派の公使館襲撃事件で重傷を負って帰国、にもかかわらず評判の親日家であった。そして、自由党の若手議員として嘱望されていた。その彼を弘安と才助に紹介したのは、長崎にいるグラバーである。

薩摩藩では、横浜、長崎などの開港地が幕領のため、幕府の貿易独占に反対して、自領内の開港による独自の通商関係をイギリスと結ぶべくさぐっていた。オリファント議員はこれに協力してくれたが、同時に次のように忠告もしたと弘安は書きとめている。

——外国人ハ日本ニ抵《イタ》リ貿易スルハ必ズ日本ノ財ヲ奪ヒ尽スベシ。余ハ日本人ノ為ニ之ヲ憂フ、ト。

このころ、ホイッグ党のパーマストン首相が死去し、やがて前外相のラッセル卿が自由貿易主義内閣を組織するのだが、それ以前の九月十三日（邦暦七月二十四日）、才助は弘安と別れて、モンブラン伯爵が一足先に帰国して待つベルギーをはじめとするヨーロッパ諸国視察の旅に出発した。

この日、九月十三日水曜日の朝、かつてトラファルガー沖の海戦でフランス・スペイン連合艦隊を破ったネルソン提督の銅像の立つトラファルガー広場に近いチャーリング・クロス駅まで弘安は才助ら一行を見送りにきた。そして別れ際に、

「モンブラン伯爵には気をつけた方がいい」

と耳うちした。

「どげんこっか、そいは。諧謔味《かいぎゃくみ》もある面白か男ではごわはんか」

「良からぬ風評もあるようだ。なに、才助どんのことだ、ぬかりはあるまいが」

「心配無用じゃ。では行ってくる」

約三ヵ月間、フランス、オランダ、ドイツも視察してロンドンにもどる予定である。

二人は洋風に固い握手をして別れた。

これまで才助が辛酸を共にしてきたこの松木弘安は、帰朝後に改名して、維新後は新政府で参議、外務卿となる寺島宗則《むねのり》である。

午前七時三十分、ドーヴァー行き蒸気列車はチャーリング・クロス駅を発車した。発車するとすぐにテムズ川の鉄橋を渡る。右車窓にテムズ川左岸にそびえる時計塔のビッグ・ベンと国会議事堂が望め、川を渡りきると左車窓にウォータルー駅の駅舎が見えた。やがてロンドンの市街を出た蒸気列車は、蒸気の音を力強くひびかせ、汽笛をならして、疾走した。

一行は才助と新納のほかに通訳の堀と折衝役のホームと案内役ジェームズの五人である。二時間ほどで港町ドーヴァーに着いた。この港からベルギーのオステンドとフランスのカレーへ、ドーヴァー海峡を横断する渡海船が出ている。モンブラン伯爵と白川健次郎はベルギーの港町オステンドに迎えに出ている予定である。

一八三〇年から定期航路となったオステンド・ドーヴァー間の蒸気船は、大勢の乗客で賑《にぎ》わっていて、乗船すると間もなく出航した。

才助は甲板に出てドーヴァー海峡の潮風に吹かれながら、

「モンブラン伯爵をどう思うか」

とホームに訊ねてみた。

「あの男は、昨年、幕府の横浜鎖港使節にパリで近づき、失敗したので、こんどはあなたに接触してきたのでしょう。何が真のねらいか、私も考えていたところですが、充分に気をつけて下さい」

そう前置きしてホームは、この数日間で調べたことを話した。

池田筑後守長発《ながおき》を正使とする横浜鎖港使節がフランスのマルセーユ港に到着したのは、昨年一八六四年四月十五日であった。そして四月二十一日にパリに着き、一流ホテルのグランドテル・ド・パリに入り、ベランダに日章旗をかかげた。

その数日後、白川健次郎がホテルへ訪ねて行ったらしい。また、使節に随行していた通弁役がパリ到着後、レオン・ド・ロニーにフランス語を習ったので、そのロニーからモンブランに会ってほしいと紹介されて、外国奉行支配組頭の田辺太一を通して池田筑後守がモンブランに会った。

「あの色男の白川と日本通のロニーが仲介役かい」

才助はふんと鼻先で笑っていった。

白川がロニーとケンジントン・ホテルを訪ねてきたのは、モンブランに頼まれて才助たちをさぐりにきたのだろう。

「モンブランが本当に伯爵かどうか怪しいもので、あの男には奇を好む性癖があるようです」

とホームは眉《まゆ》をしかめた。

組頭の田辺らをパリの自邸に招待したとき、洋風の髪形にしている書生の白川健次郎に仮髷《かりまげ》をつけさせ羽織袴《はおりはかま》を着せて侍の恰好をさせ、日本から帰国の途次に南洋から連れてきたらしいマレー人の青年に派手やかな腰巻きをつけさせて給仕させたという。

結局、池田筑後守は幾度かモンブランと会ううちに、不快と憤りを覚えるようになり、モンブランを山師のような男だと思って彼の申し出を拒絶したというのである。

「しかし、モンブランというあの男、幕府と薩摩藩をはかりにかけて、われらを選んだとすれば、面白いではないか。奴の日本論は的を射ていたし、薩摩藩を幕府に対抗する雄藩と認めている眼力はなかなかのものだ。俺《おい》は奴を気にいっとる。ベルギーに行ってみれば、本物の伯爵かどうかもわかるじゃろう」

才助は半ば自分にいいきかせてそういった。ホームはうなずいて黙った。

実は先月の八月二十六日、幕府の横須賀製鉄所建設に必要な技術者の雇入れと機械類購入のためにフランスに到着した外国奉行柴田日向守剛中《たけなか》らの幕府使節の一行にもモンブランは接触していたのだが、いまや日本でジャーデン・マセソン商会と肩をならべるほどの武器商人となったグラバーの右腕といわれ、今回の才助ら使節団の目付役でもあるホームも、モンブランの行動についてそこまでは知らなかった。

ドーヴァー海峡の海はおだやかで、午後遅く蒸気船はオステンドの港に着いた。

貿易港として古くから栄えるこの街は、毎年夏場はヨーロッパ諸国からの保養客で賑《にぎ》わうので、海岸に瀟洒《しょうしゃ》なホテルが建ちならんでいる。才助の一行は港に出迎えた白川健次郎の案内で、そのうちの一つに宿泊した。ホテル前の砂浜には大勢の保養客が初秋の夕陽《ゆうひ》をあびて長椅子に寝そべったり、散歩を楽しんでいたりした。

翌朝、ホテルを出発してオステンド駅に行くと、駅頭にモンブラン伯爵がにこやかに出迎えていた。

「ようこそ、わがベルギー国へ」

才助を抱擁せんばかりである。

オステンド始発の蒸気列車には豪勢な特等車が連結されていて、一行が乗車すると、列車は午前十一時に発車した。

首都ブリュッセル・オステンド間の蒸気鉄道は二十年も前に開通したという。すぐに特等車内へ給仕がワインと昼食を運んできた。

二十分ほどでブリュージュという駅に着くと、駅前に紋章つきの豪華な二頭立て馬車が三台出迎えていた。中央の楯《たて》に鹿《しか》を描き、四方に人物と矢尻をあしらい、金色の王冠をのせた図柄のそれは、モンブラン家の紋章だという。制服の執事が才助たちを鄭重に馬車へいざなった。

九世紀にフランドル伯爵が築いたという、ゴシック建築と運河の美しいブリュージュの市街を一巡してから、馬車は街道を南にむかった。羊の群れる牧場と畠地と雑木林ののどかな風景がひろがる。見渡すかぎりさえぎるもののない平野である。才助はふと関東平野の広闊《こうかつ》な風景を思い出したが、ここではるか遠くに山らしいものさえ認められない。

「広うごわすなあ」

思わず才助が声に出すと、同乗のモンブラン伯爵が、ここフランドル地方は牧畜と農業がさかんで、オランダ語に似たフラマン語を話すフラマン人が多く住んでいると話した。そのモンブランは、日本語、フランス語、オランダ語、ドイツ語、英語、そしてフラマン語の六ヵ国語を自在に話すという。

途中の茶店で休息し、五時間ほど馬車にゆられて、モンブラン伯爵領内の、石造りの家々が建ちならぶインゲンムンステル村に入った。午後七時をまわっていたが、まだ陽は西の空にあって、折から教会の鐘が美しく鳴りひびき、才助ら日出ずる君主国からの遠来の珍客を歓迎するかのようである。

馬車は石造りの門を入り、オークの巨樹が鬱蒼《うつそう》と茂るモンブラン伯爵の居城インゲンムンステル城内にすべり込んだ。手入れのいきとどいた芝生と花壇の広い庭園を横ぎると、開かれた堅牢《けんろう》な鉄門のむこうに、堀をめぐらした居城がひっそりと建っている。堀は広く深そうで、鉄格子の門を入り、豊かな水をたたえた堀にかかる石橋を渡って、馬車はコの字型に建つ建物の石畳の前庭で停車したが、戦いのつくりの城ではなく、茶褐色のレンガを積みあげて優雅な窓をとり、正面屋根の破風《はふ》の中央に大きく紋章を浮き彫りにした、三階建ての広壮な居館である。

中庭に使用人が一列に並んで出迎え、馬車を降りたモンブラン伯爵みずからが才助と新納を館《やかた》の内へ案内した。

まず五人は豪勢な客間に通された。

戸口の左右には黒光りする騎士の甲冑《かっちゅう》が佇立《ちょりつ》し、暖炉の上には日本の焼物の絵皿や壺《つぼ》が飾られているばかりか、壁面にかけられた見事な拵《こしら》えの日本刀がひときわ目をひき、反対側の壁には狩りを描いた巨大なタピスリー。椅子もテーブルも他の家具も時代がかった豪華な品々である。薔薇色《ばらいろ》のビロードのカーテンが開かれた窓からは、夕陽の木洩日《こもれび》のきらめく堀の水面と夕なずむ雑木林がのぞいている。

「この居館は、十六世紀にわがモンブラン家の初代が建造したものです」

モンブラン伯爵のフランス語の説明を白川がそう通訳した。

しかし、事実は少し異なるようである。

余談ながら、筆者はこの稿を書くにあたって、二〇〇三年十月、百三十八年前の五代才助の足跡をたどってロンドンからドーヴァー海峡をフェリーで渡りオステンドに入り、インゲンムンステルの居城を訪れた。モンブラン伯爵家は一九八六年に相続税を支払うためにやむなく村の醸造業ファン・ホンセブルック家に城を売却していて、現在は地ビール“Kasteel bier”で知られ、城の地下室はビアホールになっていた。そして二年前に火事があって、資料などを展示していた部屋など城の一部が焼けたままになっている。しかし、残された資料を見ると、十六世紀から十八世紀までインゲンムンステル城とその領地を所有していたのは、フランス軍大佐であったオットー・フォン・プロートを初代とするプロート家で、九代目のシャルル・プロート男爵に子がなかったために、フランス革命の際にベルギーに亡命した南フランス出身の貴族シャルル・アルベリック・デカントン・ド・モンブランに遺贈した。この人がモンブラン伯爵の父のモンブラン男爵である。つまり才助の会ったモンブランは、インゲンムンステル城の二代目で、ベルギー生まれのフランス国籍、パリの本邸に住み、この館を別荘として使っていたのである。

さて、一同に茶が供せられたあと、それぞれの部屋へ案内された。才助の部屋は二階東南の広い寝室で、夕なずむ堀の水面と雑木林のむこうに教会の鐘楼が見えた。

一階大食堂での晩餐には、老婦人と妙齢の貴婦人が姿を見せた。モンブランの母と妹のクリスティで、普段は独身のモンブランとパリに住むが、才助ら一行を迎えるためにわざわざパリから来て待っていたのだという。

胸もとをひろく開けたドレスに着飾ったクリスティは、年のころ二十五、六であろうか、透きとおるほどに色白の魅力的な女性で、挨拶したとき才助の鼻腔《びこう》へ香水の香りがかすかにしのび込んだ。

「日本のサムライは、何よりも名誉を重んじるとききます」

食事中クリスティは、兄のモンブランから日本の話をきいていたらしく、才助へ控えめにそうフランス語で質問して微笑《ほほえ》んだ。

「私も名誉を重んじるサムライの一人です。しかし、国許《くにもと》の他のサムライとは違うので、変わり者だと思われているようです」

才助はオランダ語で答えた。

「まあ、どのように違うのでしょう？」

彼女もオランダ語できききかえした。

才助は日本語で薩英戦争のとき交渉のために自分から捕虜になったことを話し、命をかけて目的を達することを自分はサムライの名誉だと信じているが、攘夷《じょうい》のサムライには理解してもらえないと話した。堀が英語に訳し、英語も解するクリスティは、

「まあ、それはお気の毒に……」

とフランス語でいい、憂い顔で才助をじっと見つめた。モンブランもうなずいて、

「ムッシュウ五代は、真のサムライです。私はますます感服しました」

とフランス語とオランダ語でいい、

「カンプク致しまするでゴザリマスル」

と剽軽に日本語でいって、才助たち日本人ばかりかクリスティや母親たちをも笑わせた。

そうしたなごやかな雰囲気といい、上等なうまい料理といい、モンブラン家の歓待ぶりに才助は大いに気をよくして、逸品のワインをかなり味わい、モンブランと談論風発して夜の更けるのも忘れた。

引きとった寝室のベッドで、日本を離れて以来はじめて、鹿児島のわが家に帰ったような快い眠りについた才助は、夢うつつにクリスティの甘い香水の香りを嗅《か》いだように思った。

熟睡して目覚めると、窓外の雑木林の彼方に朝日が昇ろうとしていた。

快晴のこの日、早朝からモンブラン伯爵領の狩猟場へ乗馬で出かけ、鳥猟犬が追い立てる雉《きじ》や山鳥を猟銃で撃つ狩猟を楽しんだ。好きな乗馬は久しぶりである。一緒にきたクリ

スティの乗馬姿に見惚《みと》れもした。馬を駆っての鉄砲での鳥撃ちは胸のときめく初めての経験であった。

インゲンムンステルの初秋の空は高く澄み、風はさわやかで、才助も雉を二羽しとめた。

この日の日記に才助は誌した。

——欧羅巴行以来、初めて快愉に思ふ。欣快《きんかい》この上なし。

四

その夜、英語通訳の堀とフランス語通訳の白川が同席して、才助はモンブラン伯爵と二人だけで話をした。

まず才助が、昨年来仏した幕府の横浜鎖港使節に接触したのかを問うと、モンブランはその事実をあっさりと認め、現在パリにきている幕府使節の柴田外国奉行らにもロニーを介して会い、日本国の威光を盛んにするためにベルギー国と修好通商条約を結ぶように勧めていることを話してから、こういった。

「私はタイクンの幕府を日本を代表する政府として買いかぶりすぎていました。昨年の横浜鎖港使節にしろ、今回の使節にしろ、私の言を信ぜず、ベルギー国のよさと商工業の発展を理解しようとしない連中です。そこへいくと、ムッシュウ五代、貴殿の薩摩藩は違います。先日も申し上げました通り、代々藩侯は先進諸国の技術をとり入れることに熱心で、このたびはこうして使節団と大勢の留学生を送りこんできました。ご貴殿の薩摩国こそ、日本を代表する藩国です。イギリスとの独自の通商がお望みのようだが、幕府を出しぬいてベルギー国と通商関係を結べば、イギリスやフランスとの交渉にも有利となりましょう」

「なるほど、幕府を出しぬく……。実は私も砲火を交えて和を結んだイギリスにのみ頼るのは上策ではないと、ロンドンにきて思うようになっていたところでごわす。それに、わが薩摩国が将軍の幕府を出しぬくことは、現今の激変するわが国の情勢にかんがみ、重要かつ痛快なことでごわす。白山伯さァ、こうして貴殿の居城を訪問し、歓待をうけ、肝胆《かんたん》相照《あいて》らす仲になったことを、大いに歓《よろこ》んでおりもす。じゃっどん、俺《おい》はまだベルギー国の商工業を知りもはん。これからじっくり視察ばしもンそ。ところで、フランスは幕府に肩入れしておるようじゃっどん、こんどん使節へはどげんごわンそかい？」

「シーボルトまでがわざわざ本国プロシアからパリにきて、日本使節に会い、日仏の合弁商社設立を建策しているようです」

「長崎出島にきていた医者の、あのシーボルトでごわすか。国禁を犯して追放となり、その追放が解けて先年再来日したとき長男のアレキサンダー・シーボルトを連れてきて、俺《おい》がイギリス艦に乗船したときそのシーボルト・ジュニアは通訳官をしておりもしたが……」

「左様、父親のフィリップ・フランツ・フォン・シーボルトの方です。あ奴め、日本通をひけらかして出しゃばってきたのです」

「白山伯、貴殿はシーボルトとライバルのようですな」

才助がそういうと白川の通訳をきいてモンブラン伯爵はとぼけた顔をしたが、才助が合弁商社について訊《たず》ねると、たがいに出資して両国の物資の貿易や技術援助による工業生産などをする商社組織だと説明して、

「ムッシュウ五代、私はベルギー国と薩摩国の修好通商条約はもとより合弁会社設立をお勧めしようと思っているのです」

といい、その内容を熱っぽく話した。

モンブラン伯爵の説くベルギー国・薩摩国の合弁商社は、両国の貿易はもちろんのこと、薩摩の領内にある金、銀、銅などの鉱山をベルギーの技術援助で開き、武器および鉄鋼の生産をはじめ紡績などの諸機械の製造工場も経営するというものである。

「鉱山でごわすか」

合弁会社という新しい組織同様に、鉱山の開発経営の考えはこれまで才助の頭にはなかった。

鉱山と製鉄が工業の基礎であるとモンブラン伯爵は力説した。

「白山伯さァ、俺も左様に考えもす」

上等のワインの酔いも心地よく、才助はモンブラン伯爵の手を握りしめていた。

翌日、土曜日の朝、才助の一行は同道するモンブラン伯爵と白川と共に馬車でインゲン

ムンステル城を発ち、ブリュージュから蒸気列車で首都ブリュッセルにむかった。

車中、モンブラン伯爵は、ベルギー国外務大臣シャルル・ロジエへの紹介状を才助に手渡し、外務省へはすでに才助らのことを依頼してある旨を告げ、国内視察についてケンに何なりと申しつけてほしいといい、自分は用務があるのでこれからパリにもどらねばならないが、来週にまた会いたいといい、途中、蒸気列車が遅れて夕刻にブリュッセル中央駅に着くと、急いで別れて行った。

翌日は日曜日である。

才助の日記。

――この都府は、欧羅巴人の諺《ことわざ》に、小巴理斯《パリス》と云《い》へる程にして、もっとも繁華なる処也。今日は日曜日にて事務なし。街中を散歩し、夜に入りて、芝居に行きて見物す。

ブリュッセルは、伝説によれば一世紀、センヌ川の小島〈Broeksele〉に質素な礼拝堂が建てられたことに始まる。やがて丘の地形をいかして城砦《じようさい》都市として発展し、ブルゴーニュ公時代にタピスリーや金銀細工などの職業が栄え、ハプスブルク家の支配下でいっそう繁栄し、オランダの政庁がブリュッセルに移されもした。そして十七世紀、ルイ十四世の時代、戦争で砲撃されて市庁舎などのあるグラン・プラスをはじめ市民の家四千軒が焼失した。

その後、再建なって華麗な鐘楼のそびえるゴシック建築の市庁舎をはじめ「王の家」や仕立屋、パン職人、射手や小間物商などの同業組合それぞれの五階建ての奇抜な建物などが建ちならんだ。

　その市中央の広場グラン・プラスをまず訪れた才助の一行は、建物の景観もさることながら、各種の職業組合がそれぞれに建物を有しているばかりか商工会議所を設立していることに感心し、市庁舎のロビーに飾られた、砲火によるグラン・プラス大火災の絵におどろき、一八三〇年八月二十四日夜の、独立革命の民衆蜂起の絵に感嘆した。

「ブリュッセル民衆は、オランダ王を追放してレオポルド一世を迎え、その儀式は翌年七月二十一日、このグラン・プラスで盛大に行われたということです。以来、この国はいちじるしい発展をとげているのでござりまする」

　ケンは白山伯の口調を真似てそう説明した。

　その日は日曜日なので、広場には色とりどりの各種の商品や肉・野菜など食糧品の露店がおびただしく出て、老若男女のブリュッセル市民で賑わっていた。

　才助らはケンの計らいで市庁舎内にある豪華な市議会室も見学した。壁面にブリュッセルの歴史を語る巨大なタピスリーが飾られ、議長席のすぐ前に市会議員の席が馬蹄《ばてい》形に並んでいた。

「市民は貴賤《きせん》を問わず、市の政治《まつりごと》を平等に論ずるのでござりまする」

　グラン・プラスのすぐ近くにある更地《さらち》は「La Burse 証券取引所」を建築するための敷地だという。ケンは証券取引所についての知識がなく、ホームが商工業の発展にかかせないものだと説明し、ロンドンにもまだないはずだと話した。

夕食後に出かけたモネ王立劇場は、そこからほど近い市の中心地にあった。神殿かと見まごう八本の巨大な石柱のある豪華な劇場である。いまから五十六年前、〈カイロの商隊〉という芝居で柿落《こけらおと》しをしたという。そして、三十五年前の八月二十四日夜、〈ポルティシーの啞姫〉上演中に、ここで革命の火蓋《ひぶた》がきられたという。才助らが観《み》たのは偶然にもその芝居で、科白《せりふ》はわからなかったが、革命の当夜を想像して感興一入《ひとしお》であった。

翌日の月曜日は、市内にある蒸気車製造の商社を訪問し、製造工場を見学。帰途、博物館を見学した。

九月十九日、火曜日。午後、モンブラン伯爵から紹介状をもらっていた外務大臣ロジエに面会し、国中の諸製造工場見学の許可をえ、数刻の談笑をした。帰路、動物園と植物園を見物。

この日の才助の日記。

――このベルギー国は、英仏その外に比すれば最小国也といへども、国中富盛にして、動物園、植物園も、小国に似あはず盛んなるもの也。

――九月二十日、水曜日。午前より病院に行く。この都の内で最も盛んにして、甚《はなは》だ美麗、小国に似あはぬ処也。もっともこの内に貧院・養院も付属し、その規定至らざるなし。実ニ感に堪へず也。夜ニ入りて曲馬を見る。我国ニ云ふ馬芝居の類にして、我国の芸より長じたるもの也。

――九月二十一日、木曜日。早天より当府を去ル四里ばかりにあるワートルロー、ト云ヘル古戦場に行きて見る。ここは、西暦千八百拾五年六月廿一日、いはゆる有名なる仏皇帝ナポレヲン、英蘭・孛漏生《プロイセン》等の数国と対戦。終《つい》ニ打ち負け、アフリカの孤島ニ流されし始末也。大合戦にして、今ニ種々旧跡あり。欧羅巴諸国の人民、競ひ来て見物、日ニ四五拾人は下らずと云々《うんぬん》。夕ニ従ひ、客舎に帰る。夜ニ入りて、外国政務第二等ミニストル来る。諸件を談じ、夕飯を共にして帰る。

この日、才助らはブリュッセルの南約十八キロにあるワーテルローを馬車で訪れた。わずかな起伏があるのみの広大な平原である。才助は六月二十一日と誌《しる》したが、五十年前の六月十八日、皇帝ナポレオン一世率いるフランス軍七万四千に対して、ウェリントン将軍率いるイギリス・オランダ軍とブリュッヒャー将軍率いるプロイセン軍の連合軍六万七千が激戦、たった一日でフランス軍二万七千、連合軍二万二千もの戦死者を出し、ナポレオンは敗北した。

その古戦場を記念して築かれた小山の頂上に、その後の戦いの武器を溶かしてつくられた、イギリスとオランダの象徴である巨大なライオンの鉄像が据えられていて、才助は二百二十六段の階段を登ってその頂上から戦場を見渡した。

秋の真昼の陽をあびた緑の大地から、総勢十四万人もの両軍の砲声がひびき、軍馬のいななきと突撃の叫喚がこだましてくるようである。

「ここはヨーロッパの関ヶ原でごわンそ」

才助は新納とそういってうなずきあった。

慶長五（一六〇〇）年の関ヶ原の役では、島津義弘《よしひろ》は薩摩の兵を率いて西軍に属し、負け戦《いくさ》の中、敵中を突破して国許に帰った。

はるか日本の戦国時代に思いをはせつつ、ライオン像の周囲を二巡した才助は、二百二十六段の急な階段を数えながらおりた。

おそらく日本のサムライでワーテルローを訪れたのは、才助と新納が最初であろう。

その夕、ホテルに外務省政務次官の訪問をうけた才助は、夕食を共にしながら、ベルギー政府との修好通商条約について話しあった。

——九月二十二日、金曜日。今日は外出をなさず、終日客室にありて、貿易、整財、富国強兵の諸策を談ず。夜二入りて、近街を散歩するのみ。

この夜、才助はホテルの近くの街を独りで散策した。ガス灯のともる石畳のなだらかな坂路に自分の靴音がひびく。時折、人に出会うが、才助をはるか極東からきた日本のサムライだとは気づかずに通りすぎてゆく。才助はいまだに断髪せず、月代をのばして短めにした総髪を後できつく結んではいるが、洋服の着こなしはすっかり板につき、革靴の履き心地にもなじんだ。自分が日本のサムライだということをふと忘れてもいるのだ。

しかし、世界地図帳を模写して大地球儀をつくった十四歳のあの時を突然に思い出し、その薩摩藩士の五代才助が、はるか遠く薩摩を離れて、地球の裏側のヨーロッパの一点にいま立って、靴の足裏でこの歴史あるブリュッセルの街の石畳を踏んでいると思うと、

（俺《おい》は、いま地球のここにおるンじゃ！）

と叫び出したい感動にとらわれる。

そして、窓にともる灯《あかり》に目をやって、幼な子の治子を抱いて広子の待つ長崎の家の灯を、鼻の奥がツンとする懐かしさで思い浮かべもした。

翌二十三日、土曜日、パリからもどったモンブラン伯爵がホテルにきた。この日、才助はモンブランとベルギー政府との修好通商条約について詳しく話しあい、ひとまずモンブランと盟約する手立てを論じ、その内約書をしたためた。

翌日から才助は、国王の太子に面会したのをはじめとして、政府の貨幣製造所、大砲の尖頭弾製造工場、蒸気車製造工場、大砲製造工場、小銃製造所、冶金《やきん》工場を連日見学し、ベルギー最大の製鉄所見学では「英中ニも是ニ比すべき大なるはなし」と驚嘆し、製紙工場では「此の機関、英国ニて見しより簡便にして、最も盛ん也」と日記に誌した。その他、蒸気動力による紡織機の製造所や活版印刷所なども足まめに見学した。

こうしてベルギーにきて一ヵ月余がたった十月十五日、ベルギー国との合弁商社設立の条約書を次のごとく渡欧中の変名でモンブラン伯爵と作成して仮契約をとり交わした。

北義《ベルギー》国商社条約書

薩摩国・大隅・日向三ケ国の太守兼琉球国の領主全権石垣鋭之助、蒸気船の指揮役関研蔵、書役兼英仏の訳者高木政次・白川健次郎、是ニ白山列会して、貿易を欲し国の為《ため》に、左のケ条を談決する也。

第一ケ条

一、欧羅巴人と同商社して、薩摩の領分ニある金・銅・鉄・錫《すず》・鉛等の山を開き、或《あるい》は種々製作機関・鉄鋼及び武器を製造し、又は紡綿・茶・蠟《ろう》・煙草《たばこ》等を製する諸機関を組立て、有益なる欧羅巴の産物を輸入し、国を富ますに要用なる機関を開くの商社を立てんが為、白山会盟して是を助けて其の益分は、分明の算を以《もっ》て配分する也。

第二ケ条

一、白山是ニ会盟して、万事の世話を成すに於《おい》ては、組立たる商社といへども互ニ助力して、諸件を務むべき也。

第三ケ条

一、利益は商社の出金せるニ応じ配分し、損ある時も亦夫《きたそれ》ニ準ずべき也。

第四ケ条

一、諸商社を開きて後、益分元金の二倍を得し時は、其の機械、薩摩ニ属する也。

第五ケ条

一、薩摩の領内ニ造営する処の諸製造局毎に、壱両人の勘定役を置き、諸出入厳密ニ取調ぶべし。

第六ケ条

一、薩摩に於て、軍艦・大砲その外要用の諸件を誂《あつら》へ候節の所置、亦は貿易の為設ケる規定ニ至る迄《まで》、皆白山ニ寄托すべし。

第七ケ条

一、琉球国の内那覇・運天、大島の内名瀬、この三港を手始めとして開き、商社盛ニ随ひ拡大の所置もあるべし。

（後略）

於ブリュッセル

慶応元年乙丑八月廿六日

千八百六十五年十月十五日

石垣鋭之助

関　研蔵

Conte des Cantons de Montblance Baron d' Ingelmuster

外ニ北義政府より証人弐人会証す。

五

薩摩とベルギー合弁商社設立の内約書をモンブラン伯爵ととり交わした才助とその一行は、十月二十二日、モンブランといったん別れてドイツに入り、二十四日夜、蒸気列車で首府ベルリンに到着した。

翌二十五日の才助の日記。

――水曜日。早天より街中を散歩し、博物館を見る。土地、孛漏生《プロイセン》の都府だけありて、最も盛ん也。孛漏生《プロシャ》陸軍の盛んなるを聞きしに、弥《いよいよ》、その盛んなるを実見す。

二日後にはオランダに入国して、アムステルダムでは多くの書籍を購入し、日記には次のように誌した。

——アムステルダムと云へるは、和蘭領第一の都会にして貿易は頗《すこぶ》る盛んといへども、土地、海水より低き事、凡《およ》そ五、六尺。土を積みて家作を成すが故に、家みな傾きて見苦しく見えたり、海辺には、余多の蒸気機関を以て水を抜き、街中縦横に堀を切りて水を凌《しの》ぐ。地球上、広しといへども、ケ様の水国はみるべからず。

首都ハーグ、ロッテルダム、ドルトレヒトも視察し、ドルトレヒトでは幕府注文の蒸気軍艦が造船中なのを見学したが、長崎海軍伝習所でもっぱら学んだ国、教師団長カッテンディーケやウイッヘルズ二等士官の祖国に、才助はいささか失望し、この国の誉光はもはや過去のものになっていると感じた。

十月三十一日、ベルギーにもどり、アントワープを視察し、モンブラン伯爵に再会した。十五世紀から商業・金融の中心地として発展してきたアントワープは、北海に通じる大河シュヘルド河の河岸を良港とするヨーロッパ屈指の貿易港である。またダイヤモンドの研磨と取引でも知られ、ダイヤモンド商人のほとんどはユダヤ人だという。

モンブランの案内で街を見物して港に出た才助は、広子の祖父にあたるオランダ商人がこの街近郊の出身だときいていたので、おびただしい蒸気船と帆船が停泊する広大な港の埠頭《ふとう》に立って、はるか水つづきの極東の長崎へ船出した広子の祖父がかたわらに立っているように思い、その冒険心に心を打たれた。

そして、長崎で帰りを待つ広子への土産に、ダイヤモンドの髪飾りを奮発して買い求めた。

翌日、モンブランと別れて、蒸気列車でモンブランの領地に近い古都ゲントに行き、鎮台に面会して監獄、女学校、精神病院などを見学した才助は、日記にまたも誌した。

――ベルギーは、小国といへども、国政甚だ好《よ》く、何事も至らざるなし。感服の至り也。

ブリュッセルにもどると、ビール工場を見学後、リエージュ、ナミュールの砂糖製造所、蒸気力による精米所、蠟燭《ろうそく》製造館、大小砲製造工場などの近代産業諸設備を視察し、尖頭小銃弾の製造図を入手して、十一月十二日、日曜日の午前十時、フランスの首都パリの北《ノルド》駅に到着した。そして、キャプシーヌ街の一流ホテル、グラントテル・ド・パリに入った。

部屋数五百もあるこの豪華ホテルには、今回の幕府使節柴田日向守剛中《たけなか》の一行も滞在していた。そのことを、才助はまだ知らない。

――午後、近街を散歩し、土地風俗形勢を見聞す。尤《もっと》も、此の客舎、欧羅巴諸州第一等有名の大客舎にて、造作の美麗なると遊客の多きは、最も盛んにして、欧羅巴行以来、此の位盛んなるを見ず。今暁、我朝より書翰《しょかん》到来す。

この日、十一月十二日は邦暦九月二十四日にあたる。書翰は家老小松帯刀から、二ヵ月前の七月下旬に発したものであった。

小松帯刀は才助らの健康を案じ、視察旅行の結果を訊《たず》ね、藩内の近況を報じたあと、六月二十四日、西郷吉之助が土佐藩浪士坂本龍馬《りょうま》と中岡慎太郎に会見し、長州藩の要請に応じて武器・艦船の購入を薩摩藩名義でおこなうことを約束した旨を報じ、七月には薩摩藩の斡旋《あっせん》で長州藩がグラバーから銃砲を購入したことを伝えてきた。

土佐藩を脱藩して勝海舟を頭取とする幕府の神戸海軍操練所で航海術を学んでいた坂本龍馬を、操練所の閉鎖後、大坂藩邸にかくまい、長崎に同道したのは、小松帯刀であった。そして龍馬が小松の助言で長崎の亀山に貿易商社「亀山社中」を結成したのは、才助がロンドンへの航海途上の地中海にいた五月のことである。この社中の当面の仕事は、薩摩藩の船団の運用とグラバー商会から薩摩藩への武器輸入を代行することで、龍馬は薩長同盟の推進を企て、その手始めとして長州藩が求める武器・艦船の購入を薩摩藩名義でおこなえるよう西郷を説いたのだが、そうした場をしつらえたのは小松であった。薩長秘密同盟の第一歩で、仕掛人は小松といっていい。

この年一月、長州藩では奇兵隊を率いる高杉晋作の挙兵で内乱がおこって藩論が変わり、翌年にある幕府の第二次長州征伐に備えて軍制改革がおこなわれていた。そして、坂本龍馬を仲介とした薩長の接近は、翌慶応二年正月早々に結ばれる薩長同盟の密約へと発展していくのである。

遥《はる》か遠くパリにあって、薩摩藩がグラバーの武器販売を通じて、あの高杉晋作の長州藩と手を結ぼうとしている報に接して、才助はわが意を強くした。

——反幕諸藩連合政権。

渡欧中、才助はこの構想を強いものにしている。

才助の「貿易整財、富国強兵」の富国論は、最初、幕藩体制肯定の上に立案されたが、イギリス、ベルギー、ドイツ、オランダをつぶさに見聞し、モンブラン伯爵との邂逅《かいこう》によって、幕府否定の富国強兵、薩摩藩こそが日本を代表してしかるべしとの考えに、急速に変容していた。そして、西欧近代技術をとり入れている薩摩藩が同様の佐賀藩やイギリスに留学生を送り込んでいる長州藩と手を組んでの反幕連合政権樹立を視界に入れるようになっていた。イギリスでの二千五百五十挺もの小銃購入はもとより、ベルギーとの合弁商社設立は、松木弘安の対英工作と相まって、この連合政権構想に基づいていたのである。

パリに着いた翌日、団長格の新納刑部が旅の疲労で病気になり、フランス皇帝医に診てもらったり、モンブランが医師のところへ同伴したりしたが、才助はモンブランの案内で秋色濃いパリ市中を見物してまわった。

――十一月十五日。水曜日。此の都府、欧羅巴最第一の繁華なる地にして、英竜動府《ロンドン》に比すれば、街中至って美麗也。

そして、十一月十八日、ホテルにその日も来たモンブランからパリ万国博覧会の話が出た。

「再来年の一八六七年、このパリで世界万国博覧会が開催されます。パリ万国博覧会はフランスとしては五五年につぐ第二回目のものですが、クリミヤ戦争でロシアを破り花のパリを建設しているナポレオン三世は、それを誇示して前回に増して一層盛大におこないます。五代さァ」

近頃は才助をそう呼ぶようになっているモンブラン伯爵は、鳶色の目を輝かせていった。

「ほう、万国博覧会でごわすか。たしか世界で最初の万国博は、十四年前、一八五一年、ロンドンのハイド・パークでごわしたな」

ロンドンでその会場となった美麗壮大な水晶宮を見学していた才助は、即座に応じて言葉をついだ。

「次にロンドンで開催された第四回のときは、日本も参加して幕府が出品したと聞いておりもすが」

「それが何とも恥ずべき品々でありましたそうな」

モンブランはわが事のように顔をしかめて舌打ちした。

三年前、一八六二年（文久二年）にやはりハイド・パークで開かれた第四回万国博覧会には、駐日公使オールコックのすすめで日本も初参加し、幕府は出品物を送った。モンブランがいうには、幕府の出品物は、甲冑《かっちゅう》、漆器類、火事装束などは観覧者の好奇心をそそったけれども、提灯《ちょうちん》・傘・木枕・油衣・蓑笠《みのかさ》・草履《ぞうり》などまでならべたので「古道具屋のがらくたばかり」のようで、日本の恥をさらしたようなものだというのである。

「今度のパリ万国博では、そのようなことがあってはなりません。しかし、私も心配して、いまパリに来ている幕府の使節に忠告しているのだが、彼らは参加について即答しかねると遁辞《とんじ》を弄《ろう》するのみか、私の言を聞こうともせず、銀行家のフリューリー・エラールやシーボルトに乗せられて、またも恥さらしな出品をしようとしております。五代さァ、ここはヨーロッパをよく知るご貴殿が、日本のために薩摩国が参加して出品するようとりはからってはいかがでしょう」

モンブランが万国博覧会の件でも接触をもっているという幕府の使節柴田剛中の一行は、同じこのホテルに宿泊しているという。

「ほう、このグラントテルに？　それは面白い」

才助は笑った。モンブランは、パリ万国博の件でも幕府と薩摩藩を秤《はかり》にかけて、薩摩藩を選ぼうとしている。

「白山伯さァ」

と才助はモンブラン伯爵の肩を叩《たた》かんばかりにいった。

「二年後のパリ万国博の話、俺《おい》の薩摩藩が乗いもンそ。フランス政府とのことはお前ンさァに任すっで、どげん薩摩藩が参加するっとがよかか、二人で相談しもンそ」

翌日の日曜日、パリ万国博の件を物産方家老の桂久武に報告する書状を認《したた》めた才助は、夕方、モンブランの招待でシャンゼリゼの高級レストランでフランス料理を馳走《ちそう》になり、パリ万博について話し合った後、モンブランの案内でメゾン・クローズの青楼に登楼した。

フランスの高級娼婦《しょうふ》を抱くのは初めてであった。若い小柄な美女で、才助はヨーロッパ行以来たまっていた精を思いのかぎり放出した。そして、男女の営みは万国共通だとの月並な感慨をもった。

その翌々日、ロンドンから松木弘安がパリにきて、ホテルを訪ねてきた。イギリスでは第二次ラッセル内閣が成立し、新外相に小英国主義者の最右翼といわれるクラレンドン伯爵がなったので、今後の交渉についての打合わせと才助のベルギーでの成果を聞きにきたのである。

その弘安は、才助がモンブラン伯爵とベルギー合弁商社設立の仮契約を結んだことに賛成して、こう力説した。

「わが国は、インドや清国が列強の餌食《えじき》になっているその轍《てつ》を決して踏むことがあっちゃなりもさぬ。わが国が現在の危機的状況を乗り切るには、列強以外の諸外国にも港を開き、貿易関係を結ぶことじゃ。ことにベルギー、ギリシャ、ポルトガル、デンマークなどのヨーロッパの小国が、弱肉強食の国際秩序の中で互いに助け合って無事独立を維持している点に、わが国はせっぺ（大いに）注目すべきでごわす」

「弘安さァもさようにお考えか。さすがじゃのう」

才助はパリ万国博覧会について弘安の意見を求め、薩摩藩参加の同意をえた。

この日の午後、モンブランがきて、彼の案内で弘安も同道して市内の諸施設を見学してまわった。

翌日もモンブランがホテルにきて、合弁商社の細部とパリ万国博参加について話し合い、日本学者のロニーもきて日本について談笑して帰ると、白川ケンが肥田浜五郎という青年をともなって訪ねてきた。肥田はオランダのハーグで学んでいた幕府留学生である。

数日後に松木はロンドンへ帰り、新納の病気も快方にむかって、それからほぼ一ヵ月のパリ滞在中、才助はほとんど毎日モンブランに会って合弁商社とパリ万国博参加について細部を打合わせた。これまでも感じていたが、白川ケンのフランス語の翻訳に信頼がおけないとわかったので、堀の英語通訳でそれを補い、いっそう細部を確定し、また訂正する必要があった。

才助は時折ケンへ小遣銭を渡したが、渡仏のころはモンブランの男色の相手だったらしい美青年の彼は、幕府使節に才助ら薩摩藩の情報をひそかにもらして小遣銭を稼いでいるらしい。それに気づかぬふりをして才助はケンから幕府側の情報を聞きとった。

おなじ豪華ホテルに滞在しながら、双方の使節団は顔を合わせないように避けていたが、たがいの動きはほぼわかっていて、幕府側はモンブランを嫌悪し、そのモンブランとパリ万国博覧会参加を企てている才助の薩摩藩を憎悪しているのが、才助には手にとるようにわかった。

才助は家老の桂久武への書簡で、

――勿論《もちろん》柴田は至極の俗物にて種々異説多く、幕府も斯様《かよう》な人物を欧羅巴に遣はすは、皇国の悪名にして、歎息に堪へ申さず候。

と書き送った。

その柴田剛中の随員の一人、岡田摂蔵が才助の部屋を訪ねてきた。長崎在勤であった岡田とは旧知の間柄である。

岡田は薩摩藩のパリ万国博参加にはふれずに、

「幕府の許しをえて渡欧せずに、かように密航しての渡欧は幕府へ異心ありとの疑念をもたれるではないか」

と才助を難詰した。

「異心などあろうはずがありもはん」

才助は笑ってそう答えてからいった。

「今日の日本は薄氷を踏むがごとき危機にあり、一日も待つわけにはいきもさぬ。幕府が速やかに奮発して、日本国もヨーロッパ各国の交り同様にならねばなりもはん。じゃっどん、おはんら幕吏のなすことを歎ずるあまり、物入りをもいとわず、かように遠く海を越えてまかりこしたのは、畢竟《ひっきょう》、日本国のためじゃ。日本のため即《すなわ》ち幕府のためではごわはんか。ただただ日本のヨーロッパに劣らざるようにとの志にて、幕府へ異心をはさみてのことには毛頭ありもはん」

しかし才助は幕府否定を強く志向して、合弁商社設立とパリ万国博参加の細部をつめていたのである。

才助は、桂への書簡でヨーロッパ諸国についてこう書き送った。

――「ヴエルギー」国府の形勢は、竜動府に比すれば三分の一位もあり申さず候へども、一体繁華美麗にして至らざるなし。海軍は英国に及ばずといへども、陸軍は英また及ばず。欧羅巴諸学問の開けたるは、仏国の右に出るものなし。

――一般欧羅巴の形勢、国政の大意と云ふものは、富国強兵の順序を相守り、詳《つまびらか》に出入を計りて事業に及す。国政公平にして貴賤を論ぜず、高論あれば即ちこれを用ひ、人を挙るに愛憎をもってせず、才力を論じて、各々《おのおの》その機をもって専任して仕ふ。

――その他の講学といへども、各随意の学校に学ぶ。又は貧人は貧院を立て養ひ、病院は病人を療治せしむ。捨子は養院に養ひ、馬鹿院・唖子院を立て、適宜至当の職業を教へ、罪人といへども無益に籠舎する事なく、その局中に放ちおきて各得意の職業をもって種々の製作をなさしむるの類、実に至らざるところなく、欧羅巴諸州において最も公平なる仁政は、第一英国、第二「ヴエルギー」国也。その他仏国、独逸列国、和蘭等は、公平の内にも国法と云へるありて、英、「ヴエルギー」国の如きにあらず。

さらに才助は筆をすすめる。

――英国はわが朝同様に孤島に候へども、富国強兵成りて地球上に横行し、英国の右に出るものなし。わが朝は人質驕慢《きようまん》にして地球上の広さを知らず、国内の動揺にむなしく歳月を費して、井中の蛙《かわず》、井口より蒼天《そうてん》を仰《あお》いで広しとするに似たり。

その後もモンブランの案内でパリ市内と近郊の産業諸施設やヴェルサイユ宮を見学し、ロニーの案内でオペラも楽しんだ才助は、パリ万国博の会場平面図を入手し、建設工事のはじまった現場を視察した。万国博の会場は、セーヌ川にかかるイエナ橋を渡った左岸、練兵場《シャン・ド・マルス》で、二十四年後の一八八九年のパリ万国博のときに建設されるエッフェル塔と陸軍士官学校との間の広大な敷地である。

パリ万国博のアジア担当のフランス人らとも会見した才助は、幕府とは別に「薩摩琉球国」としての「別区」に出品することをとり決めた。

こうして才助らの一行がモンブランと別れてパリを後にしたのは、十二月十九日であった。そしてドーヴァー海峡を越え、翌二十日の朝、ロンドンのケンジントン・ホテルにもどった。

才助は滞欧中、日記を欠かさなかったが、毎日の出費についても、たとえば、

——仏銀七拾五仏
右コント・デ・モンブラン煙草代として取替払。

——同三百仏
右白川健次郎遊学料の内として相払。

などと克明に誌していた。

ロンドンにもどった才助は、年が明けた一八六六年早々、通訳の堀ひとりを連れてふたたびパリに行き、モンブランと話をつめ、さらに新納を伴って三度パリを訪ねてモンブランとの商社契約を改定、モンブランへ軍艦・諸機械の購入、日本物産の輸出、飛脚船、鉄道、電信、動物園の開設を委許する契約を結び、パリ万国博についてはモンブランを薩摩琉球国の代理人とする仮契約を交わした。モンブランを通じてイギリスへ注文した軍艦は、アームストロング砲を搭載した一八五〇トンもの鉄製軍艦である。

こうして二月二十一日（邦暦十二月二十六日）、新納、才助、堀とホームの四人は、マル

セイユから帰国の途についた。

滞欧九ヵ月に及ぶ視察旅行であった。

慶応二（一八六六）年の元旦を地中海の英領マルタ島の港で迎えた才助は、めずらしく歌を詠《よ》んだ。

あらき瀬にながれながれし朽木にも
　時こそ来ぬれ花咲きにけり

船上での帰心矢のごとく、インド洋上では次のように詠んだ。

山を見ず鳥もかけざる海原に
　すぐる日月はつれなかりけり
海原や八重の塩風波まくら
　月を見る夜のわびしかりける

パリ万国博覧会

一

慶応二（一八六六）年三月十一日、五代才助と新納《にいろ》刑部《ぎょうぶ》、堀孝之の三名は、無事、鹿児島に帰着した。

才助はすでにロンドンから藩庁へ建言書を送っていたが、帰藩するとただちに改めて十八ヵ条にのぼる建言書を提出した。

一、北義国《ベルギー》和親条約の事
一、同国商社建営の事
一、鹿児島中貴賤《きせん》を論ぜず商社を開くべき事
一、諸大名同志合力して商社を開くべき事
一、商社合力あらずば鴻業《こうぎょう》立ちがたき事
一、我朝に於《お》ける貿易の事
一、独逸《ドイツ》列国に習ひ諸大名会盟すべき事

一、仏国展観所（パリ万国博覧会）出品の要用なる事
一、欧羅巴《ヨーロッパ》より土質学の達人を相雇ひ御領国中探索すべき事
このほか、「罪人の死罪を免じて諸職につかしむべき事」「印度人、支那人を雇ひ諸耕作をなさしむ事」などである。

ベルギーとの商社設立、パリ万国博参加の進言は直《ただ》ちに受け入れられ、才助は御納戸《おなんど》奉行格で御用人席外国掛を命ぜられて藩の枢機《すうき》に参画することになり、長崎在勤で藩の貿易、商社設立、パリ万国博の準備に奔走することになった。なお、新納は家老外国掛、堀は船奉行見習に任ぜられた。

「すこし肥えたか」

長崎の家にもどって久しぶりに見る広子は腰まわりに肉がつき、母親らしい躰《からだ》つきになったと才助は思った。ダイヤモンドの土産の髪飾りを髷《まげ》にさしてやると、パリ土産の人形を抱きしめてよろこんでいる三歳の治子と才助を交互に見つめて、黙っている。

「黙っちょわじ、いえ」

そう声をかけると、あふれた涙が一筋顔をつたい、広子は微笑《ほほえ》んだ。

「今度、ベルギーに行くときは、広子、お前《まい》も連れて行っで、治子もなァ」

「ええ、きっとですよ」

「大きな蒸気船で二ヵ月余もかかる。蒸気列車にも乗せてやるぞ」

才助は治子を抱きあげていった。

土産話はつきなかった。しかし、銅座町の藩邸へ出勤し、グラバーとも種々打合わせがある上に鹿児島と足しげく往復しなければならない才助は、広子たちと過す時間はあまりなかった。

グラバーは才助を南山手の一本松邸に招待し、丸山の芸妓《げいぎ》を呼んで帰朝の宴を張ってくれた。

長崎湾を一望に見おろす高台のグラバー邸の前庭に、商品見本をかねて上海からとり寄せた旧式なアームストロング砲を十門ばかり、立派な庭石と植木に配して据えつけ、南山手の居留地に近づくものを威嚇《いかく》するかのごときその擬似砲台を自慢するグラバーに、才助は、

（この男も大成功したものじゃ）

とよろこびながらも不快さをはじめて感じ、増長させぬよう警戒せねばと思った。その点、モンブラン伯爵を重用したことは、間違ってはいなかった。

「グラバーどん、お前ンさァ、俺《おい》の滞欧中、藩侯に呼ばれて鹿児島《かごんま》を訪れたそうじゃのう」

「はい、栄誉なことでした。今年二月十日、グラバー商会のオテントサマ号で、初めて鹿児島を訪問しました。港につくと祝砲を撃ってくれましたので、私のオテントサマ号も四門大砲をつんでいましたから四発の答礼砲を放ちました」

「そいや、豪勢なことでごわしたなぁ」

藩主島津忠義から「遠路大儀」との謝辞をじきじきにうけたグラバーは、オールコック公使の後任として昨年閏《うるう》五月に上海領事から日本に着任したイギリス公使ハリー・パークスに鹿児島への正式招待の藩意を伝えるよう頼まれ、大変なもてなしを受け、島津家の公子二人の長崎見学まで依頼されてオテントサマ号で長崎にもどったという。

「ところで、俺が滞欧中に振り出した金券では、大層世話になりもした」

才助は改まって礼をいった。才助が振り出しホームが裏書きした金券は、しめて十六万ドルを超え、それをロンドンのジャーデン・マセソン商会が手数料三パーセントで割引き、つぎつぎにグラバーのもとに送られてきたが、薩摩藩の精算は順調ではなかった。しかし、グラバーは、ジャーデン・マセソン商会の不満をとりなしたばかりか、薩摩藩へかなりの融資をしていた。

もっとも、グラバーが薩摩藩から莫大《ばくだい》な利益をえていることを才助はよく知っている。例えば、昨年慶応元年の十ヵ月間に限ってさえ、薩摩藩の艦船購入三十七万九千ドルの半分以上にあたる二十万ドルがグラバーの扱いであった。さらに今年一月に薩長軍事同盟がなった直後、小型砲艦二隻をイギリスで新造する商議がすすんでいた。

芸妓たちを帰し、グラバーと二人きりになってから、才助はモンブラン伯爵との合弁商社とパリ万国博覧会についてグラバーの協力を求めた。

「そのことなら考えております」

グラバーは滞欧中のホームから逐一報告を受けていただけでなく、長崎にもどったホー

ムから詳しく聞きとっていて、

「パリ万国博覧会の出品には大いに協力いたしましょう」

といったが、ベルギーとの合弁商社については言葉を濁した。そして、

「そのモンブランというフランス国籍のベルギー貴族、私はどうも気に入りませんな」

と不快な表情をあらわにした。そのような表情を才助に見せるのは初めてのことだ。

才助らの訪英ミッションを成功させたグラバーは、才助のモンブランへの傾斜ぶりが気に入らず、ベルギー貴族に商圏を荒らされるとみたのである。が、それを予期してもいた才助は、

「なあ、グラバーどん、モンブラン伯はおはんの商売敵《がたき》になるかもしれんどん、それも面白かではごわはんか。おはんも、幕府からアームストロング砲を三十五門も注文を受けたちゆうでなあ」

といった。

才助らが昨年イギリスに出発した直後、幕府からアームストロング砲の大量注文を受けたグラバーが、ジャーデン・マセソン商会と利益折半の契約でアームストロング社へ注文書を送っていたのを、才助は知っていた。

その内容は、七〇ポンド前装式施条砲十五門や一二ポンド後装式施条砲二十門とそれらに用いる砲弾四万八千発などで、総額十八万ドルにのぼる。幕府は薩摩藩と密接な関係にあるグラバーに注文して、薩摩藩との仲をさく意図があったのであろうが、グラバーは利

益のために注文をうけ、イギリス政府のアームストロング砲輸出禁止が解除されると見て発注したのであろう。しかし、この品は二年もたってようやく到着するのである。

グラバーは、幕府寄りになることを恐れ、薩摩藩の艦船の修理にあたる修船所の造営を計画し、幕府の勘定奉行小栗上野介忠順《こうずけのすけただまさ》がフランスと提携して造営中の横須賀製鉄所（造船所）に対抗して、イギリス資本の導入を薩摩藩に提案していた。また、奄美大島に製糖工場などを造営して貿易港として開港する計画「オオシマ・スキーム」もすすめていた。（グラバーにあまり力をもたせることは、好ましくない）

藩内のその懸念は才助ばかりのものではなかったが、才助はグラバーの一層の協力を必要としつつも、牽制《けんせい》して、モンブランの存在を利用しようとしていた。

一方、長州藩と軍事同盟を結んだ薩摩藩は、幕府の第二次長州征伐の出兵要請を拒否した。長州藩は幕府への断固抗戦の姿勢をくずさず、才助の留守中にグラバー邸にかくまわれていた、胸の病《やまい》のすすむ高杉晋作は、開戦近しとみてグラバー商会のオテントサマ号の後日購入を一存で決めて、同船で帰藩して行ったという。

長州藩再征の戦雲が急を告げていた五月二十六日、イギリスの支那方面艦隊司令長官ジョージ・キングが戦艦プリンセス・ロイアル号の蒸気をあげて長崎港に入港した翌日、パークス公使夫妻の乗船するサラミス号が僚艦をともなって横浜から入港した。パークスの接待費として約三万両を計上した薩摩藩は、正式な招待状をたずさえた使者として家老となった新納刑部を長崎に送り込み、パークスに手渡した。

六月七日、ついに幕長開戦。「まわりの者を押しのけて一生を送る」と評されるパークスは、これを無視するかのように、キング提督に鹿児島への先行を命じ、グラバー、新納、通訳の堀、シーボルト・ジュニアが同行して旗艦プリンセス・ロイアル号が鹿児島へむかい、翌日、才助の見送る中、パークスと夫人も快速艦サラミス号で長崎を出港してあとを追い、一行が鹿児島湾に到着したのは六月十六日であった。

薩英戦争で砲火をまじえたイギリスの公使が薩摩藩から正式に招待されて鹿児島を訪問し、歓待をうけたのである。磯別邸で迎えたのは、藩主忠義、後見役久光、筆頭家老小松帯刀《たてわき》、新納、西郷、大久保らで、会談は上首尾に終わった。

フランスと提携する幕府に対抗して薩摩藩が強く望み、グラバーが仕組んだパークスの鹿児島訪問は、薩摩藩とイギリスの連携を強いものにしただけでなく、パークスが薩摩藩の連合政権構想に理解をしめしたことによって、反幕の色合い濃いものになった。

そのわずか三週間前にイギリスから帰国して御船奉行開成所教授に任命された松木弘安が接待役となり、会談にも同席し、パークスが提案した江戸在勤の薩英間の連絡係に選ばれたのは当然であったが、接待役にも選ばれなかった才助は、自分が遠ざけられているのを感じた。

一方、幕長戦は、幕府を援助するフランス公使ロッシュと薩摩を訪問して連合政権を認めたパークスとの虚々実々のかけひきのうち、開戦五日目に高杉晋作が指揮する丙寅丸《へいいんまる》(グラバー商会から購入のオテントサマ号)が幕府軍艦を駆逐し、奇兵隊が幕府軍を撃退したのを皮切りに、長州軍が幕軍本営の小倉城を落城させて、長州藩の勝利に終わった。

パークス訪薩によって藩がイギリスとの連携をいっそう強めた中で、ベルギーとの合弁商社の実現がすぐには困難とみた才助は、長州藩との商社計画を早急にすすめることにした。薩長両藩の軍事同盟にもとづく、幕長戦争で経済的苦境にある長州藩への支援であると同時に、両藩財政の利益獲得策である。

才助はまず薩摩藩の商人に馬関（下関）の豪商白石正一郎と薩長商社計画を内々につめさせた上で、十月十一日、馬関にいた高杉晋作を訪ねて、商社計画の内容を打ちあけた。

晋作とは上海以来の四年ぶりの再会である。痩《や》せて咳《せき》をする晋作は、宿病がすすんでいたが、列強四国連合艦隊と戦って惨敗を喫し、対幕戦ではめざましい戦いぶりをして長州藩を勝利にみちびいた漢《おとこ》の眼光はむしろおだやかであった。

「五代どん」

晋作は上海渡航のときのようにそう親しく呼びかけて、開口一番こういった。

「大勢の留学生をひきつれてイギリスに渡航し、ヨーロッパを視察してきた貴公が実に羨《うらや》ましいのう」

海外留学を強く希望していた晋作は、自分の健康では果せないと諦《あきら》め、グラバーに頼んで従弟《いとこ》の南真助をロンドン大学へ留学させていたのである。

ついでながら、幕府が海外渡航禁制を突然に解除したのは、この年四月七日であった。

才助は晋作へヨーロッパ諸国の経済について話してから、本題に入った。

「こん薩長商社は、両藩が協力して利益をあげるのが眼目じゃ。まず薩摩藩の蒸気船開聞《かいもん》丸《まる》に米穀を積み込み、長崎・馬関・兵庫・大坂その他の各地に回航して利益をあげる。馬関の差し止めが物価の変動を引きおこすによって、その機に乗じての利益獲得が方策の根幹でごわす」

「馬関の差し止め。なるほど。馬関海峡が海運流通の首根っこをおさえておる、というわけか」

さすが晋作はわかりが早い。

「左様。蝦夷《えぞ》地《ち》から大坂への北前船もしかり。貴藩の馬関で通船する船を差し止めて積荷を買い上げ、物価を変動させて、薩長両藩の蒸気船で大坂へ諸物資を運送すれば、莫大な利益をあげることができもンそ。それには長州藩の協力が不可欠。ただし、薩長両藩の国名はおもてに出さず、商社の名義でおこなうことが幕府の手前、肝要でごわす」

「しかし、薩長両藩の船ということになれば、両藩へ苦情がくるじゃろうに」

「蒸気船には薩摩の旗を立てて、苦情は薩摩が引きうけもンそ。じゃっどん、損益は折半じゃ」

「さすが五代どんじゃのう。武士とは思えぬ商才じゃ。亀山社中の坂本君も貴公には及ばんなァ」

余談ながら、才助発案のこの薩長商社計画に坂本龍馬が関与したとの説があるが、その事実はないようである。

才助は晋作の賛成をえて、長州藩の重役木戸孝允《たかよし》（昨年、木戸姓に改めた桂小五郎）に会いたい旨を伝え、三日後の十四日、広沢兵助（真臣《さねおみ》）をともなって馬関にきた木戸と会談し、六ヵ条の「商社示談箇条書」を示して、賛同をえた。

一方、パリ万国博の準備の方は出品物の内二百八十箱が十月十一日に長崎からグラバー商会の船で積出されて、大詰めに近づいていた。この月、パリから白川健次郎がモンブランの使いで来日してパリでの準備状況を報告し、長崎と鹿児島に滞在して日本での準備に参加した。

第二回パリ万国博覧会は、来年一八六七年四月一日から十一月三日まで開催される。日本の参加は、幕府以外では薩摩藩のほかに佐賀藩も表明していた。第二次長州征伐が失敗に終わった幕府は、慌てて準備を急いでいるという。そうした状況の中、白川がもたらしたモンブランの提案の一つは幕府へ明らかになれば大きな衝撃をあたえるものであった。

――薩摩藩は「薩摩琉球国」として出品し、薩摩藩主が琉球国王であることを表す手段として勲章を作製して、ナポレオン三世以下の要路の大官、万国博の首脳部のメンバーに贈り、薩摩琉球国が幕府とは異なる独立国であることを世界に印象づける。

そのねらいにもとづいてモンブランがパリの勲章製造者に描かせた図案を白川が持参してきた。それは、フランス最高のレジョン・ドヌール勲章をかたどり、五条の星の周囲に「薩摩琉球国」の五文字を入れ、星の中央に薩摩藩主島津侯の定紋、すなわち丸に十字の家紋をつけた勲章である。

「勲章崇拝のフランス人の心理に訴えた、白山伯ならではの、余人には思いもつかぬ妙案でございます」

白川は自信満々に説明した。

才助は即座に同意し、家老小松帯刀、新納刑部、そしてパリ万国博の全権使節に内定している家老の岩下左次右衛門の承認を内々にえて、ただちに製造するようモンブランへ返事を書き送った。また、才助と新納がモンブランと締結した「商社設立仮契約」を本契約とすることもようやく決まった。

こうして十一月十日、岩下全権使節がモンブランへのパリ万博全権委任状などをたずさえ、残りの出品物を積んで、イギリス船イースタン・クイーン号で鹿児島港を出港した。同行したのは、側役格《そばやくかく》の市来《いちき》政清、博覧会担当の野村宗七《そうしち》ら藩士四名のほかに岩下の長男で留学生の長十郎、通訳の堀と白川、大工、それにグラバー商会のホームとハリソンの十一名であった。副役として同行してしかるべき才助は選ばれなかった。

(ベルギー商社設立とパリ万国博の薩摩藩出品が成功すればよか)

パークス訪薩のとき同様に一抹の寂しさを味わいながらも、才助は長崎にあって使節一行の任務の成功を祈った。

その才助へ、月末、残念な知らせが入った。鹿児島を訪問した長州藩の木戸が、薩長商社の眼目とした「馬関の差し止め」を拒否する長州藩主の意向を伝えた。せっかくの薩長商社計画の挫折《ざせつ》を余儀なくされた才助は、パリ万国博の成功とベルギー合弁商社設立にいっそう期待して年の瀬を迎えた。

二

年が明けた慶応三年一月二日（一八六七年二月六日）、岩下左次右衛門を全権使節とする薩摩藩の一行と残りの万国博出品物はマルセーユに到着した。二日後の洋暦二月八日、一行はパリに着き、才助ら同様にキャプシーヌ街の豪華ホテル、グラントテルに入った。フランスの新聞は一行のマルセーユ到着を速報し、八日付の『ラ・リベルテ』紙は次のように報じた。

――今朝、グラントテルに到着した日本人は、日本国王・琉球国王陛下の使節で、イワシタとその子息、書記官シラカワ、イワセ、ノムラ、シブヤ、ミノタら士官と召使二名である。

滞欧中の才助と新納は「薩摩・大隅・日向三ヵ国の太守兼琉球国の領主」の全権と海軍指揮役と称していたが、岩下も「薩摩の太守兼琉球国の全権使節」あるいは「大使《アンバサドゥール》」と名乗っていて、モンブランは万国博の書類やパヴィリオンの配置図などに「Principauté de Satsouma（薩摩公国）」「Principauté de Liou-Kiou（琉球公国）」などと書き、いち早く日本から到着した岩下使節団をパリの新聞は「日本国王・琉球国王陛下の使節」と報じたのである。

出品準備と使節派遣の遅れた幕府が、出品物と担当の幕吏、商人、芸妓らをフランス船アゾフ号で品川沖を出航させたのは、薩摩の使節団が鹿児島を出航した十四日後で、まだパリに到着しておらず、全権使節団に至っては、出発の挨拶《あいさつ》まわりをしている段階で、横浜出航はこの日の七日後、邦暦一月十一日（洋暦二月十五日）であり、パリ到着は二ヵ月と三日後、万国博開会式の十日後である。

パリの新聞と市民が、岩下の一行を日本の代表と思ったのは、むしろ当然のことといってよく、策士モンブラン伯爵のねらいでもあった。

モンブランは、パリ万国博という世界の檜舞台《ひのきぶたい》で、幕府と薩摩藩を対決させ、薩摩藩に決定的勝利を収めさせる方法を考え実行していた。勲章の製作もその一つなら、『ラ・リベルテ』『ル・タン』『フィガロ』などの有力紙の記事に絶えずニュースを流す、今日でいうマスコミ対策もぬかりはなかった。

岩下は準備で大わらわの万博会場を視察すると、薩摩藩の展示と博覧会当局者との事務折衝の一切を薩摩藩代理人に任命したモンブランに任せて、モンブランと商社設立契約本調印のための交渉に入った。

しかし、この交渉ははかばかしく進展しなかった。理由はいくつかあった。

（このフランス人気取りのベルギー貴族、どうも虫が好かぬ）

江戸藩邸の留守居役としてパークスの訪薩に一役かった練達の家老も、どこか厚かましく、やり手のモンブランに好感がもてなかった。以前、モンブランに会った幕府の使節から、山師のような男だとの噂《うわさ》も耳にしていた。実際に会って、なぜ五代才助はこのような男と重大な商社契約を結んできたのかとの疑問が強いものになった。もともと岩下はイギリスと親密になっている薩摩藩がベルギーと商社を設立すべきでないとの考えをいだいていた家老である。才助のようにヨーロッパをつぶさに見聞し、時代の数歩先を見通して商社設立を計画し、そのために海千山千でもあるモンブランの協力をえようとしている男ではなく、お家第一とする能吏であった。

ロンドンに残った薩摩留学生のうち、ロンドン大学を退学してパリにきてモンブランの屋敷に寄宿して勉学をつづけている二人の留学生、中村崇見と田中静洲から聞きとったモンブランの人物評も好感のもてるものではなかった。

交渉中、モンブランは、小銃五千挺《ちょう》、大砲二十門と軍服の売込みをし、さらに仏式軍制の採用とそれに伴う軍事教官の傭聘《ようへい》までも提案した。

（なにを馬鹿なことをぬかすか）

フランスの援助はロッシュを通じて幕府がうけており、反幕の立場をとる薩摩は対英親善の政策上からも、とうてい受け入れられない提案である。

岩下はこの提案を拒絶し、モンブランとの商社設立交渉を打ち切ることにした。

同行したグラバー商会のホームとハリソンが、グラバーの意をうけて交渉を中止へみちびきもした。

幕府の勘定奉行小栗上野介忠順《こうずけのすけただまさ》が、日仏商社の設立計画をすすめているというのに、才助の立案した日白商社計画はついえようとしていた。

さて、パリ万国博覧会である。

マロニエとプラタナスの芽吹きが美しい四月一日、セーヌ河畔の万国博会場に、皇帝ナポレオン三世と皇妃ウージェニーを迎えて、開会式が華々しく催された。この日、会場ちかくのオルセー河岸には、数万の市民が盛儀を見ようとひしめきあった。

二千万フランを投じた万国博会場は、セーヌ川にかかるイエナ橋を渡った正面の、四〇ヘクタールに及ぶ練兵場《シャン・ド・マルス》で、この中央に間口三七〇メートル、奥行四八二メートルの楕円《だえん》形《けい》をした巨大な産業宮Palais de l'Industrieが建築され、ここがメイン会場である。中心部に大地球儀をいただくドーム屋根と大時計をとりつけた造幣局パヴィリオンを中心とした中央庭園。その周囲に建つ七層の屋根をもつ楕円形の広大な建物の中に、内側から労働の歴史博物館、美術ギャラリー、教養ギャラリー、家具ギャラリー、衣装ギャラリー、原料ギャラリー、機械ギャラリーが同心円状に配置され、これらに直角に横断して各国の展示区画があり、その展示区画にほぼ対応して、レストラン、喫茶店が産業宮の外周に建ちならぶ。そして、巨大な産業宮の外の三角形の各隅に、アジア・アフリカ・パヴィリオン、ヨーロッパ・パヴィリオン、フランス・パヴィリオンとフランス農業展示の庭園があって、あたかも地球上の世界を方形の敷地のシャン・ド・マルスに描いたような設計である。

日本は産業宮内の機械ギャラリーの、幕府と薩摩・琉球の二棟に一般展示品が、美術ギャラリーに絵画などの工芸品が展示され、屋外に日本茶屋などを設けた。

薩摩藩からの出品物は、武具、等身大の乗馬武者人形、楽器、刊本、農具と漆器・陶器・絵画・茶器などの美術工芸品で、琉球からは特産の白・黒砂糖、反物、泡盛酒などで、総数百二十八品目である。

パイプオルガンのフランス国歌演奏と同時に機械ギャラリーの機械が動き出し、会場の一段高い席からナポレオン三世が開会を宣した開会式の日本代表の席には、「薩州侯兼琉球王大使《アンバサドゥール》」として出席した黒紋付羽織袴《はかま》に大小を帯びた岩下左次右衛門とその一行のほかには、モンブラン伯爵と万国博幕府代理人エラールの姿しかなかった。

岩下は、この開会式でフランス皇帝以下参列のフランス及び各国の高官と万国博関係者の幹部に、モンブランが製作した「薩摩琉球国」勲章を贈呈した。そして展示場をざっと一覧し、薩摩藩の展示に満足してホテルに引きあげた。

レジョン・ドヌール勲章をかたどり、銅色の星に「薩摩琉球国」の金文字と中央に丸に十字の轡《くつわ》の家紋をあしらった東洋の神秘あふれる勲章は、「クロア・ド・サツマ（薩摩の十字勲章）」と呼ばれて、モンブランのねらい通り大きな話題になった。

一方の幕府である。

昨年十二月に十五代将軍となった徳川慶喜《よしのぶ》の名代として異母弟の徳川昭武《あきたけ》――十五歳の少年を親善大使とする幕府の使節団が、ようやくマルセーユに到着したのは、開会式の二日後の四月三日である。随行者は、外国奉行の向山隼人正《はやとのしょう》、支配組頭の田辺太一以下通辞をふくめて三十一名で、会計・書記にのちの渋沢栄一がくわわっていた。案内兼通訳官としてシーボルト・ジュニア。向山は初代駐仏公使である。

一行はマルセーユに着くと幕府代理人のエラールやフランス外務省職員の出迎えをうけ、薩摩藩が万博会場に「薩摩琉球国」の掲額と島津家の紋章旗をかかげて一棟を設けて出品しているばかりか、開会式に「薩州侯・琉球王の大使」として日本を代表して出席し、勲章まで配ったことをきかされて、のけぞるほどに驚愕《きょうがく》した。

しかし、昭武一行はツーロン港を訪問したり、マルセーユの練兵場で観兵式に出席したり、途中のリオンに一泊したりして、パリのグラントテルに着いたのは四月十一日である。

向山は同じホテルに滞在する薩摩藩の代表岩下へ強硬に談判せねばと憤りながらも、皇帝へ国書と信任状の奉呈や外務省への挨拶などの公務に忙殺されて数日を過した。すると、モンブラン伯爵が「薩摩琉球王代表」の肩書きの名刺をもって向山に面会を求めてきた。

しかし、向山は外出していて会えず、翌日、またもやってきたモンブランに、ちょうど来あわせていたエラールを立ち会い人として初めて会った。

薩摩藩から一切をまかされて万国博の出展を準備し、ねらい通りに評判を呼んでいる自信を全身にみなぎらせたモンブラン伯爵は、むしろ慇懃《いんぎん》に名刺をさし出し、才助へしたようには日本語の侍言葉で挨拶はせず、フランス語で来意をのべ、すべてフランス語で通し、同伴した白川に通訳させた。

「タイクンの名代である公子ご一行を、マルセーユにお出迎えできず、大変に失礼したと、モンブラン伯爵は申しております」

その挨拶は無用だと向山が答えると、

「それにしても、パリご到着が開会式十日後とは遅いご到着。心配いたしました」

とモンブランは憂い顔さえつくろってみせた。

むっとして向山は声を荒らげ、まず名刺の肩書きについて難詰した。

「この名刺には〈薩摩琉球王代表〉とござるが、薩摩琉球王なる王はござらぬ。薩摩は幕府の支配下にある一藩にして、島津侯はその藩主にすぎぬ。また、琉球は薩摩の支配下にある島々にすぎず、従って薩摩琉球国なる国もござらぬ。しかるに、ご貴殿はフランス人の分際で、なにゆえ薩摩琉球王の代表を名乗られておるのか、しかとご返答いただきたい」

同行の幕府仏語通辞、山内文次郎がフランス語に通訳した。それを白川が補足して何やらモンブランの耳もとへささやく。

モンブランは鷹揚《おうよう》にうなずいていった。

「異なことをうけたまわる。琉球は独立国にて琉球王がおられる。清国と古くから国交があり、また薩摩侯を通じて日本の幕府とも誼《よしみ》を通じているのではございませぬか。私は薩摩侯より琉球王のご意向をきいて、薩摩・琉球両国の全権代理人を薩摩侯より任ぜられた者です。お疑いなれば、このホテルにご滞在の、薩摩侯の全権大使岩下左次右衛門殿にお確めいただきたい」

琉球が独立国であることについては、向山も認めざるをえなかった。幕府は琉球が薩摩の支配下にあることを認めながら、清国や列強の手前、琉球を独立国として認めているのである。

モンブラン伯爵は、自分の資格は島津侯から委任された正当なものだと主張し、勲章についての向山の抗議さえ鼻先であしらい、むしろ立腹した様子で帰って行った。

同席したエラールもモンブランにしてやられたという思いで、

「これはレセップ男爵に中に入ってもらって、話をつけるほかはありませんな」

といった。

ジャン・ド・レセップ男爵は、日本出品物総監督官の地位にある万国博委員である。

三

幕府と薩摩藩との調停を依頼されたレセップ男爵は、すでに万国博覧会が開催されているので早急に解決すべく、次の日曜日、四月二十一日、双方をモンタイニュ街の自邸に招いた。

薩摩側の出席者は、岩下左次右衛門と側役格の市来政清、モンブラン伯爵と通辞の白川健次郎の四名。幕府側は、向山隼人正のかわりに外国奉行支配組頭の田辺太一と通辞の山内文次郎の二名。レセップ男爵に調停を依頼したエラールはなぜか出席せず、フランス側から裁定役兼調停役のレセップ男爵と外務省万国博担当官レオン・ドナの二名が出席した。

岩下と市来は黒紋付羽織袴に大小をたずさえていたが、田辺と山内は俄《にわ》か仕込みの洋装である。

　幕府代表である田辺へ岩下は実に丁寧に挨拶した。

「民部様ご一行のパリご到着のことは、風聞にて承知しておりましたが、なにぶんにも土地不案内につき伺候《しこう》できず、誠に申しわけなく存じ奉ります」

　おなじホテルの滞在なのだから、この挨拶は慇懃《いんぎん》無礼といっていい。

　レセップ男爵はなごやかな雰囲気で調停したいと思って、晩餐《ばんさん》の席をもうけていたので、双方の挨拶がすむと、給仕にシャンパンの栓を抜かせた。

　すすめられてはじめてシャンパンを口にした田辺は、まず、薩摩藩が幕府の許しなく博覧会の参加を決めて準備し、幕府への届出が遅かったことを質《ただ》した。すると老練の岩下は身をすぼめんばかりに恐縮して、

「当博覧会についてのお触れを江戸留守居役が頂戴《ちょうだい》したはずでございますが、なにぶんにも薩摩は遠隔の地でございますれば、お届けが遅延いたしましたこと、誠に恐れ入る次第でございます」

　と丁重に詫《わ》びてから言葉をついだ。

「博覧会出品の件につきましては、わが藩侯松平修理《しゅり》太夫（島津忠義）がこれなるモンブラン伯爵に一切を委任してすすめてまいりましたことゆえ、拙者は何も知らず、直接モンブラン伯爵とご協議たまわらばありがたく存じます。われらはこの席に出てまいりましたなれど、恥ずかしながら外国語がまったく理解できませんので、詳しいことがわかりかね

ます」

レセップ男爵がモンブランの資格を正当なものだと認めると、岩下はレセップ男爵にむかって、せっかく晩餐の席をもうけていただいたが、すべてをモンブランに任せて自分はこれにて辞去すると、その失礼をこれまた丁重にわびて、市来をつれて早々に帰ってしまった。

田辺はしかたなく、まずレセップ男爵へ、幕府、薩摩藩、琉球の関係を縷々《るる》と述べ立てた。しかし、山内のフランス語の通辞では的確につたわらず、しばらく根気よく聞いていたレセップ男爵は、困惑の表情をうかべて、

「そのような経緯《いきさつ》は、あなたの国の国内問題にすぎないのではありませんか」

とこの話題を打ちきり、外国人へいいきかせる教訓的な口調でいった。

「万国博覧会の趣意は、いずこの国、いかなる民族でも、出品を希望するものを等しく受け入れ、この地球上の文明とその産物を世界中の人びとにより広く知らしめ、人類の発展に寄与することです。モンブラン伯爵の資格はまったく正当ですから、万国博の趣意にそって交渉に入って下さい。まあ、シャンパンを飲みながら、なごやかにやりましょう」

またもシャンパンをすすめられて、田辺は慌てて一杯目を飲みほし、二杯目にも口をつけてから本題に入った。

田辺が問題にしたのは第一に、日本の代表は幕府であるのに、別棟を設けた薩摩藩の展示場に「薩摩琉球国」と大書した掲額をかかげて、あたかも幕府とは別の国の印象をあた

えていること。ちなみに佐賀藩も申し出て出品していたが、幕府の棟の隅を借りていたのである。第二に、「日本」という文字がなく、「丸に十字」の島津家の家紋をかかげていること。第三に、出品目録に「琉球王陛下松平修理太夫茂久《もちひさ》」と記してあること。そして第四に、四月一日の開会式に薩摩藩の代表が「薩州侯兼琉球王大使」として参列したばかりか「薩摩琉球国」の勲章を配布したこと。これらを、きびしく糾弾して一段と声を荒らげて念をおした。

「日本国の代表は徳川幕府でござる。一大名にすぎぬ薩摩ごときが国を名乗り王を名乗るとは、もっての外《ほか》でござる」

これに対してモンブラン伯爵は、不敵な笑みさえ浮かべて、弁舌さわやかにすべて正当であることを主張し、これを白川が通訳し、山内もまた首をかしげながら田辺に通訳したが、いずれも訳語に的確さを欠き、双方のいい分に齟齬《そご》が生じて、自信満々のモンブランの弁舌ばかりが際立ち、容易に話がすすまない。

レセップ男爵からシャンパンをすすめられるたびに、断わっては日本武士として礼を失すると思ってしきりに杯をかさねた田辺は、酔った気負いの、赤ら顔の濁《だ》み声で、会場の掲額と旗について提案した。

「どうあっても『薩摩琉球国』の五文字と『丸に十字』の紋章旗はとりのぞいて下され。そのかわりに『日章旗』をかかげて、『松平修理太夫』の名で出品していただきたい」

幕府に願い出て商人でただひとり参加していた江戸日本橋の瑞穂《みずほ》屋卯三郎は、その名で出品していたのである。

モンブランは薄ら笑うと居丈高になり、

「薩摩は独立国ですから、大君《タイクン》の支配はうけません」

ときっぱりと断わり、

「『日章旗』をかかげることは承知いたしましょう。しかし、『薩摩太守の政府《グウヴエルヌマン》』の出品ということでなければ承服できませんな」

と答えた。そこで外務省のドナも意見を述べ、協議をかさねてようやく次のように結着した。

双方、「日章旗」の下に「Japon」として、
幕府は「Gouvernement de Taikoun（大君政府）」

薩摩藩は「Gouvernement de Taischiou de Satsouma（薩摩太守政府）」

そして、幕府は葵巴《あおいともえ》の紋章、薩摩は丸に十字の轡《くつわ》の紋章を用いる。

通辞の山内がどのように通訳したか明らかでないが、生まれてはじめて味わうシャンパンを飲みすぎた田辺は、にわかに酩酊《めいてい》した頭で「グウベェルヌマン（Gouvernement）」というフランス語を「政府」という重い意味に解さず、双方が「Japon（日本）」として「大君」と「薩摩太守」で出品するならよいと判断した。そして、同じ日章旗の下に「大君政府」と「太守政府」が別々に出品することがどのような結果を招くか、考えが及ばなかった。

モンブラン伯爵は、内心ほくそえんだ。そして会議終了後、前もって近くに集めておいた新聞記者たちに、協議の内容と様子を自分に有利なようにおもしろおかしく話した。

翌朝の各紙は、次のような論調の記事をいっせいに掲載した。

――日本はプロシアのように連邦制をとっており、大君はその中の有力な一王侯にすぎず、薩摩太守そのほかの諸大名は独立した領主である。したがって、大君といえども他の太守と同格なのである。

諷刺《ふうし》色の強い『フィガロ』紙などは、

――東洋の田舎者が、花のパリでシャンパンに酔って、愚かなことをしでかした。

と書き立てた。

これらの新聞記事に狼狽《ろうばい》した田辺は、反論を仏語訳させ、各新聞社に送ったが、掲載されることはなかった。そして翌日、ナポレオン三世が視察に訪れたその日から、協議通りに日章旗を掲げた二つの展示場を見た人々は、新聞が報じるごとく、日本には「タイクン政府」と「サツマ・タイシュ政府」の二つが存在するのだと信じた。

幕府のパリ万国博参加のねらいは、幕府の主権を世界に知らしむることであったから、幕府と同等の存在を示す薩摩藩をとうてい許せるものではなかった。そのため、やがて田辺と向山公使は問責され、帰国を命ぜられるのである。

世界中が注目するパリ万国博覧会という国際舞台で、才助らが構想するドイツ連邦のような連合政権を世界中に印象づけ、幕府と同等の政府としての存在を誇示した薩摩藩の代

表、岩下左次右衛門は、

――モンブランめ、嫌な奴だがようやってくれたわい。

とほくそえみ、傲岸不遜《ごうがんふそん》なほどにやり手であるモンブラン伯爵をさらに利用しつつ、幕府使節団の通訳官の一人であるシーボルト・ジュニアからの情報をえて、幕府とフランスとの接近阻止をねらう老練ぶりを発揮した。

父親の方は昨年十月にミュンヘンで急死したが、日本のイギリス公使館で通訳官をしていた長男のアレキサンダー・シーボルトは、フランス語も堪能だったので幕府使節団の通訳官の一人としてパリに来ていて、ロンドンのイギリス外務次官エドモンド・ハモンドに宛《あ》てて、幕府使節団の動きを逐一報告していた。その中には、モンブラン伯爵と向山や田辺との万国博についてのやりとりも含まれていたが、最も重大な報告は次のことであった。

――もし日本へのフランスの借款と日仏合弁商社設立が成功すれば、イギリスに有害な結果となります。

フランスの借款とは、幕府が六百万ドルもの資金をフランス政府から借りる計画のことである。六百万ドルは四百五十万両に相当し、幕府の年間予算のほぼ半分にあたる。

幕府の近代化の陣頭指揮をとる勘定奉行小栗上野介は、横須賀製鉄所の建設費にフランスから二百四十万ドルを借款していたが、二度にわたる長州征伐の戦費などで赤字財政がふくらみ、薩長両藩に対抗して戦艦その他の武器を購入すべく、幕府支援のフランス公使ロッシュを通じてフランス銀行と六百万ドル借款の仮契約を結んでいたのである。そして、フランスとの貿易商社の設立計画をすすめていた。この商社は、フランスの求める対日貿易の独占、とくに生糸貿易の独占を許すものであった。

　このことをイギリス外務省に知らせたシーボルト・ジュニアは、幕府使節団に傭《やと》われていながら、イギリスのスパイであったといっていい。その情報を、パリにいる岩下もまたえていたのである。

　パリ万国博たけなわの五月一日、幕府使節団が六百万ドルの借款を見込んで購入した七十万ドル分の武器を積んだ船が、マルセーユから横浜にむけて出航したのを、岩下は知った。大砲百門、銃一万挺、フランス式軍服二万五千着などである。

――これ以上の武器購入を許してはならぬ。それには六百万ドルの借款を潰《つぶ》すことだが、潰すにはこのパリで幕府の信用を失墜させることである。

　フランスの銀行が大金を貸出すには、それに見合う信用がなければならない。すでに万国博で幕府は日本を代表する唯一の政府であるとの信用を失っていたが、岩下はさらにモンブランをけしかけるようにして待った。

　薩長両藩へ討幕の密勅がくだる数ヵ月前のこのとき、世界が注目する花のパリの檜舞台で薩摩藩と幕府は、相手の権威と信用を失墜させるべく火花を散らしていたのである。そして、軍配は薩摩藩に上がった。

　その後も各新聞は、Gouvernement de Yeddo（江戸政府）とGouvernement de Satsouma（薩摩政府）の大見出しで、日本館の紹介をした。

もっとも、才助が振り出した手形の決済を藩がとどこおらせていたために岩下はロンドンのジャーデン・マセソン商会から援助の打切りを宣告されて、パリ滞在費と在英留学生の学費不足を補うために、モンブラン伯爵に三万ポンドの借金を仰がねばならなかった。モンブランの働きに加えてその負い目もあって、岩下はモンブランを藩の政治経済顧問として迎える約束をした。そして、下僚の渋谷彦助と蓑田《みのた》新平を報告のために先に日本へ帰すと、幕府へのフランスの借款が潰れると見通しのついた七月、万国博の会期中にもかかわらず、モンブラン伯爵をともなってパリを発《た》ち、ロンドン経由で帰国の途についた。

後に残った幕府の使節団が幕府へ次のような報告をしなければならなかったのは、博覧会の会期が終わりに近づいた十月である。

——六百万ドルの借款は、にはかにあひ破れ候。

一方、万国博覧会は、機械ギャラリーの蒸気力による各種機械や電信機などはもとより、フランスが出品した水力による世界初のエレベーターが注目をあつめ、日本館では幕府と薩摩藩の双方が建てた茶室や茶屋での芸妓の接待がことに人気を博した。そして、フランス政府が会場の外に鉄道を敷き、駅を設けて、会場を訪れやすいようにした万国博は、七ヵ月間の会期中に全世界から一千万人もの入場者があって、盛会裡《せいかいり》に十一月三日、閉会するのである。

転機

一

パリ万国博覧会会期中の邦暦四月中旬の吉日、五代才助は鹿児島にひとときもどって祝言を挙げた。

才助、三十三歳。

藩侯島津忠義から鹿児島郡坂本村坊中馬場に屋敷を賜《たま》わり、坂本氏の娘トヨを娶《めと》った。

気のすすまぬ結婚であった。西欧の自由な思想を知った才助にとってはなおさらであったが、長崎ですでに六年も暮らす広子と五歳になる治子の入籍はかなわず、旧弊で頑固一徹な兄徳夫と薩摩のしきたりを重んじる母の言にしたがうほかはなかった。

新妻トヨには不憫《ふびん》であった。しかし、坊中馬場の屋敷を新妻にまかせて、才助は長崎にもどった。

高杉晋作が病没したとの報《しら》せに接したのは、長崎にもどった数日後である。

（惜しい男を失《な》くした。いい奴は先に逝く……）

上海行《シャンハイ》ではじめて出会って以来の出来事が一挙に思い出された。労咳《ろうがい》の不治の病におかされていたとはいえ、薩長同盟なって、討幕とこの国の未曾有《みぞう》の大転換を目前にしての死である。

才助より四歳若い、享年二十九。

高杉晋作を失った翌月の五月半ば、才助は自邸に坂本龍馬の訪問をうけた。

才助の訪欧中に薩摩藩の後楯《うしろだて》で長崎に亀山社中をつくった龍馬とは帰朝後、丸山遊廓《ゆうかく》の花月楼でいくどか出会っていて顔なじみの仲だが、こうしてあらたまっての対面ははじめてである。

龍馬は先月、海援隊という私設海軍と航海学校と海運業と貿易商社でもあり討幕結社でもある組織を結成したばかりで、才助は自分に似た才をこの男に感じていた。

相変らず黒木綿の紋服によれよれの小倉袴《こくらばかま》姿の龍馬は、広子に案内されて梯子《はしご》段《だん》を登って二階の才助の部屋に入ってくるなり、

「お前ンさァの仲介が必要じゃ。五代どん、中に入ってたもンせ」

といきなり、お国言葉の土佐弁ではなく鹿児島弁でいって、大刀をかたわらに立てかけて出窓の框《かまち》に腰をおろした。

「ほう、俺《おい》を仲介役にせねばおさまりもはんか」

才助は半ばしらばっくれて応じた。

「地獄耳のおぬしのことだ、事情を知っておろうが、紀州の奴らは万国公法に照らしても

頭をさげん肚《はら》じゃ」

その事情は、才助の耳にも入っていた。

先月四月十九日、物資を積んで長崎を出航して大坂にむかった海援隊の商船いろは丸が、瀬戸内海の伊予の沖、六島沖で二十三日の深夜、紀州藩の軍艦明光丸に衝突され、蒸気室の右舷《うげん》船腹が大破、明光丸に曳航《えいこう》されて鞆《とも》の津にむかったが、途中で沈没、龍馬以下乗員は無事だったものの、船も積荷も失った。

いろは丸は小型船ながら海援隊が購入したばかりの、一八六二年建造のイギリス製蒸気商船一六〇トンで、衝突してきた明光丸は六一年建造のイギリス製蒸気軍艦八八七トン。海援隊にとっては仕事はじめの大損失である。

鞆の津で龍馬は談判に及んだが、明光丸側は非を認めず、談判は決裂し、明光丸が長崎へ出航したので龍馬たちもあとを追って長崎にきて談判をつづけているが、埒《らち》が明かずに才助に仲介を依頼してきたのだ。しかし、この男らしく、

「こりゃあ、五代どん、血を見ずにはおさめんぞよ」

と強気なことをいうのである。

現に龍馬は丸山の花月楼で馴染《なじみ》の芸妓《げいぎ》たちを呼び、自作の唄《うた》をうたわせ、これが瞬《また》く間に長崎の花街ではやり出していた。

〽船を沈めたその償いは

　金をとらずに国をとる

いろは丸を沈められた償いに、賠償金をとるのではなく、紀州五十五万石をとってやる、というのである。

「そのおれを、徳川御三家の紀州の侍どもは、土佐藩脱藩の素浪人とみて、斬《き》り捨てるつもりだ。先夜は花月楼の帰りを襲われたよ」

「相手は何人だ？」

「立ち向ってきたのは、明光丸副長の岡本という男一人だった。なァに、名乗って斬りかかってきたので、瞬時に峰《みね》打ちを喰《くら》わしてやったから、二度と襲ってはくるまい。しかし、長州の木戸さんが出ばってもいいというんだが、いま長州藩に出られるのはまずい。ここはイギリスとの賠償問題でイギリス軍艦に乗り込んで交渉し、洋行帰りで西欧のことをよく知っておる五代くんが、万国公法を紀州の石頭どもにわからせて、謝罪させ、しかるべき賠償金をとってほしいんじゃ」

「わかった。全権を俺《おい》にまかせてくれるなら引きうけもンそ」

才助は木戸孝允がこの「いろは丸事件」を討幕戦のきっかけとして利用しようとしていると睨《にら》んでいた。龍馬と御三家の一つである紀州藩との争いを支援すれば、かならず幕府が出てくる。それを戦端をひらくきっかけにする——そう木戸は企んでいるらしい。

しかし、薩摩藩はまだ討幕戦は早いと判断していて、いまが最も大事な時期である。

龍馬が薩摩藩の才助にこの一件の仲介を頼んできたのは、そのあたりの機微も心得てのことであろう。

才助は龍馬の意をうけて、長崎に入港中のイギリス東洋艦隊の司令官キングに海難事件の国際法である「万国公法」による臨時の裁定を頼んではどうかとの考えを紀州側に伝え、

「残念ながら、万国公法にのっとれば、夜間の航行に見張りをおかず、二度までもいろは丸に衝突した明光丸に明らかに非があり、紀州藩は謝罪と賠償金の支払いをまぬがれません」

ときびしく話した。

それならば一切を才助にまかせようとの委任を紀州側からとった才助は、いろは丸の船価と積み荷の金額を八万三千両と見積り、双方に提示した。

「なんと、八万三千両もとれるかい。ありがたい」

龍馬は子供のようによろこび、才助はこの賠償金の支払いと詫《わ》び証文を紀州藩に出させることで、こじれた事件を結着させた。

しかし、才助の気持は浮きたたなかった。

帰朝後の藩における才助は、片隅へおしやられていたばかりか、モンブランとのベルギー商社設立の仮契約の責任をとらねばならない立場へ立たされていた。

二

時がたつにつれ、滞欧中の日々強烈であった感動がうすれ、モンブラン伯爵と交わした薩摩ベルギー合弁商社設立の契約が、仮契約とはいえ自分の勇み足ではなかったかと、近

頃は才助自身、思わぬではない。

ロンドンのホテルにモンブラン伯爵と白川の訪問をうけ、モンブランの日本論に感心して意気投合し、ドーヴァー海峡をこえてベルギー国インゲンムンステルのモンブラン伯爵の豪壮な居城を訪れ、翌日は馬をかって光あふれる初秋の野で狩猟を楽しんだあの一刻一刻が、夢の中の出来事だったように思えもする。夢といえば、ベルギー訪問の日々もパリでの日々も、すべてが白昼夢であったと思えぬでもない。

いいや、すべてが厳然たる現実であり、この眼《まなこ》にやきつけ、心に刻んだ、ヨーロッパの一切が日本より進歩していた事実なのだ。そのヨーロッパのイギリスとフランスとはちがって日本に覇権を及ぼさぬ小国ベルギーと結んで近代産業をおこし、貿易をさかんにしてわが国の富国強兵をはかるという才助の確信と行動に誤りはないのである。その信念はいっそう強まりこそすれ、微動だにするものではなかった。

（じゃっどん……）

才助は考えこまざるをえない。

藩の親英方針はますます強まり、パリ在住のベルギー貴族と商社契約を結んできた才助に賛同する者はほとんどなく、藩が親英をいっそう確たるものにしたパークス公使の薩摩訪問では、才助は遠ざけられて蚊屋《かや》の外におかれた。

一方、モンブランを商売敵《がたき》と敵視したグラバーは、才助へ冷やかになり、才助が滞欧中に振り出した手形の決済を藩庁がはかばかしくしないのを非難して、

「薩摩藩の御用は一切拒絶だ」

などとの捨て科白《ぜりふ》を才助に吐きもしたのである。

藩庁からパリ万国博参加は才助の手柄として認められたとはいえ、全権団には選ばれず、岩下全権が才助の仮契約してきた合弁商社の本契約交渉を命ぜられたのは、反対意見をおしきって藩主忠義が才助の労を多とした「思召《おぼしめ》し」でようやく決まったことだったと、あとで知った。

そして、岩下全権団の一員、博覧会担当の渋谷彦助と蓑田新平が岩下より早く帰国したのがつい先日であった。

その報告によると、パリ万国博の薩摩藩出展は才助のねらい通り、幕府同等の独立国、薩摩琉球国を世界に印象づけて大成功。しかし、合弁商社の方は、本契約交渉が中断されたという。

鹿児島の藩庁に呼び出されて、渋谷らの報告を伝えきかされた才助は、さらに次のように知らされた。

「八月に帰国する予定の岩下ご家老の全権団に同行して、モンブラン伯爵なるベルギー貴族も鉱山技師コワニ、工兵士官バゼル、砲兵士官ロランおよび職工四人を引きつれ、昨年来藩した白川なる従者を伴ってこの薩摩にくるそうじゃ」

「あのモンブラン伯爵が……」

「左様。パリ万国博を当藩の思惑通りに成功させたモンブランなる伯爵は、岩下ご家老が仕方なく当藩の政治経済顧問に任じたらしいゆえ、さぞ鼻を高うして乗り込んでくることでござろうのう。岩下ご家老は商社設立の本契約交渉を打ち切ったが、モンブランは鉱山技師など大勢をつれて、五代どん、お前ンさァと直接交渉すべくやってくる。困ったのう。藩庁としては、商社計画は反故《ほご》にしたく、よって、モンブランなるフランス人は招かざる客じゃ。いずれ桂ご家老から五代どんへしかるべき沙汰《さた》がありもンそうが……」

藩庁の役人は気の毒そうに才助を見て、後の言葉をにごした。

――モンブランが来る。

薩摩藩のパリ万国博を大成功させて意気揚々として、美髯《びぜん》を刈りそろえ、鼻眼鏡の奥の鳶色《とびいろ》の目をいたずらっぽく光らせたモンブラン伯爵の顔が、才助の脳裏にありありと思い浮かぶ。

帰国した渋谷らの話では、モンブランは『日本論』をパリの書肆《しょし》から出版して、日本学者としてもロニー同様に名を上げているという。

一方、グラバーは才助が振り出した手形の藩の決済がとどこおっているためにジャーデン・マセソン商会の信用を回復する用向きもあってロンドンの商会本社にむかい、二十九歳にして大成功した武器商人として故郷に錦《にしき》をかざろうとスコットランドのアバディーンも訪問すべく一時帰国中である。その途次、パリの万国博会場を訪れ、モンブランと対面するであろう。

――ライバル同士、いかなる火花を散らすであろう。グラバーのことだ、モンブランを陥れる策の一つや二つは用意しているやもしれず、したたかなモンブランがどう切り返すか……。

才助自身に二人を対抗させようとの企みがあったとはいえ、モンブランの来日に責任をとらねばならないのは才助である。

すでに五月二十一日、京都では西郷吉之助、小松帯刀が土佐藩士乾《いぬい》退助（板垣退助）、中岡慎太郎らと会見し、討幕の挙兵密約が結ばれた。そして六月二十二日には、やはり京都で西郷と大久保一蔵らが土佐藩士後藤象二郎、坂本龍馬らと大政奉還の盟約を交わした。その龍馬はこの月、長崎から上京の船中で大政奉還の国家構想の八ヵ条「船中八策」を同乗の後藤に示したという。

一方、幕府は軍備おこたりなく、四十万ドルを投じてオランダに発注していた蒸気軍艦、その建造中を才助がドルトレヒトで見学した軍艦が完成して、この五月に江戸湾に到着した。排水量二七三〇トン、速力九ノット、日本がもつ最大の軍艦である。幕府は開陽丸と名づけた。

もっとも薩摩藩の方も才助がバーミンガムで購入した小銃二千五百五十挺《ちょう》がとうに到着したのをはじめとして、近代的軍備では幕府を圧しており、アームストロング砲もあらためて発注してある。

が、長崎にもどって、丸山の花月楼で馴染の芸妓どもを呼びあつめてしたたかに酒をあびても、才助の心は少しも浮きたたない。

「藩とは勝手なもンじゃ！」

自邸にもどり、二階の居室にあおむけにひっくりかえって、出窓にのぞく夏空を見上げながら、愚痴などいったことのないこの男が、かたわらの広子にきかすように声に出し吐き捨てている。

「おや、藩を動かしていたのは、お前さまではなかったのですか」

広子はおもしろがるかのようにそういった。

「左様《じゃっ》じゃ。そん自負があったればこそ、ヨーロッパくんだりまで行ったとじゃ。パリ万国博覧会の参加にしてん、こん俺《おい》が決めて、幕府に対抗して薩摩藩を世界に知らしめたとじゃ」

「ええ、長崎ではフランス副領事のレオンさんを、たいそうな啖呵《たんか》を切ってやりこめたのでしたね」

すっかり忘れていたが、幕府への博覧会の参加届出を幕府が妨害できないように時間切れのぎりぎりまで遅らせたのも才助の才覚なら、出品についての説明が長崎奉行所であったとき、フランス副領事レオン・ジュリーがロッシュ公使の意見を代弁して、

「日本の産物はすべてタイクン政府の名で出品する」

といったのに対して、佐賀藩の聞役はこれに応じたが、

「日本はミカドが統治する国。ミカドの下では幕府も島津も同格」

と主張したのは才助であった。

パリ万国博の薩摩藩の成功は、才助の主張をモンブランが巧みに実現したのに、藩は利用しおわったモンブランを邪魔者扱いし、才助をも遠ざけている。

「いいではありませんか、藩がどうあれ、あなたの考えもやったことも正しいのですよ」

と広子はいうのだ。

「現にあなたがイギリスで購入した紡績機械は、鹿児島で動いているそうではありませんか」

「ああ、イギリスから技師四名もきて、集成館にわが国初の立派な洋式紡績工場ができておる」

「よかったではありませんか」

「じゃっで、俺《おい》はモンブランと合弁商社をつくって、鉱山も開き、まず京坂間に鉄道も敷き、電信も架設し、九州と大坂間に快速蒸気船による飛脚船航路も開きたかとじゃ」

「ええ、おやりなさいな。なんだか夢のよう……」

(夢に終わらせたくはない)

幾度話してきかせてもうっとりとした表情になる広子を見やりながら、才助は思う。

しかし、八月には来日するモンブランにすべてが夢に終わったことを告げねばならない。

いや、それだけではない。

――もはや利用価値のない、招かれざる客モンブランを、藩はどのように冷遇するか
……。

岩下全権団と共に長崎か鹿児島に入国する前に、モンブランに会って事情を話しておかねばならない。

岩下らの帰国の便名を調べ、そのイギリス船が上海に寄港すると知った才助は、藩庁に上海への渡航の許可を求め、八月一日、上役の家老桂久武へ書簡を送った。

――一筆啓上仕《つかまつ》り候。先に、渋谷、蓑田両人帰朝、仏国の事情細々《さいさい》お聞き下され候。ついては、モンブラン、多人数罷《まか》り出て候由、又ひとつの難題堪へかね申し候。私儀、両三日中より上海行いたし、使節その外待ちうけ夫々《それぞれ》談判つかまつり候につき、帰朝後、直々にお聞きとり下されたく候。また何事も御直に申上げ候。恐惶謹言《きようこうきんげん》。

三

上海は三度目の五代才助は、P&O社のグラナダ号で単身上海に着くと、海岸通り《バンド》にホテルをとり、岩下ら使節団とモンブラン伯爵ら一行が乗船するフランス船ペリューズ号の入港を待った。

そのペリューズ号が翌日到着し、艀《はしけ》から岩下とモンブランの一行が降りてきた。

「おお、ムッシュウ五代、よく来てくれました」

埠頭《ふとう》に立つ才助の姿に気づいたモンブランは、大股《おおまた》に歩みよってきて才助の背中に両腕をまわして抱きしめ、才助の頬《ほお》に美髯《びぜん》をこすりつけてきた。うしろに紋服脇差姿の小柄な岩下左次右衛門が口もとをゆがめて立っている。

モンブランはまるで使節団の団長ででもあるかのように、岩下を無視して連れてきた鉱山技師や士官らを才助へ紹介し、歩き出しながら、パリにきたグラバーの悪口をいった。

「あのスコットランド武器商人は、信用ができませんな。しかし、私が来たからにはご安心なされよ」

才助は適当に合槌《あいづち》を打つほかはない。まず岩下に話をきき、モンブランに藩の事情を告げるのはそれからだが、できればモンブランの一行には上海からフランスに帰ってもらおうとの腹づもりである。

ホテルに入り、岩下の部屋でモンブランについて話をきいた才助は、帰路にロンドンを訪れた岩下から留学生たちのその後についての意外な報告をきき、衝撃をうけた。

十五名の留学生のうち留学生活一年ですでに六名が帰藩していたが、督学の町田民部も先月帰国の途についたので、残っているのはロンドンに五名、パリに二名とアバディーンに一名の計八名である。そのうちのロンドンの吉田己二、鮫島誠蔵と、アバディーンから夏休みでロンドンへきた最年少の磯永彦輔は、グラバーの紹介で留学生たちの世話をする日本びいきのオリファント議員とパリ万国博でアメリカからパリにきてロンドンに立寄ったトーマス・レイク・ハリスという宗教家の強い影響をうけて勉学を放棄し、ハリスを慕ってアメリカへ渡ろうとしているというのだ。

オリファント議員のことは才助も知っていたが、オリファント自身がハリスの神秘的宗教教義に心酔して、自分も議員を辞すといい出し、薩摩留学生たちへは次のようにようになっていたという。

――古今の歴史で、欧州人が世界に災害を流布した事実は数えきれず、いまだかつて自己の利益を考えないで他人のために誠意を尽した欧州人など一人も見出し得ない。だから、人間精神をむしばむヨーロッパの経済、政治、軍事などを学んで、日本人としての良き精神を失わないように――と。

その留学生たちのモンブラン評は手きびしく、

――欧州貴族のモンブランが他意なくして薩摩藩のために尽力するはずはない。

と、悪評ふんぷんだというのである。

モンブランの悪評はともかく、留学生の何人もが、才助が薩摩の若者に学ばせたいとしたヨーロッパの近代科学・経済・軍事・政治の勉学を放棄してアメリカに渡り、ハリスとやらの神秘的な宗教結社に身を投じようとしていることに、才助は足もとをすくわれたような思いにとらわれた。

――一体、俺《おい》が企画した留学は何じゃったとか……。

良かれとしたモンブランとの合弁商社設立もまたしかりである。

そのモンブランは、上機嫌にシャンパンを飲み、万国博開会式でナポレオン三世はじめ高官に贈った例の薩摩琉球国勲章「クロア・ド・サツマ」をとり出して才助へ贈呈し、自慢話に熱中している。さすがの才助も、藩の実情を小出しに話すほかはなく、鹿児島に着くまでにモンブランにわかってもらえばいいと、やや投げやりに考えるほかはなかった。

長崎に着くと岩下の一行は船を乗りついで鹿児島へ帰朝の報告に急いで帰っていったが、モンブラン一行には長崎藩邸にとどまるようにとの藩命が下りていて、才助はモンブランの接待で毎日のように丸山の花月楼にかよった。

花月楼には奥庭に面した一階に支那風の豪華な部屋があり、どの座敷からも海が望め、細流れの疎水をはさんで山腹につくられた庭が見える。モンブランはとりわけ支那風の部屋が好きで、龍の彫刻をほどこした大きな椅子《いす》に腰をおろし、酒を飲みながら膝《ひざ》に乗せた芸妓に三味線をひかせて悦に入っている。

鉱山技師や士官たちは初めての茶屋遊びにうかれ酔いしれ、若造の白川健次郎は馴染の芸妓までつくって得意顔に振舞っている。針の筵《むしろ》に坐っているようなのは才助ばかりである。

鹿児島入りが許されたのは半月ほど経《た》ってからで、船で山川港に入ったが、モンブランたちは山川にとどめおかれ、才助ひとりが藩庁に出頭した。

奥の書院に大久保一蔵が待っていた。

「ロンドンの留学生から俺《おい》に書簡がきておりもす」

無駄口をたたかない大久保は、挨拶《あいさつ》がわりにかすかに口もとに微笑を浮かべただけで、

「書簡は、よからぬ内容でごわす」

といった。

「岩下さァからきいておって、およその察しはつきもすが」

「一つはモンブラン伯のことでごわす」

「で、なんち？」

「帰国中のグラバーがパリ万国博でモンブラン伯に出会ったときのことでごわす」

そのとき、グラバーが才助の振り出した手形を薩摩藩がはかばかしく返済せず、結局、ジャーデン・マセソン商会が怒って取引を停止したことに触れて、モンブランも岩下全権へ滞在費と留学生の費用など数万ポンドを都合したそうだが大丈夫か、と訊《たず》ねた。するとモンブランは、次のように答えたという。

――もし薩摩藩が返済せぬときは、さっそくフランスの軍艦を横浜より彼《か》の地へさし向けます。ゆえに全く恐るるところなし、と。

「そげん留学生たちはロンドンにきたグラバーからきいたち伝えっきもした。したがってモンブランは全く信用のおけぬ山師であると種々の悪評を書きつらねっめえった」

「グラバーの言を……」

才助はひとりごちて黙った。

（グラバーめ、モンブランを乗せおったな）

グラバーの方が役者が一枚上手だったらしい。グラバー商会にとって邪魔者のモンブランに、グラバーは失言誘導の罠《わな》をかけたのだ。傲岸不遜《ごうがんふそん》な面のあるモンブランは、まんまとひっかかって大言を吐いたのであろう。あるいはそうはいわなかったのに、薩英戦争をよく知るグラバーがそのようにでっち上げて、ロンドンの留学生たちへ話したのかもしれない。

そのことを大久保にいっても仕方がなかった。要は藩にとってモンブランは利用しおわった招かざる客であり、才助自身が責任をとってなんとか処理せねばならないのである。

「先にもどった留学生の口からもモンブランの悪評《へこ》がにわかに言いふらされっおっせえ、モンブランを斬るっち息まいちょっ血気の若者が城下には大勢《どっさい》おりもす」

大久保はそう話して、冷静に結論を告げた。

「モンブラン伯爵殿には、沙汰があるまで指宿《いぶすき》に滞在いただく。万事、五代どん、おはんが計らってたもンせ」

才助はさっそく指宿で知己の豪商浜崎太平次に頼んだ。太平次は琉球との密貿易を一手に引きうけて富を築いた男で、斉彬によって藩の御用商人に取立てられ、長崎、大坂、箱館にも進出していた。太平次は二つ返事で、指宿の磯にある別邸を提供した。

「薩摩のサムライが斬り込みにくるというのでは、仕方あるまい」

薩摩武士の中には異人斬りをしたい血気の不心得者がおり、とくにいまは幕府との緊張が高まっていて城下の侍は殺気立っていると話すと、日本を知るモンブランは納得して、一行全員が太平次の別邸に入った。豪壮な別邸は高台にあって、開聞岳と錦江湾が一望できる絶景である。むろん女もつけ、警護の士もつけて、散策は自由だが、体《てい》のいい軟禁である。

モンブランが才助を通じて藩侯忠義に薩摩琉球勲章を献呈したお返しに忠義からモンブ

ランの労をねぎらって、丸に十字の家紋入りの大刀一振りと鍔《つば》が贈られた。

感激した日本贔屓《びいき》のモンブランは、さっそく白山の紋をつくり紋服と袴などをあつらえ、和装して、忠義から贈られた大刀と才助が進呈した脇差をさし、サムライ白山伯を気取って満足の体《てい》である。

余談ながら、島津家紋章入りのこの大刀は、ベルギーのインゲンムンステルの居城に、居城の一部が火災にあうまで飾られていた。そして、このころに撮影した写真はいまも残されている。

紋付羽織袴に脇差を腰にしたモンブラン伯爵は、座敷に正座して、膝上の右手に半開きの扇子をもち、口髭《くちひげ》と顎鬚《あごひげ》をたくわえた顔を昂然《こうぜん》とあげて遠くに視線をやっている。かたわらにひかえるのは白川健次郎で、右手に拝領の大刀をうやうやしく立ててもち、左手は袴の腰にぴたりとあてて正座している。その横にさらに一振りの大刀と煙草盆《たばこぼん》。写真師を呼んで、指宿の浜崎の別邸で撮ったのであろう。

モンブラン伯爵のかたわらに小姓のごとくひかえる小生意気な健次郎が、突然に姿を消したのは、浜崎の別邸に入って十日ほどたったころであった。

警備の士が釣竿《つりざお》をもって出てゆく健次郎の姿を見かけたというが、その夜も翌日ももどらず、一里ほど離れた岩場に流れついた溺死体《できしたい》が発見されたのは三日後で、荒波に翻弄されて岩にぶち当たって顔の半ばがつぶれていた。

鹿児島の坊中馬場の自邸にいた才助は、報《しら》せをきくと馬で駆けつけたが、筵《むしろ》をはいで死

体を一目見て、

（殺《や》られたな）

と、とっさに思った。

案の定、その翌日、城下での噂《うわさ》をきいた。ロンドン帰りの留学生たちが、健次郎を憎んで殺ったというのである。

ロンドンからパリに遊びにきた留学生は、健次郎に案内させて淫売屋《いんばいや》に通ったりしたようだが、才助がパリのグラントテルに滞在中、同じホテルに宿泊していた幕府使節の柴田剛中《たけなか》の一行へ健次郎が薩摩側の情報をもらして二重スパイのようなことをしていたのを留学生たちは知っていたのであろう。あるいは健次郎が淫売屋などでとくとくとしゃべったのかもしれない。才助が小遣をくれてやらせてもいたことも、留学生たちは許せぬとして、指宿にきた健次郎を魚釣りにさそいだして海に突き落として命を奪ったのであろう。

（不憫な奴……）

年よりはるかに若く見える色男の無惨な亡骸《なきがら》に手を合わせた才助は、ねんごろに葬るように命じ、モンブランには会わずに馬を駆って坊中馬場の自邸にもどると、家老桂久武に書簡をしたためた。

――この節、白山一条も殆《ほとん》ど相片付き申し候につき、私儀に是非、辞職仰せつけられたく申上げ候。

この辞職願を届けさせると妻に命じて門をとざして蟄居《ちっきょ》した。

（藩のためと思ってやってきたことが、一体何であったのか）

才助が利用したモンブランもパリ万国博で藩に利用されただけである。

（これまでの俺《おい》もそげんじゃ。じゃれば、藩など捨て、野に下り、武士もやめ、一介の商人として自由に、新しい日本のために貿易と産業にたずさわろ如《ご》ちゃっ……）

信じるものは、世界を知った五代才助という薩摩隼人の才と胆力だけである。

才助に辞職の沙汰はなく、秋の日々が過ぎ、坊中馬場の紅葉も散ってゆく。

十月十四日、薩摩藩に長州藩同様に「討幕の密勅」が下った。

同日、将軍徳川慶喜、朝廷に大政奉還を決断、朝廷に願い出て、翌十五日にその勅許をえた。これにより家康以来二百六十余年つづいた徳川氏による幕府の支配が終わった。

しかし、幕府が大政を奉還するはずはないとして討幕の挙兵を準備してきた薩長両藩は、慶喜に機先を制せられて愕然《がくぜん》とした。とはいえ「討幕の密勅」は獲得している。

これらの報せが鹿児島に届いた翌日、才助はにわかに藩庁への出頭を命ぜられた。

――モンブランを同道せよ。

明治新政府

一

政権を返還された朝廷は、受け入れる組織も能力もなかった。そこで先に薩長両藩にくだした「討幕の密勅」をひとまず取り消した上で、諸大名に京都参集を命じた。諸侯会議で今後の方針を決めようというわけである。

慶応三（一八六七）年十月二十五日、薩摩藩へ藩主上洛《じょうらく》の朝旨が達せられ、二十八日、来月上洛の旨が藩内に布告された。

五代才助がモンブラン伯爵同道で藩庁へ出頭したのは、その当日である。

「白山伯さァ、長らく待たせもしたが、おはんの出番の絶好の機会じゃ」

才助はこの国未曾有《みぞう》の大転換の切迫した実情を告げ、モンブラン伯爵ならではの政治的才能を発揮する歴史的機会だと話した。こうした情勢では合弁商社どころではない。

才助自身、藩に尽す最後の機会だと、おのれにいいきかせた。いや、これからは藩のためではなく、この国の歴史の大転換の渦中に身を投じて生きる。その血が滾《たぎ》った。才助ならではの意見もふつふつと沸いている。

野心家であり、芝居気のあるモンブラン伯爵のこの日の扮装《いでたち》は、白山の紋を染めぬいた紋服の継裃《つぎかみしも》に忠義侯拝領の大刀と才助が贈った小刀の二刀を腰に、騎乗の二人の士官をしたがえ、才助とともに馬を駆って藩庁へ出頭した。

その途次、才助は白川健次郎の不慮の死について触れたが、モンブランは藩士に殺害されたと察している様子ながらそのことは口にせず、健次郎の死を悼《いた》んだものの「愚かな奴」と吐き捨てて冷酷な一面をみせた。

藩庁の書院で待っていたのは、岩下左次右衛門と桂久武の両家老のほかに、急遽《きゅうきょ》京都からもどった大久保一蔵であった。

「白山伯どの、その扮装、見事かなあ」

久しぶりにモンブランに会う岩下は、バツの悪さを剽軽《ひょうきん》な態度にまぎらせてモンブランの武家姿を褒め、

「国際通第一等のご貴殿の知恵をお借りせねばならぬ一大事が出来《しゅったい》しもした」

とおだてた。

「五代どん、おはんにも身を挺《てい》してもらわんななりもはん」

桂の方は、才助へ辞表どころではないといわんばかりにひと膝《ひざ》乗り出していい、大久保一蔵があとをひきとって才助とモンブラン伯爵に話した。

「藩侯は、大政奉還後も朝廷に実権が移らぬ現状を嘆いておられる。国政変革について、

五代どんとモンブラン伯爵どのの意見をききたい」

才助は、およそ次のように述べた。

大政奉還のこの機会にこれまでの雄藩連合政権の構想を一歩進めて、朝廷による中央集権的な統一政権を確立すべきこと。そして、天皇政権の成立を早急に諸外国の公使へ布告すべきこと。この点については、モンブラン伯爵にその布告文の起草を依頼してはどうかと提案した。

次に、モンブランが意見を述べた。ついでながら、このころのモンブランは日本語が達者になり、通訳を必要としなかった。

モンブランは、才助同様に天皇《ミカド》政権の成立を各国公使へ早急に布告すべきだと述べ、その布告文は、将軍職《タイクン》の廃止、内政・外交に関するミカドの議決権の明示、諸侯会議で「公論」を尽すことなどの内容にすべきだとして、布告文の原案を英仏二様の文章で作成して翌日に提出すると明言した。

その布告文を藩庁に提出して名実ともに薩摩藩の政治顧問となったモンブラン伯爵は、鹿児島城下の磯御殿に居を移され、モンブランがフランスから連れてきた工兵士官バゼルと砲兵士官ロランは、藩兵の洋式編制と訓練に協力した。

帰朝後、寺島宗則と改名した松木弘安も、このころ一片の建言書を藩侯に提出した。その中で、

――封建諸侯がその「封地」とその「国人」を朝廷に奉還した上で、諸侯が「庶人」と

なり、「撰挙」によって国政に参加することが、公明正大な勤王の分というべし。

との見解を述べ、

――ただし、すぐには無理であるから、まず薩摩藩が領地の四分の一を返上し、他藩もこれに従うよう働きかける。

というものであった。

よく知られる木戸孝允の「版籍奉還建議」に先立つこと三ヵ月、最も早い「版籍奉還論」である。

この論を久しぶりに会った寺島から才助はきき、

「そいや、忠義侯も久光侯も一庶人になるちいうことではごわはんか」

と思わずおどろきの声をあげた。

「なあに、滞欧中に書きおいていたものを補足建言したまでじゃ」

そういわれてみれば、才助も滞欧中、おなじことを考えぬわけではなかった。

しかしいま才助は、藩主の出兵上洛で、万一、討幕戦に敗れたとき、忠義と久光を蒸気船で海外へ一時亡命させる手段をモンブランと考えていた。

大久保は先に上洛し、十一月十三日、藩主島津忠義は洋式に訓練した三千の藩兵を四隻の蒸気軍艦に分乗させて鹿児島を出発した。忠義は西郷、寺島らと三邦丸、才助はモンブラン、新納刑部らと開聞丸である。

その際、才助はこんどの会戦での死を覚悟して、長崎にいる庶子治子の終身養育費を長崎で親しい友となった永見伝三郎に託した。

十七日、長州藩領の三田尻に到着、同地で薩長両藩首脳陣による討幕戦の出兵策がねられた。

この日、才助は坂本龍馬が暗殺されたとの報に接した。二日前の十五日の夜、京都河原町四条の醤油《しょうゆ》商近江屋の二階にいた龍馬と陸援隊隊長の中岡慎太郎が、幕府見廻組《みまわりぐみ》に踏みこまれて生命を落したという。龍馬は才助と同じ三十三歳。

（先日は高杉、こんどはあの男が先に逝ったか……）

才助は三田尻の海岸に出て涙をぬぐった。

翌十八日、忠義らは三田尻を発し、入京したのは二十三日である。才助は二十八日、モンブラン伯爵、新納らと開聞丸で兵庫の港に着き、小豆屋《あずきや》助右衛門方に投宿した。小豆屋は薩摩藩御用達の廻船問屋である。

九日後の十二月七日（一八六八年一月一日）に大坂の開市とともに諸外国へ開港される兵庫は、居留地の開発がすすみ、運上所や外国商館が建ち、領事館などが普請中で、六甲の山なみを背景に新しい街が出現していた。

七日、無事に開港し、イギリス、アメリカ、フランス、オランダの艦船が入港した。

才助は討幕戦の万一に備えて、忠義らをこの港から上海あるいは香港へ脱出させる方策をモンブランとねった。

十二月九日、京都では首謀者大久保一蔵、西郷吉之助、岩倉具視《ともみ》らによって、薩摩藩兵らが宮廷の門をすべて占拠し、幕府制廃止・王権復古のクーデターが決行された。朝廷は王政復古の大号令を発し、摂政・関白・将軍職を廃し、総裁・議定・参与の三職を新設した。新政府の発足である。総裁には有栖川宮熾仁親王《ありすがわのみやたるひと》があてられ、薩摩藩からは、藩主島津忠義が議定に、岩下、西郷、大久保が参与に任命された。

将軍職を解かれ、三職にも選ばれなかった徳川慶喜は、大坂城に移って、反撃の軍勢をととのえながら、フランス公使ロッシュの入れ知恵で、十六日、フランス、イギリス、アメリカ、プロシャ、イタリア、オランダの六ヵ国の公使を引見し、激烈な字句をならべて薩長側を非難し、外交権は徳川政権にありと通告した。

一方、朝廷のほうでは、大久保がモンブランの原案をもとに、寺島とイギリス公使館員アーネスト・サトウの意見もいれて、天皇政権の成立と対外基本方針を列国に布告する詔書案を、慶喜の各国の公使引見に三日おくれて天皇の裁可をえた。しかし、この詔書は、議定松平春嶽《しゅんがく》らの異議で布告には至らなかった。

このころ、七月に三河からおこった民衆の「ええじゃないか」乱舞は、東は関東、西は安芸《あき》にまで広まっていたが、江戸市中では西郷が仕掛けた大謀略——薩摩藩邸にあつまる浪士・無頼漢らが徒党をくんで富豪の家におしいったり、大風に乗じて市中に火を放って江戸城を襲ったりするなどの噂《うわさ》がひろまっていた。

その渦中の十二月二十三日早朝、江戸城二の丸が全焼した。幕府は薩摩藩邸にたむろする浪士らのしわざとして、二十五日未明、庄内藩兵が三田の薩摩藩邸を包囲、砲撃して焼打ちした。邸内の藩士・浪士らは十数倍の敵を相手に闘い四十九人が討死し、伊牟田《いむた》尚平ら三十人ほどが品川沖に碇泊《ていはく》していた藩の蒸気船翔鳳《しょうほう》丸《まる》でかろうじて脱出した。幕府の蒸気軍艦、開陽・回天・朝陽の三艦が追跡して砲撃をくわえたが、翔鳳丸は逃げきって兵庫にむかった。

一方、二十八日、江戸からのこの報をうけた大坂城の旧幕軍は、ただちに薩摩討つべしといきり立った。

こうして慶応四（一八六八）年が明けた。

正月三日正午、朝廷では旧幕軍が伏見・鳥羽にぞくぞく集結しているとの報をうけて、三職百官の緊急会議をひらき、旧幕軍に早々の撤退を命じ、聞き入れなければ朝敵として討伐することを決定した。

もっともこれより先、前日の二日に兵庫に到着した薩摩藩の翔鳳丸を追って大坂湾口まできた旧幕府の軍艦奉行榎本釜次郎（武揚）の指揮する開陽丸と僚艦二艦は、大坂を出港した薩摩藩の蒸気船平運丸に砲撃をくわえていた。かろうじて逃れた平運丸も兵庫に入港した。

小豆屋にいてこの報に接した才助と新納は、三日朝、藩士和田彦兵衛と有川藤助の二人を兵庫沖にきた幕艦へつかわし、開陽丸艦長榎本に談判せしめた。

榎本は、すでに昨年十二月に幕府と薩摩の間には江戸で戦端がひらかれているので砲撃は正当だと主張した。かつて長崎の海軍伝習所で顔見知りであった才助は、榎本の答えを予期して、みずからは出ばらなかったのである。

才助は新納とともに和田らをなだめて、応戦させなかった。

この日、鳥羽・伏見では薩摩・長州軍と旧幕軍が激突、ついに戦端がひらかれた。薩長軍は支援の安芸藩と土佐藩の兵をふくめた約五千で、旧幕軍の三分の一の兵力であったが、大砲・小銃の装備にすぐれていた。そのほとんどが才助の購入したイギリス製の銃砲である。

翌四日には薩長軍の優勢がはっきりした。こうしてはじまった戊辰《ぼしん》戦争は、一年半におよぶのである。

「白山伯さァ、ここは危険じゃ」

才助はモンブラン伯爵にいった。小豆屋に才助らがいるとわかれば、榎本は兵を上陸させて攻撃してくるにちがいなかった。

兵庫港沖には榎本の旧幕艦隊開陽・蟠龍《ばんりゅう》・朝陽の三艦が砲門をひらいて居座っている。中でも開陽は長さ四〇間（約七二メートル）、四〇〇馬力、二七三〇トン、速力九ノット、大砲二十六門をそなえた日本一の巨艦である。港内に碇泊する薩摩藩船春日・翔鳳・平運丸と才助の乗ってきた開聞丸は、脱出の機会をうかがっているのだ。

「俺《おい》はどげんでん切り抜くいが出来《でく》っで、白山伯さァのことは安全な場所へ送いとどけとうごわす」

「しかし、五代どん、ここ兵庫は開港して居留地ができたとはいえ、フランス領事館はまだないではごわはんか」

居留地にはアメリカ領事館が完成していたが、オランダなどの領事館は工事中で、神戸村のかつて幕府の海軍操練所だった建物をイギリス領事館が使っていて、ユニオンジャックがひるがえっており、フランス領事館は生田神社内に建築がはじまったばかりであった。

「一時《いっとき》、イギリス領事館にかくまってもらいもンそ」

「えっ、イギリスに……」

モンブランは不快な顔をしたが、才助はすでにイギリス領事ラウダに話をつけてきていた。

「イギリス船で大坂にきちょるフランス公使のもとへ無事に送りとどけてもらうよう話をつけてあるによって、安心してたもンせ」

才助はモンブラン伯爵と再会を約して、その夜のうちにモンブランをイギリス領事館のラウダのもとへ送りとどけた。

翌五日未明、旧幕艦隊は沖から姿を消し、大坂沖へ移動したようであった。そのすきに、才助の乗船した開聞丸を残して、他の三艦は兵庫港を脱出した。

しかし、春日と翔鳳の二艦は紀淡海峡で開陽に発見され、阿波沖で春日と開陽は砲戦を交えた。日本における蒸気軍艦同士の最初の砲戦である。砲力に劣った春日は、快速を利用してついに逃げきった。

一方、モンブランは船で無事に大坂のフランス公使ロッシュのもとへ送りとどけられたとの報が才助に入った。

このころ、一時帰国して二百五十余日ぶりに日本にもどってきたグラバーが、横浜から兵庫に到着し、グラバー商会のホームが乗船してきた商会の雇船ワンポア号にいて、ミカド政府とタイクン政府の双方に大量の武器を売り込んだ希代のこの武器商人は、開聞丸にひそむ才助同様に双方の情勢を窺《うかが》っていたが、おなじ港内にいながら二人は相手がすぐそこにいるとは知らず、会うことはなかった。

一月六日、大坂城の慶喜は津藩の寝返りによる旧幕軍の総くずれを知ると、自身が陣頭指揮をとると家臣をあざむいて夜陰にまぎれて大坂城を脱出した。天保山沖で開陽をさがしたが発見できず、アメリカ軍艦で一夜をすごし、翌七日、開陽に乗艦した。このとき艦長の榎本は上陸中で、慶喜は副長に命じて無理矢理に出航させ、十二日朝、江戸城に帰りついた。

主君を失った大坂城の将兵は呆然自失《ぼうぜんじしつ》、七日中に四散し、榎本は城中の金貨十八万両を積んだ艦隊をひきいて江戸へ帰るのである。

こうした報を馬関にもどってきいた開聞丸上の才助に、十三日、京の大久保から新政府の辞令がとどいた。

——徴士参与職外国事務掛を命ず。ただちに上洛せよ。

二

外国人との事件はつぎつぎにおこった。

まず神戸事件。

一月十一日、新政府によって西宮警備を命じられた岡山藩兵が家老日置《へき》帯刀《たてわき》にひきいられて神戸村を通行中、行列の先方をフランス水兵二名が横切ったので藩兵が斬《き》りつけたのをきっかけに、藩兵とイギリス・フランス・アメリカの公使館守備兵が発砲交戦し、双方に傷者が出た。大坂にいた列国の公使は戦いの難をさけて神戸と兵庫の居留地に移動していたのである。

事態を重視した列国側は、神戸と兵庫の居留地を軍事的に封鎖し、湾内に碇泊中の諸藩の艦船六隻を抑留する挙に出た。

三日前、新政府は外国事務総裁に仁和寺宮《にんなじのみや》嘉彰《よしあき》親王をすえ、岩下左次右衛門、後藤象二郎らを外国事務取締掛に任命して、外国事務を専管する機関をつくったばかりであった。その新政府がはじめて遭遇した厄介な外交問題の事件である。大久保は対外折衝と外遊経験のある才助と寺島を起用したのだ。

さっそく上京した才助は、大坂に行き、島津伊勢、岩下、寺島らの薩摩藩士とモンブランをまじえて、夜を徹して評議した。かつての生麦事件に似ているが、現在は開国後の新政府の日本である。評議の結果、

――万国公法にもとづいて罪否を裁決した上で、岡山藩に罪があれば下手人と賠償金を外国側に渡し、もし岡山藩が裁決にしたがわぬ場合は、直《ただ》ちに討つべし。

と決まった。

要は新政府の国際信義の問題なので、是非の基準を国内法ではなく国際法においたのである。

この結論を寺島がイギリス公使パークスに伝えると、パークスは高圧的な態度に出て、いまだミカド政権による開国和親に関する布告がなされていないことをなじった。そこで十五日、勅使として東久世通禧《ひがしくぜみちとみ》が兵庫に行き、かつてモンブランが起草し、成文をえて公布されなかった、天皇が内外政事を親裁し、これまでの諸外国との条約は天皇の名をもって継承する旨の勅書を、外国公使団に手交した。

こうしてミカド政権である新政府は、国際的承認をえたのだが、一方、神戸事件については、三職会議において「万国公法」による事件処理が岡山藩を処罰する手段にすりかわって、その後の折衝で列国側の要求を一方的に受け容《い》れる結果となり、発砲を号令した岡山藩士瀧《たき》善三郎を切腹させることで結着をみた。

才助はおなじ外国事務掛で兵庫在勤の長州藩士伊藤俊輔（博文）とともに各国公使と会見し、瀧の救済要請をしたが、目的は達せられなかった。

二月九日、兵庫の永福寺で、列国側士官立ち会いの上、瀧善三郎の切腹がおこなわれた。これが外国人の目の前でなされた最初の切腹である。

才助は宇和島宰相伊達宗城とともに検使として出席した。

（万国公法にもとづいたとはいえ、この処刑は、日本人と日本国の屈辱ではないか……）

瀧の武士としての見事な切腹が、せめてもの救いであった。

この事件をめぐる外交は、屈辱外交、土下座外交との汚名を着るのである。

その月二十日、才助は外国事務局判事に任命され、大坂在勤となり、それ以前に市内、備後町二丁目に家屋を入手して居を定めていた。

一人暮らしにはもったいない大きな町屋で、才助は女中二人のほかに若党と中間《ちゅうげん》を雇ったが、鹿児島から妻トヨを呼び寄せるつもりはなかった。トヨは堅くるしい旧弊な女で、才助はどうしても好きになれなかった。といって、長崎から広子と治子の母子を呼び寄せるわけにもいかず、また、外国事務局判事は、一方では交易掛でもあるので新政府の武器や艦船の調達にかけまわらねばならず、いつ武器購入でヨーロッパへ出張するかもわからなかった。

またこのころ、参与の大久保が大坂遷都の意見を提議した。

――一天ノ主ト中シ奉ルモノハ、カクマデ有難キモノ、下蒼生《しもそうせい》トイヘルモノ（人民）ハ、カクマデモ頼モシキモノ。上下一貫、天下万人感動涕泣《ていきゅう》イタシ候ホドノ御実行挙リ候事、今日急勢ノ最モ急ナルベシ。

――そのために、断然遷都すべきである。

というのである。

京都には「弊習」がはびこり、「龍顔」は拝めないもの、「玉体」は一寸の土も踏まないものとなり、いつのまにか天皇と人民の間が隔絶してしまっている。これらの弊害を一洗するには、都を移すのが最上の策で、遷都先は大坂にまさるところはない。

才助もこの大久保の大英断に大賛成であった。公卿《くぎょう》の弊習はびこる京都が首都では、新しい国づくりは望めず、天皇を欧州の君主のように人民に近付けることはできない。しかも、大坂は国際的に開かれた日本の商都である。大坂が首都となれば、才助が合弁商社で計画した京坂間の鉄道、電信の敷設も早々に実現する。

新政府の武器輸入業務のフランス側総代理業務を引受けさせたモンブラン伯爵にこの話をすると、輝くばかりの笑顔になったが、

「ミヤコのオクゲはんが、それを許しますやろか」

といっそう日本通となった伯爵は京言葉でいった。

たしかに公卿の大反対にあうであろう。

この大久保の大坂遷都論は、のちに多くの人が唱える江戸遷都論が旧幕府勢力の中心地江戸に首都を定めて天皇の威光で旧幕府勢力をおさえることが目的であるのに対して、天皇と国民のあり方を一新することを眼目としていた。その革新性ゆえに旧勢力の反撥《はんぱつ》は激しい、と才助は思った。

一方、才助は外国事務総督の伊達宗城と相談して、天皇に拝謁を希望する各国公使を京で天皇と対面させる計画を立てていた。十五日、その打合わせを伊達邸でおこなった。出席者は総督の伊達、参与の東久世、小松、伊藤、井上聞多と才助で、三日後の参朝の儀に、渡欧経験のある才助、伊藤、井上が公使たちの接待係をつとめることになった。そして、

その後の大坂への天皇行幸についての打合わせもした。

天皇行幸とともに太政官を大坂へ転移させ、天皇の京都帰還をずるずると引きのばして、おのずと遷都にもってゆく。

その話し合いのあと芸妓《げいぎ》が呼ばれて酒宴も終わり、その日は風邪ぎみだったので駕籠《かご》を呼んで備後町の自邸に帰った才助が寝床に入ろうとしていると、堺からの早馬の急使があわただしく駆けこんできた。

「一大事でございます。堺の港で土佐藩の兵が鉄砲でフランス兵を撃ち、二十人からの死者が出ました」

「なんち、二十人も……」

才助は一ぺんに酔がさめて、うんざりした。

（土佐藩兵による攘夷《じょうい》か、それとも上陸したフランス兵が酒を飲み徒党を組んでの狼藉《ろうぜき》か……）

いずれにしろ、神戸事件が片づいたばかりであり、参朝の儀を三日後にひかえて、各国公使は大坂に上陸して各寺院に宿泊している大事なときである。

「詳しう話してたもンせ」

急使は早口に報告した。

今日十五日午後、堺沖に碇泊しているフランス軍艦デュプレー号から艦員数名が短艇《たんてい》で堺浦に上陸し、付近を散策した。警備にあたっていた土佐藩兵の隊長は、兵をやって退去を求めた。すると、水兵たちは帰艦した。ところが、夕刻になって約五十名のフランス水兵が四隻の短艇に分乗して上陸してきた。彼らはわいわいさわぎながら街中《まちなか》へ入ってきた。

堺の町民はおどろき、慌てて大戸をしめる者もいた。フランス水兵たちは陽気にさわぎながらただ見物したかったらしい。あたりを警備していた土佐藩の六番隊、八番隊の兵士が帰艦するようにいったが、言葉が通じず、手まねでそのことをつたえると、フランス水兵たちはおもしろがって土佐藩兵の手まねをまねて応答し、中の一人が建物の前に立てかけてあった土佐藩の六番隊の隊旗をやにわに手にとって、浜にむかって駆け出した。

「おい、こら！　何をするか！」

六番隊の隊長箕浦猪之吉《みのうらいのきち》が大喝し、六番隊、八番隊の兵士があとを追った。フランス兵たちは四隻の短艇に飛び乗り、沖にむかって漕《こ》ぎ出した。その一隻に奪いとられた隊旗がひるがえっている。彼らは歓声をあげたりしてこちらをからかった。

「撃て！」

激怒した箕浦が一斉射撃を命じた——。

「それで二十名も殺したのか」

報告をきき終わると、才助は早駕籠を呼び、堺へむかった。

フランス公使レオン・ロッシュの怒り狂うあから顔が脳裡《のうり》に浮かぶ。ロッシュだけでなく、パークスはじめ各国公使は、天皇拝謁を前にしてここぞとばかり新政府を非難するであろう。

才助が堺につくと、外国事務総督の伊達宗城も程なく駆けつけてきた。二人は、六番隊長箕浦と八番隊長西村佐平次を訊問《じんもん》した。いきさつは急使のほぼ報告通りだが、射殺した水兵の数ははっきりわからない。

「死体はどうした？」

夷狄《いてき》の死体など、ほうってあるという。

「馬鹿太者《ばかふともん》が！　政府の下知なくして外国兵に発砲する奴があるか！」

怒鳴りつけてみたが、夜間の海中でのことで、死体捜索もままならない。

夜がしらじらと明けた。沖合にはフランス軍艦デュプレー号が臨戦態勢で無気味に碇泊している。

この事件を知った各国公使は大坂市中の宿泊所から一斉に天保山沖に碇泊する自国軍艦に帰り、大いに憤ったフランス公使ロッシュも旗艦ヴェニュス号に引き揚げ、そのまま堺へむかったという。そのロッシュから要求書が届けられた。

――行方不明の死者を本十六日午後四時までにすべてデュプレー号に届けよ。

才助は土佐藩兵ばかりでなく、波止場の舟子や人足をあつめて頼んだ。

「フランス兵の死骸《しがい》を一人残らず引き揚げてたもンせ。日本のためじゃ。礼金ははずむ。午後四時までに仏さんをフランス船にもどさんと、大砲をぶち込まるっど」

行方不明者の数もはっきりしない。二月の海水はまだ冷たく、異国人の死者収容なので誰もが嫌がっている。才助は所持していた金銭をすべて出し、急使をやって役所から五百両をとり寄せ、懸賞金をつけて死体引揚げを督促した。やがてデュプレー号からの通告で、即死者二名、海に落ちた行方不明者七名とわかったが、死者の引揚げは容易にすすまない。ようやく終わったときは、午後四時を過ぎていた。

才助は意を決して自分の時計の針を二時間まきもどして遅らせ、収容したフランス兵の遺体すべてを小舟に積んでデュプレー号に届けた。

「定刻を一時間も過ぎておるではないか！」

デュプレー号艦長が怒鳴った。

「いや、遅れてはおらぬ。日本時間ではまだ三時だ」

才助はおのれの時計を指し示し、艦長を承服させた。

しかし、遺体返還はすんだものの、三日後、ロッシュ公使は各国公使と協議の上、苛酷《かこく》な要求を突きつけてきた。

一、発砲者全員を本日より三日以内にフランス士官と日本官吏の面前で斬首《ざんしゅ》すべし。

一、フランス兵の遺族にたいし、土佐藩より十五万両の賠償金を支払うべし。

一、外国事務局総裁を謝罪使として本艦へ差向けること。

一、土佐藩主もまた自らきて謝罪すること。

一、これらに違反すれば、各国連合艦隊はただちに大坂と堺を砲撃・占領する。

事件発生以来、フランス公使とは外国事務総督の東久世が折衝していたが、才助は小松帯刀とともにイギリス公使パークスに会って調停を依頼する一方、事件をおこした土佐藩兵の取調べにあたった。

新政府は江戸征討を直前にして、外国と事を構えることをぜがひにもさけたかった。だからといって、フランスの要求通りにすれば、攘夷の火に油をそそぐことになる。

──処刑は隊長二人だけにとどめたい。

才助はモンブランの協力をえてロッシュに働きかけた。しかし、ロッシュは応ぜず、パークスもフランスの要求に応ずるよう勧告してきた。

土佐藩兵の取調べは、発砲したかしないか、本人の申し出によった。すると発砲した者は六番隊十五名、八番隊十名、計二十五名が名乗り出て、これに隊長二名と小頭二名をくわえた二十九名が処刑の対象である。才助は少しでも減らしたかった。折衝の結果、二十名に決まった。兵士も斬首ではなく切腹させることで承知させた。中には「切腹」ときいてよろこぶ者もいた。身分の低い者は士分にとりたて、願いにより苗字《みょうじ》を許すことにした。

二月二十三日、処刑は堺材木町東三丁の妙国寺でおこなわれた。検使として外国事務局から才助、肥後・安芸両藩から重役二名、土佐藩から家老深尾鼎《かなえ》と大目付。フランス側からはデュプレー号艦長以下数名の士官が水兵二十余名をひきつれて立ち会った。

切腹は予定より遅れて、午後四時からはじまった。

六番隊長箕浦猪之吉の名が呼びあげられ、白の装束の箕浦は、本堂に敷かれた畳の上に正座した。作法通り脇差をおしいただき、切っ先を左脇腹にあてて中央にいるデュプレー号艦長を睨《にら》みつけ、フランス士官どもを睨《ね》めまわした。

「フランス人ども、拙者はこの国のために死ぬ。日本武士の最期をしかと見とどけいっ」

喝するや脇差を突き立て、一文字に引き、左手で臓腑《ぞうふ》をつかんでフランス人に投げつけようとしたとき、介錯人の白刃が一閃《いっせん》して首が転がった。

フランス将兵たちは顔面蒼白《そうはく》になり、泣き声をあげる者、逃げ出そうとして引きとめられる者がいて、みな震えおののいた。

次に八番隊長西村佐平次もみごとに切腹した。さらに九名がつぎつぎに腹を切った。

すでに堂内に灯《あかり》がともされ、畳も床も鮮血で濡《ぬ》れ、血のにおいがたちこめていた。

顔面蒼白のデュプレー号艦長が立ちあがり、通辞を呼び、才助へつたえてきた。

「サムライの豪胆さはよくわかった。われわれの出した死者は九名、すでに日本側は十一名が腹切りをした。これでよい。残りの者は生かしてやってくれ」

才助は処刑をとどめ、土佐藩家老深尾にこのことをつたえた。すると深尾は、

「意を決めてこの席にのぞむ者が、死をまぬがれては生き恥をさらすことになる」

といったが、

「いいや、強いて死なすことはありもはん。生きのびた者は、かならずお国のためにつくしも《もん》そ」

才助はきっぱりと応じて、切腹の中止を告げた。

しかしその夜、才助は一睡もできず、数日を悶々《もんもん》として過した。

検使の席にいて、みずから武士の誇りと意地をもって切腹してこの国のために果てた十

一名の者の鮮血を身と心に浴びたのは才助自身である。外国掛として全力をつくしたが救いえなかった。切腹者がフランス水兵の死者と同数になったとき、これでよいではないかとデュプレー号艦長にいって中止を命じることもできなかった。生き残った九名の者は生命を救われたが、その負い目を背負って生きねばならない。

――なぜなのじゃ？

才助はおのれに問いかける。そもそも、切腹して果てることを誇りとする武士の一分《いちぶん》とは何か。なぜ、それをよろこびとし、誇りとするのか。なぜ、命の重みを軽んじるのか。思えば薩英戦争のあのとき、イギリス軍艦にみずから捕虜の身となった才助と弘安を、人々は武士らしくなぜ斬り死にも切腹もしないのかと非難した。二人は薩摩武士の風上におけぬ者として生命をねらわれた。だがなぜ、人間が生命を粗末にする必要があろう。その考えはヨーロッパを訪れていっそう強固なものになった。才助の合理精神はさらに磨きがかかった。薩摩隼人《はやと》でありながら、モンブランやグラバーや、ロッシュやパークスの思考にむしろ近い。

――俺《おい》は、薩摩武士、いいや日本人として、おかしかとじゃろうか。

その才助がこの国の外国事務局判事をつとめ、新しく生まれたばかりのこの日本に尽そうとしている。その矛盾に、才助はぶち当っていた。

そして、デュプレー号艦長の申出があったとはいえ、切腹を独断で中止したのは、僭越《せんえつ》だったかもしれないとも思った。

才助は新政府に進退伺いを出した。しかし、きき入れられなかった。この堺事件で延期された各国公使の天皇謁見の儀が三十日に決まり、才助は悩んでいるひまなどなく、謁見式に臨まねばならなかった。

この日、またも事件がおきた。

各国公使は入京してこの日にそなえ、午前十時、フランス公使ロッシュがまず宿舎の相国寺を発し、才助は小松とともに騎馬で従った。前代未聞の外国公使の参内を一目見ようと沿道に見物人が蝟集《いしゅう》し、行列は容易にすすまない。才助は馬腹に一鞭《ひとむち》くれて、躍りあがる馬に群衆がおどろき道をあける間に、行列をすすめもした。

このとき天皇はいまだ満十五歳。ロッシュは拝謁して勅語を賜わり、ついでオランダ総領事が拝謁し、それぞれ溜所《たまりじょ》にもどった。しかし、午後の定刻をすぎてもイギリス公使パークスの参内がなかった。才助は気になり、みずから馬を駆ってパークスの宿舎である知恩院へ行きかけたとき、変報が入った。

「パークス公使が襲われました」

午後一時の定刻に知恩院を出発したパークスの行列はものものしかった。五十名の公使館付騎馬護衛隊を先頭にパークス、側近のアーネスト・サトウと外国公使接待掛の後藤象二郎、中井弘蔵、書記官らの騎馬団がつづき、イギリス歩兵中隊と尾張兵がしたがう大行列である。行列が縄手通りにさしかかったとき、二人の男が群衆の中から飛び出し、白刃をふるってパークスの方へ突進した。

一人は旧京都代官の家士朱雀操《すざくみさお》、一人は大和浄蓮寺の僧三枝蓊《さえぐさしげる》であった。二人は士官一人、騎兵数人に重傷を負わせ、さらに進んでパークスに迫った。中井が馬から飛びおりて応戦し、袴《はかま》に足をとられて転倒したところを一太刀あびせられたが屈せず斬りむすび、そこへ後藤が駆けつけて朱雀を斬り倒し、中井がとりおさえた。三枝の方はイギリス歩兵隊を相手に暴れまわり、後方から駆けつけた書記官ミッドフォートに斬りかかったが、ミッドフォートは勇敢にも相手に組みついて倒し、刀を奪いとった。そして、そばの邸内に逃げこんだところを捕えた。

あたりは道が狭く、家が建てこみ、逃げまどう群衆が邪魔になって、警護の兵は思うように立ちむかえなかった。

才助が現場に駆けつけたとき、パークスは参内をあきらめて知恩院へ引きあげ、捕えられた犯人二人は役所に引きたてられたあとであったが、道のそこらじゅうに血だまりができ、負傷者が医師の手当をうけていた。

その報告に馬を飛ばして御所へ引きかえしながら、才助は激しい憤りと同時に、わが身が深い穴に突き落されたような暗澹《あんたん》たる思いにとらわれていた。

（外国人を暗殺する者があとを絶たぬ国が、ヨーロッパのごとき近代国家になれるわけがありもはん。これまで、彼らの心情を忖度《そんたく》し、武士の面目を立て切腹させたが、それでは攘夷はあとを絶たぬ。この国の人間も変わらぬ。切腹はぜひにも止《や》めじゃ）

この夜、才助は伊達宗城邸で小松、大久保、後藤らと協議し、厳罰を主張し異論もあったが、全員の賛同をえた。

才助は、パークスへの謝罪文を草し、朱雀、三枝の二名を粟田口《あわたぐち》で斬首し、その首をさらした。さらに仲間三名を捜し出して捕え、流罪に処した。

三

一年があわただしく過ぎた。

激変の一年であった。

西郷吉之助と勝麟太郎の会談で、江戸城総攻撃は中止、四月十一日、江戸城は無血開城、徳川慶喜は水戸に謹慎した。

(西郷《せご》どんとあの勝さァは、さすがじゃ。こいで江戸は焼け野原にならずにすみもした。じゃっどん、天皇の親征はなくなり、大坂行幸もとりやめ、大坂遷都は夢と消えもしたか……)

才助は複雑な気持で思ったが、大坂行幸は実施された。

天皇は一ヵ月半、大坂に滞在し、大坂城で新政府軍を閲兵、観艦式では佐賀藩の軍艦電流丸に乗艦した。薩摩藩の軍艦三邦丸に乗って式典に参加した才助は、はるか海上から青年天皇の姿を拝して、胸が熱くなるのを覚えた。

(日本もやっときっと変わりもした。歴代の天皇で艦上から海を見たとは、この帝がはじめてでごわンそ)

五月、外国官権判事《ごんはんじ》に任命された才助は、木津川と安治川の交叉《こうさ》する川口に設けられた川口運上所で、関税事務と外交事務のいっさいのほかに大坂開港の準備にあたらねばならず、さらにその月、大坂府権判事も兼務することになり、多忙をきわめた。

京都の大久保から財政・経済についての相談もうけた。大久保は経済に弱い。

新政府の財政は、財政通といわれる由利公正《ゆりきみまさ》が当っていたが、戦費の調達などで手いっぱいで、貨幣制度の対策はまだ立っていなかった。

「どげんしたもんでごわンど、五代どん」

大久保は辞をひくくして訊《たず》ねた。才助は即座に答えた。

「日本の通貨をきちんとせんとなりもはん」

財政難の幕府が粗製濫造《らんぞう》したので貨幣の質が粗悪で、外国からの苦情が絶えない。これでは国際信用がなく、とても貿易と経済の発展は望めない。

「新政府が造幣寮を新設し、量目の正しか良貨をつくらんななりもはん。実は、香港にすぐれた造幣機が使われずにあるちグラバーからききもした」

長崎のグラバーから久しぶりにそう知らせてきたのである。才助がモンブランと親しくして、モンブランが横浜のフランス領事官となり、横浜居留地に商社もかまえて利益をあげていると知ったグラバーが、才助に近づいてきたのだ。

「大久保さァ、造幣機を買入れ、大坂に造幣寮をつくりもそ。貨幣制度は国家の根幹でごわす。遷都はならんでん、大坂は天下の商都でごわす」

大久保と別れて大坂の自邸にもどると、鹿児島の兄から書状が届いていた。

母の死の知らせであった。国許《くにもと》で評判のよくない才助を心配しつつ、新政府の中枢に参与した報《しら》せによろこびの返事を書き送ってきた年老いた病の母が、この世を去ったのである。儒教と国学にこりかたまっていまだに過激な攘夷論者である兄徳夫は、関東の戦《いく》さにもいかず朝命とはいえ大坂で夷狄《いてき》相手に商人のまねをしている才助を非難し、五代家として恥ずかしくてならない、意見したいから葬儀にかならず帰郷するようにと長々と記していた。いまにはじまったことではなく、妻トヨからも同様の書状はたびたびきていて、才助自身、鹿児島での自分の評判がますます悪くなっているのは承知していた。

母は、薩摩のしきたりを重んじながらも、幼いころから才助をかばって、才能をのばしてくれたただ一人の女性である。才助は子供のように泣いた。しかし、葬儀に鹿児島へ帰る気はなかった。また、その暇もなかった。

——故郷を捨てる。

決心したのはそれであった。

——この際、妻とも別れる。

旧習によって結ばれ、どうしても愛情のわかないトヨと別れるだけでなく、母の死を機に五代家という家からも自由になりたかった。

七月十五日、大坂開港。

その二日後、江戸が東京と改称された。近く東京遷都があるであろうと才助は思った。

八月、才助は大坂にきたグラバーに会って香港の造幣機購入を決め、大坂造幣寮設立に奔走した。

九月八日、明治と改元。慶応四年を明治元年とし、今後、天皇一代に年号一つ、つまり一世一元の制が定められた。

十八日、才助は大坂府判事となり、従五位に叙せられた。

その祝宴が盛大にあり、馴染《なじみ》の芸妓《げいぎ》を大勢呼び、大いに飲んで英気を養った。備後町の自邸では、つけあげ（薩摩あげ）を肴《さかな》に年代物の泡盛を飲んで酔うのが楽しみな独り身の男の才助にとって、派手な茶屋遊びは激務を忘れる唯一の道楽である。また、この男は女に惚《ほ》れっぽく、女に弱い。大坂にきてからでも、馴染の芸妓を幾人もつくっていた。

その夜も馴染の妓《ぎ》を抱いて眠り、翌日、人力車で自邸にもどると、長崎から書状がとどいていた。広子と娘の治子の後見を依頼しておいた友人の永見伝三郎からである。

書状を読みだして、残っていた酔いが全身の血とともに引いた。

広子を後妻に娶《めと》りたいという人物が現れたというのである。長崎で貿易商をいとなむ誠実な男で、妻を失くして三年、広子を見染め広子に同情し、治子も引きとって養育するといっており、広子の方も乗り気のようなので、この際、後妻に出すのが広子のためではないか——と伝三郎は記していた。

（広子のためか……）

大坂にきてから一度書状を出したきりである。上海に迎えにいったモンブラン伯爵を長崎の花月楼で遊ばせたころ、たまに広子のもとへ帰って以来、鹿児島から直接兵庫と大坂へきてしまったから、一年以上も会ってはいない。いや、それまでも、滞欧九ヵ月にも及ぶなど、つねに飛びまわっていて、留守にしている方が多かった。一年前、広子の義父蝶園の死の報せにも帰れなかった。

あの碧《あお》い目と透きとおるような白い肌にわずかにオランダ商人の血をうけついだ広子が、夕立のあの日、朝顔の花柄の浴衣《ゆかた》を着て、すぐそこに立っていた姿が、昨日のことのように鮮やかに目に浮ぶ。

悔いが苦い水のごとくわが身をひたすが、この際、別れるのが広子のためであろう。妻とは離別し、郷里も捨て、五代家からも自由になろうとしているにもかかわらず、女に惚れっぽく乱れた暮らしをしている自分には、いまさら広子と治子を呼び寄せて共に暮らす資格はないと、才助はおのれにいいきかせた。それに、鹿児島を発《た》つとき、死を覚悟して、その書状とともに治子の終身養育費を送っている自分である。

才助は伝三郎へ承諾の書状をしたため、あらためて広子へ大金を送るほかには、不実を詫《わ》びるてだてがなかった。

(俺《おい》は、なんちゅうぼっけもんや)

その年九月二十二日、会津若松城の攻防戦は、若松城が落城し、五日後、頑強に抵抗していた庄内藩も降伏して、奥羽戦争は終結した。残るは五稜郭《ごりょうかく》にたてこもることになって蝦夷島共和国を宣言する榎本武揚の旧幕軍だけである。

九月二十日に京都を発した天皇の行列は東海道を進んで、十月十三日、江戸城に入った。この日、江戸城は東京城となった。

才助は前にもまして忙しかった。

大坂開港後、外人居留地に外国人向けの遊廓を設けねばならず、才助はその建設も指揮せねばならなかった。松島遊廓である。

一方、十一月十四日、モンブラン伯爵から大坂駐在のフランス副領事レックスを通じて、才助へ坂神間の電信架設願が提出された。かつて才助がモンブランとの合弁商社でやろうとした事業の一つである。

調べてみると、二年前、幕府と親密な関係にあったフランスの富豪フロリー・ヘラルドが幕府へ電信に関する勧告をなし、その翌年、アメリカ人が江戸・横浜間の電信建設を請負いたいとアメリカ公使を通じて申し出、イギリスの商社も電信建設の利権獲得に奔走し、イギリス公使を通じて幕府老中へ計画書が提出されていたのだが、幕府の瓦解《がかい》で立ち消えとなっていた。また、モンブランの願い出とほとんど同時期、広瀬という日本人から京都・大坂間に電信を新設したいのでその費用一万五千両を新政府から借用したいとの願い出もあった。

——電信事業は俺《おい》の夢の一つじゃ。

才助は血がさわいだ。東京・横浜間よりも大坂・神戸間に日本最初の電信を架設したい。

モンブラン伯爵から直々《じきじき》に手紙もきた。いまこそ坂神間に電信事業が実現するよろこびを手ばなしで語り、十二月に日本のパリ領事として派遣される予定だが、才助から許可の回答があるまで出発を延期し、決定の折にはぜひ会いたいと達筆な日本文字で記されていた。

才助は苦慮した。モンブランとの個人的な信義を思えば、彼に許可したい。しかし、いまの才助は明治新政府の大坂判事である。かつてモンブラン伯爵と交わした合弁商社の仮契約は薩摩藩の全権代理五代才助がした。

いまの才助は、電信事業は個人ではなく新政府が国家行政の事業としてすべきだと考えるようになっている。

才助はこの考えをモンブランへの私信で述べ、フランス副領事レックスへの返事は引きのばした。

東京でも才助の長年の友、神奈川県知事となった寺島宗則から、東京・横浜間電信創設についての建議書が政府へ提出され、十二月、電信官営の方針が廟議《びょうぎ》で決定した。

そして年が明け、明治二（一八六九）年を迎えた。年末に離婚は成立し、才助は独身になって三十五歳。その正月早々、軍艦買上御用掛兼任となった。

二月、才助はフランス副領事レックスへ、モンブランの坂神間電信事業を拒絶する回答書を送った。

――神戸大坂間へ「テレガラフ」造作の儀、右は我が政府に於《おい》て自ら手を下し製造いたし候筈《はず》にて、既に機械も横浜表へ相廻りをり候に付、近様製作に取掛り候儀に付、左様御承知くだされたく候。謹言。

この月、アメリカ領事から提出された、京都・大坂・神戸間の鉄道敷設願いも、おなじ理由で才助は却下した。

そして東京遷都の決まった三月、モンブラン伯爵はパリ駐在の日本領事としてパリへ帰って行った。

その報せをきいた才助は、ここ数日、ぼんやりと過した。相変らず仕事はつぎつぎとあって、難問が多く、一息つくひまもないのだが、ふと、机に頬杖《ほおづえ》をついて好きな葉巻きたばこをくゆらせながら窓外の海を放心して眺めていることがある。

長崎の広子と別れたことが、心に深い空洞をつくっているのかもしれなかった。パリにもどったモンブラン伯爵のことも、妙に懐かしく思い出された。

しかし、造幣寮設立のための造幣機はグラバーを通じて六万両で購入し、香港から到着した。候補地を難波や中之島から旧幕府米蔵や東西奉行所などのあった大川右岸の五万六千坪の敷地に変えて、造幣寮の建設もはじまっている。新貨を鋳造し、兌《だ》換《かん》紙幣をつくり、銀行《バンク》もつくらねばならない。

三月二十八日、東京が首都となった。

四月二十一日、才助は東京に上京し、大隈重信の邸で岩倉具視、伊達宗城、大久保と財政政策を議した。

五月、大坂湾の浚渫《しゅんせつ》を企画、大坂湾を近代港へと建設を開始する。才助は三井、小野、島田の三為替方や鴻池《こうのいけ》善右衛門などの大商人はもとより、才助を慕ってあつまってくる大坂商人へこう話した。

「東京が首都となっても、太閤《たいこう》はん以来、商人で栄えてきたこの大坂を、おはんらの手で新しい日本の商都に発展させてたもンせ。それには貨幣制度を世界に通用するものに変え、新しい貿易商社をこの大坂につくり、鉱山、工業も起こさねばなりもはん」

そのために、才助は郷里を捨て、妻とも別れ、この大坂に骨を埋めるつもりになっているのである。

ところがその才助へ、五稜郭開城で戊辰戦争が終わった五月の二十三日、東京の行政府から突如、一片の辞令がとどいた。

――これまでの職務を免じ、会計官判事を仰せ付く。横浜在勤の事。

追って翌日、神奈川通商司知事を兼任せよとの辞令である。

大隈重信が外国官から会計官に転じ、由利財政の挫折《ざせつ》のあとをうけて大隈財政に腕をふるい出したいま、財政にも造詣の深い才助を大隈と大久保が起用したのであろう。そのことは先日の東京での財政政策会議で、才助自身、感じたことであった。

大坂から横浜への転勤は、左遷とはいえず、中央政界への飛躍の道といっていい。

しかし、才助の気持は浮き立たなかった。才助の新政府での活躍を国許《くにもと》の武勲派がさまざまに妨害しており、才助はそのことで嫌気がさしはじめてもいた。

才助はいまや大坂にとってなくてはならぬ人物である。下僚の職員全員をはじめ、住友の総支配人広瀬宰平《さいへい》、鴻池善右衛門、藤田伝三郎などの大坂商人六百人から才助留任の嘆願書が出された。

——五代殿は坂地草創より外国御交際のことを司《つかさど》らせられ、就中《なかんずく》、御開港の為《ため》に尽力候てより以来、さらに力を尽され、士を教へ、商を導き、広く仁慈を垂れ、恩恵を施し、衆人を子の如《ごと》く憐《あわれ》みたまひしにより、私共一同、父母の如く慕ひ奉り、犬馬の労を厭《いと》はず……。

国際商都大坂のため、才助に当地を統括してほしい、それが即ち天朝の為であると、嘆願文は訴えていた。

商都大阪

一

——官を辞す。

迷いはなかった。理由は幾つかある。

五代才助は辞職の決意をつたえるべく、長年の上司で、外国官副知事の小松帯刀《たてわき》の妾宅《しょうたく》を訪ねた。小松は才助もよく知っている南地の芸妓《げいぎ》お琴をひかせて、久宝寺町に妾宅をもうけ、子を生ませていた。

横浜出張中に発病したという小松は、臥《ふ》せっていたようだが、才助を客間に通し、

「ただの風邪じゃ。ゆくさ（よく）来《き》やった」

と軽い咳《せき》をしながらも笑顔を見せた。

才助と同年で、宮中に参内すると多くの女官に騒がれた美男の小松が弱々しく咳をするのを見て、才助は不吉な予感がした。しかし、小松はいつものきびしい声になって、才助の横浜転勤をけしからぬことだと憤った。税関事務などで不正をはたらく外国商人を才助

がきびしく取締るので、各国の領事が才助を大阪から横浜へ移すよう、神戸運上所を掌《つかさど》る伊藤俊輔（博文）など政府の長州閥にはたらきかけたというのである。

「そげなん事《こち》ゃ、よかとでごわす」

才助は、病の小松をいたわるようにいった。

薩英戦争直後、身を隠していた才助に上海に亡命してはどうかと手をさしのべてくれたのはこの小松である。薩長同盟を西郷、大久保と推進し、討幕の密勅の降下を知りながらその前日になにくわぬ顔で徳川慶喜に大政奉還を勧めたほどの人物で、新政府では才助同様に外国事務に尽力してきた。その小松が、めずらしく愚痴めいたことをいう。病のせいであろうか。

「小松さァ、俺《おい》は奔放不羈《ほんぽうふき》じゃっで、宮仕えはむきもはん。性に合わんとじゃ。この際、官を辞めせえ商人《あきんど》になる腹ばきめもした」

才助は晴ればれとした表情でいい、言葉をついだ。

「幸い大阪の商人が慕ってくれもす。俺は武士もやめせえ、こん大阪を東洋のマンチェスターにしとうごわす」

「武士もやむっとな？」

小松はおどろいたが、

「五代どんらしか決心じゃ。俺《おい》もそげんじゃっどん、おはんは鹿児島では生きづらかろう。じゃっどん、こん大阪でなら思う存分に活躍できもンそ」

国許《くにもと》では西郷を中心とする武勲派が幅をきかせている。その武勲派から見れば、外国かぶれで商人のようなことをしていた才助はもともと評判が悪いが、戊辰戦争に直接参加せずに新政府の枢機に参与している才助たちは、驕奢《きようしや》尊大だとのそしりをうけている。同様の小松は、淋《さび》しげな笑みを口もとに浮かべたが、

「官も武士も捨てる五代どんに、俺は大賛成じゃ」

といい、下女に酒肴《しゆこう》の用意を命じ、幼な子の手をひいて姿をみせた愛妾のお琴から女の子を抱きとると上機嫌に話しかけた。

「よう、おすみ。この五代どんは、大阪をイギリスのマンチェスターにするそうや」

翌月、横浜へ一応赴任した才助は、上京して大久保一蔵（利通《としみち》）へも辞職の決意をつたえた。

「そいは困る」

と大久保は言下にいった。

会計官として大隈を支え、この国の財政・金融問題にとりくんでほしいという。才助は即座に答えた。

「俺《おい》のやるべきことは、終わりもした」

才助がいったのは、長年にわたる武器・艦船調達のことである。思えば、長崎の海軍伝習所遊学中に蒸気船購入を藩に建言以来、長崎と上海での蒸気船購入を皮切りに、渡欧してどれほど大小砲と艦船の購入に努めてきたことか。その中には、対英戦で苦汁をなめ、

討幕戦では活躍したアームストロング砲もある。また欧州から購入した武器弾薬を開聞丸で長州藩はじめ他藩に売り込み、討幕戦に貢献したのみか藩財政に大いに尽しもした。そして、新政府に対してもモンブランを通じてフランスから銃器弾薬を購入、オランダ領事に交渉して三十万ドルを借り入れて購入代金に当てた。また、榎本艦隊の旗艦開陽をしのぐと見られたアメリカの甲鉄艦の購入に力を尽しもした。

幕府が倒れ、この五月十八日、榎本の五稜郭《ごりようかく》が開城して戊辰戦争が勝利の終結を迎えたいま、この国の歴史の大変革に大きく寄与した武器購入の仕事は終わったと、才助は誇りをもって思う。

「俺のほかに誰がなしえたでごわンそ。じゃっどん、グラバーのごとき武器商人のようなこつはもうしまいじゃ」

と才助は大久保へ断言した。

「こいからは、新生日本のために貿易をし産業をおこす。欧米列強に日本が伍《ご》す富国強兵の殖産興業じゃ。大久保さァもぜひ欧米をその目で見、肌で感じてきやんせ。残念なことに、いまの日本の商人は世界を見る見識がなく、旧態依然として細利に汲々《きゆうきゆう》とし、世界に通用する企業をおこす者がおらん。俺がやらねばなりもはん。俺はもともと商人にむいちょっとじゃ」

才助がそういって笑うと、大久保は黙ってうなずき微笑した。そして、官を辞す才助にいかなる協力もおしまないと約束した。

才助は東京に出ると両国の旅館松田屋を常宿にしていた。大川の眺めも好きだが、勝子という、気性のきりっとしたいかにも江戸っ子の別嬪《べっぴん》の女中が気に入っていたからである。二十歳《はたち》を一つ二つ過ぎた年ごろであろうか、男好きのする躰《からだ》つきで、女将《おかみ》から才助の身分をきかされているらしく「五代先生」と尊敬して呼びながらも、どこか甘えるところがある娘である。

大久保と別れて料亭からもどった才助は、布団を敷きにきたその勝子をやにわに抱き寄せた。官を辞すと決めた解放感があった。勝子はわずかに抗《あらが》ったが、身をまかせてきて、

「捨てないで下さいね」とあえぐ息づかいでささやいた。

彼女は、大谷勝子といった。女将の遠縁にあたる娘で、近くの深川に両親がいるという。

「俺はしばらく横浜にいる。遊びにきやんせ」

才助はやさしくいい、過分の小遣をあたえた。

七月四日、才助は横浜在勤一月足らずで辞表を提出、退官して大阪にもどった。後に明治実業界の東西の双璧として「東の渋沢、西の五代」と称された渋沢栄一の下野に先立つこと四年であった。

新政府は才助へ在官中の慰労として晒布《さらしぬの》二疋《ひき》と七百五十両を下賜《かし》した。

才助は官の垢《あか》を落すと称して、南地の花街で連日豪遊した。もともと遊びは派手であり、酒は強い。ちかごろはお琴の朋輩だった福松という芸妓を馴染《なじみ》にしていた。

「五代先生、商人《あきんど》はんにならはって、どないなことをしはりますんや」

聞き上手な福松は、何気ない話題をとらえて、身を寄せるようにして訊《たず》ねてきた。

「お前《まい》なら、ないをはじめるとな？」

「そんなん、決まっちょっとりまっせ」

「ほう、決まっとか」

「うちが五代先生やったら……」

「うん、福松が俺なら……」

「英語の辞書、こしらえますわ」

「英語の辞書……」

思わず才助は鸚鵡《おうむ》返しに口にして、福松を間近にまじまじと見つめた。むろん目鼻立ちは整っているが、躰つきが大柄で、絶世の美人というのではない。が、こんなにも綺麗《きれい》な澄んだ目をしていたのかと、いまさらながらに気づいた。その澄んだ目のように磨《と》ぎ澄まされた感覚をもっている利巧な女なのである。教養があり、和歌、絵画をたしなみ、英語も習っている。聞き上手でいながら、話させれば才助たち男が思いもしなかったことを口にして弁も立つ。

「ないごて、英語の辞書づくりが俺《おい》の商売の手はじめじゃっとか」

胸を衝かれながらも才助はとぼけてきき返した。

「先生は英語が大事やてつねづね仰《おお》せやのに、堀はんのお父上がこしらえはった辞書ぐらいしかあらへんのとちごてますか」

図星であった。日本には堀孝之の父堀達之助の字典にもとづく『英和対訳袖珍《しゅうちん》辞書』がごくわずかな部数出版されていたが、印刷は上海でなされたものであった。福松がいうように英語辞書の出版はやらねばならぬ事業の一つである。それにその後、病気療養中の小松を見舞ったとき、碁を打ちながら小松がもらした言葉がある。

「胸を病んだようじゃっで、そげん長くはあるまい。心残りは俺の所有する『二十一史』のことじゃ。復刻して好学の士のために役立てたいが、どげんかなりもはんか」

「二十一史」は中国の古代から明代にいたる史書で、入手困難な稀覯《きこう》書になっていた。

「なにを気の弱かことを」

才助はそういったが、復刻のことが心にかかっていて、

「じゃじゃ、活版印刷じゃ。活版印刷所を建てもンそ」

と手を打って大声を発していた。そして、

「豊子《とよこ》」

と福松を本名で呼んでいった。

「お前は、俺の胸のうちでまだ形にならぬものを言い当てるのう。偉か女性《おごじょ》じゃ」

その夜、福松の豊子と同衾《どうきん》した才助は、寝物語りに金銀分析所について話した。

「実は、俺のつくった造幣寮で、金銀の地金《じがね》が集まるか心配じゃっちいうで、各藩の古い金銀貨幣を買い入れ、熔鉱炉で融かして分離させ、純粋な地金をつくる金銀分析所を設立しようち思うとじゃ。ヨーロッパを巡察の折、活版印刷所もそげんじゃっどん、冶金《やきん》工場

も見学して金銀分析がいかにするものかわかっちょる。民業にまかせようと思ちょったどん、官を辞したこん俺がやっとじゃ。それには、出資者を見つけねばならぬが、だれがよかどかいのう？」

「そうだしたら、鋼鉄商で生糸の貿易もやらはる岡田平蔵はんがええんやおまへんか。両替商の九里はんも」

豊子は南地に遊びにくる政治家や商人のことをよく知っている。即座に二人の名をあげた。

数日後、二人に話すと、

「さすが五代先生、よろこんでお手伝いさしてもらいまっせ」

と二人は賛同し、九里は広大な別荘を工場敷地に提供し、当面の運転資金も出すことになった。

一方、鴻池善右衛門ら大阪の豪商を説いて設立準備をすすめてきた為替会社と通商会社は八月十日に設立された。為替会社は銀行業務を、通商会社は海外貿易を手がける。

そして十月、金銀分析所は開設された。長崎から呼んだ岩瀬弥四郎（公圃《きみはた》）と永見伝三郎の子の米吉郎が会計を担当し、長いつきあいの堀孝之が才助の秘書兼執事となった。

この年の暮、才助は帰郷した。

新政府が官制を決めたとき、各藩から貢士《こうし》・徴士《ちょうし》を出させて政治に参与させた。貢士中の秀才が徴士で、その徴士である才助は、薩摩藩から選抜されて新政府に参与した一人である。官を辞したことを藩庁に届け出、藩主の忠義と久光に退官の挨拶《あいさつ》をしなければならない。そのための帰郷だが、これが故郷の土を踏む最後になるだろうと才助は思った。

藩庁は藩士である才助に年俸として米三十俵を支給すると通知した。これまで命がけであれほど藩のために尽した才助へ、足軽とおなじ待遇である。忠義と久光からは形どおりの慰労の言葉があったのみであった。

兄の徳夫は、才助を外国人に武士の魂を売り、こんどは大阪で下賤《げせん》な商人になりさがるのかと相変らず非難した。武勲派の藩士からの悪評はいっそう刺《とげ》をもっていた。薩摩武士にもかかわらず英語使いの商人もどきとなって栄達した男、大阪に松島遊廓《ゆうかく》をつくった放《ほう》蕩者《とうもの》……と。

才助はきき流して独り泡盛を飲んだ。

——あわれな奴《わろ》どんよ。

とうに藩など捨てた身の才助は思う。新政府では廃藩置県の準備がはじまっているというのに、在郷の藩士は時代認識を変えようとしない。すでに今年六月、版籍奉還がおこなわれて藩主の領地と領民は天皇に奉還され、旧藩主は知藩事となり、政府の地方長官になった。しかも非世襲制である。いまのところ藩が存続しているが、府藩県の三治体制となり、武士は知藩事となった旧藩主から俸禄《ほうろく》をうけるのではなく、藩という機構から支給されているに過ぎないのに、いまだ島津家の家臣のつもりでいる。その彼らは藩がなくなることに怯《おび》え、憤っているのである。

（西郷《せご》どんは、ないを考え、ないをやらかすつもりじゃろう……？）

帰郷して日当山《ひなたやま》温泉にこもっている西郷は、戊辰戦争が終結したのだから参与兼東征大総督府参謀の地位にあった自分のやるべきことは終わったと考えているのだろうが、武勲派の長としてなにをするつもりなのであろう。

（薩摩はおかしか）

泡盛に酔って海岸に出た才助は師走《しわす》の桜島をながめながら思う。

（俺《おい》には馴染《なじ》めぬ。じゃっどん、俺の身には薩摩武士の血が流れちょっ。いいや、こいまでの俺の生き方こそが真の武士じゃ。二度と鹿児島《かごんま》の土は踏まぬが、世界に通じる俺が士魂をもって貿易をし、産業を興す）

　噴煙の匂《にお》いのする海風に吹かれ、心地よい酔いに身をまかせて、才助は心にそう語りかけていた。

　大阪にもどった才助は、東区梶木町五丁目の住居に移ると、年が明けた明治三（一八七〇）年正月、芸妓福松だった菅野豊子と婚礼の式を挙げた。

「前妻がおなじ名のトヨじゃったが、豊子、お前のおかげで二度と思い出すことはなかとよ」

　才助は照れかくしにいったが、豊子は惚《ほ》れこんで終生の伴侶《はんりょ》とした女である。

　才助は「友厚《ともあつ》」と改名した。三十六歳、実業家五代友厚の出発である。

金銀分析所では順調に地金が製造され、まだ操業していない造幣寮へ納入されて利益をあげた。

二

「次は、いよいよ鉱山をひらき、金銀銅鉱石の採掘と精錬をせねばなりもはん」

友厚は執事の堀にいった。モンブランとの合弁商社で共同事業にするはずであった鉱山の開発と経営である。

造幣寮では数名のイギリス人とフランス人の技師が指導にあたっていたが、友厚はモンブランに連絡してフランスからあらためて鉱山技師を呼び、日本全国の鉱山の調査にあたらせた。新政府はすでに鉱業開放を布告し、民間による開発を許可していた。

友厚はたびたび上京し、計画中の鉱山事業に政府融資の確約をとりつけた。大久保の後《うしろ》楯《だて》が大きかった。

活版印刷所の方は工場が建設されたのに、印刷機の試運転が思うようにいかなかった。小松の労咳《ろうがい》の病状は進行し、妾宅で静養につとめていたが、好きな碁を打つ気力もない様子で、夏を越せるか、それまでに「二十一史」の復刻ができるかどうか、友厚は苛立《いらだ》たしい日々を過した。

すると、その小松から、片カナで英単語の発音を表記したすぐれた英和辞書が上海で印刷され、船便で五百冊届いたから販売してくれないかと頼んできた。堀達之助の辞書を改訂したもので、売上げの利益は留学生の費用にあてるという。友厚は即座に引きうけ、英語普及のために工部省に百五十部、兵庫県に百部、その他一般にも頒布《はんぷ》した。

四月、薩摩藩から堺紡績掛を命ぜられた。足軽なみの冷遇の藩からの命令に、友厚は複雑な気持になった。そもそも彼がイギリスで購入した紡績機械で鹿児島に日本初の紡績所が操業したのである。それらの機械を堺に回送するなどして、二年前から紡績所の建設がはじまっていたが、ようやくこの四月の運転開始にあたって、友厚を紡績所の最高責任者に任じるというのである。

（じゃっどん、いまさら藩の事業に……）

まして、近く廃藩置県がおこなわれるはずである。

友厚は、最近ふえた人力車で堺に出かけてみた。本館は煉瓦《れんが》づくりの三階建て、工場はやはり煉瓦づくりの広大なもので、三本の巨大な煙突がそびえている。案内されて工場に入った友厚は、感動に身がふるえた。新鋭の紡績機械が整然と据えつけられ、西欧風の作業衣を着た男女二十人ほどの職工が試運転をしているではないか。鹿児島ではイギリス人技師が職工を指導したが、ここでは外国人に頼らず日本人だけですべて運営するという。

〈やってみもすか〉

友厚は力強くおのれにいいきかせていた。マンチェスターで見た工場の活況が二重映しになった。この日本で、イギリスとおなじ最新鋭の紡績工場が誕生するのである。

その夏六月二十七日、小松がお琴に看取《みと》られて死去した。

小松は五千石の大身だったが、前年に俸禄を藩に返還していて、病で政府を退官後は無収入にちかかった。その上、保証人になっていた薩摩藩御用達商人が倒産して、巨額の負債をかぶってしまっていた。

友厚は小松の借財を返済し、お琴とその子おすみの暮らしを支えていくことにした。

「小松はんにはごっつうご恩をうけなはったんやさかい、そうしなはったら」

と豊子もいった。

「じゃっどん、『二十一史』の復刻が間に合わんかったとが残念じゃ」

実は、小松への金銭援助を友厚は小松と長い交際のあるグラバーに求めていたのだった。

それに対してグラバーは、

――……精々都合いたし、遠からず小松閣下の金子《きんす》調整つかまつり候やう勉強いたすべく候。高島石炭の儀も盛大にあひなり候につひては、遠からず発財にもあひなり申すべく候まま、貴下の金子の義は決して失念つかまつりまじく候。

と返書を書き送ってきていた。

友厚は知らなかったが、放漫経営と諸藩に残った売掛金の回収不能で経営不安があったにもかかわらず強気のグラバーは、ジャーデン・マセソン商会からさらに多額の融資をえて炭鉱経営に手をひろげていて、期待する高島炭鉱の利益が上がるまで待ってほしいと、アバディーン気質の誠意ある断り状を送ってきていたのである。

そのグラバー商会が、小松のあとを追うかのように倒産した。高島炭鉱の採炭量が上がらず、労働強化に反抗する坑夫たちの騒動がおこり、ジャーデン・マセソン商会の資金援助が絶たれたのだ。八月二十二日（洋暦）、イギリス領事裁判所で破産法が適用され、設立から九年四ヵ月、日本の大武器商人グラバーの商会は倒産した。

その報《しら》せをきいても、英語辞書の印刷発行のめどがたたずに資金繰りの苦しい友厚には、南地の料亭に招待して力づけるほかにはてだてがなかった。思えば、グラバー商会の看板をかかげた大浦居留地ロッド二番のジャーデン・マセソン商会に来日間もないグラバーを訪ねて以来の長いつきあいである。あのときの忘れられぬ握手を、友厚は昨日のことのように思い出していた。

やがてグラバーは三菱会社に迎えられ、晩年は東京麻布の豪邸に住み、穏やかな余生を送るのである。

その秋、旅館を引かせて妾宅をあたえていた東京の勝子が男子を出産したが、子は三日後に死亡した。友厚は豊子へは内緒にした。

年が明けて明治四（一八七一）年二月十五日、大阪造幣寮の開所式が盛大におこなわれた。勅使の右大臣三条実美以下、参議大隈重信、大蔵卿伊達宗城、外務卿沢宣嘉《のぶよし》、大阪府知事など三十余名の高官とイギリス、フランス、アメリカ、オランダの公使が出席、大阪の豪商たちも祝賀に駆けつけた。この日、造幣寮の職員は全員がいっせいに断髪し、黒ラシャの詰襟の制服を着用した。

開会式とともに大阪城で二十一発の祝砲がとどろいた。式と工場見学後は洋風の祝宴である。妻豊子も洋装で祝宴の接待役をつとめた。外国公使が同伴する妻女にもひけをとらぬ洋服の着こなしの美しさと、英語もかなり解するその巧みな話術の社交ぶりに、一同の注目があつまった。

余談ながら、木戸孝允の妻松子は芸妓幾松《いくまつ》、伊藤博文の妻梅子ももとは芸妓で、後に外務大臣として日清講和をまとめる陸奥宗光の妻亮子《りょうこ》もまた芸妓だった女性で、彼女たちは美貌《びぼう》とお座敷できたえた社交性で、鹿鳴館の舞踏会などで活躍して夫を助けるのである。

七月、廃藩置県が断行された。二百六十余年つづいた封建制は終わりを告げ、二百六十一藩が廃されて一使三府三百二県（一使は開拓使）となり、旧藩主は領地領民を完全に失った。薩摩では久光が大久保に騙《だま》されたと激怒した。

この夏、友厚は堀孝之に編集させた英和辞書の改訂版を刊行した。もっとも大阪活版所ではなく、英文活字の正確を期するために上海で印刷したが、大阪と東京で発売し、「薩摩辞書」と呼ばれて好評を博した。

十月、友厚は三年前に発見された大和国吉野郡の天和銅山の採掘権を入手して、いよいよ鉱山業にも乗り出した。

その月、廃藩置県にともなう中央官制の大改革が一段落した政府は、アメリカ及びヨーロッパ諸国へ一大使節団を派遣することを決定した。全権大使に右大臣岩倉具視、副使に参議木戸孝允と大蔵卿大久保利通、工部大輔伊藤博文、外務少輔山口尚芳、ほかに理事官、書記官、通訳、随員などで総勢四十八名。一国の政権の最高首脳部の大半をあげて先進文明諸国を視察し、政治・文化・経済・工業を学び、同時に不利と屈辱を痛感している条約を改正するために予備交渉をすすめようというのである。

「大久保さァも行っとか。そいはよか」

大久保らの一行は十一月十二日、アメリカ汽船で横浜を出港、サンフランシスコにむかって出発した。

十一月下旬、西区靫《うつぼ》北通り二丁目に普請中だった広大な邸宅が完成し、五代夫婦はそこへ引越した。広い敷地内に建てたこぢんまりとした家には、故小松帯刀の愛妾だったお琴と遺児おすみの母子を住まわせた。

引越して間もなく、十二月六日、東京の勝子に女児が誕生した。豊子に内緒にした昨年秋に誕生して三日後に死んだ男子とちがって、こんどの子は丈夫そうで、武子と名づけた。

東京からもどった友厚は、奥の間に豊子を呼び、畳に両手をついてこのことを告げた。

「相すまぬ。こん通りじゃ。生まれた子は父《てて》なし子では不憫《ふびん》じゃっで、入籍すごちゃっ。二度とこげなことはせんさかいに、かんにんしてたもンせ」

宙を見すえて黙っている豊子の両の目から涙があふれた。膝《ひざ》の上に握りしめている手が小刻みにふるえている。

「俺《おい》にとって誰よりも大事なのは、正室のおまえじゃ。豊子、そいはわかってくれ。たしかに俺はおなごに気が多か。じゃっどん、生まれた子に罪はなか」

豊子はなおも涙を流しながらも口をひらいた。

「あんさんは、長崎でも不憫なことしやはりましたやろ。二度とそんなんあきまへん」

豊子には長崎の広子と治子母子のことは話してあった。そして芸妓の豊子は彼の女好きはよく知っていて、東京の大谷勝子のことも感づいていたらしい。

「甲斐性《かいしょう》もちのあんさんが、おめかけはんの一人や二人もったかて、うちは悋気《りんき》おこすような女やおまへん。蔭《かげ》でこそこそしはらんと、その勝子さんたらいう東京のおなごをこの屋敷に呼びなはれ。離れをひとつ建てて、お琴さんみたいに住んでもろたらよろし。生まれた子は、うちの子にさせてもらいましょ」

「ありがて。そげんしてくれるか、豊子。なんち礼を申してよかか……こん通りじゃ」

友厚は畳に額をすりつけた。血がにじむほどこすりつけ、顔をあげるといった。

「俺はおまいの子が欲しいとじゃ。早う生んでくれ。頼む」

「そないなこといわれたかて、授からんもんは仕方おへんやろ……」

「なに、まだ夫婦《めおと》になって一年足らずじゃなかか。俺はおまいと気張るさかいに、かならず子宝に恵まれる。豊子、男ん子を生んでたもンせ」

友厚は豊子の手をとって引き寄せると口づけし、泣きながら応《こた》えてきた妻の帯をといた。

翌明治五（一八七二）年三月。友厚の尽力で『大阪新聞』が発刊された。

四月、京阪間に電信開通。

五月、堺紡績所を政府が買収し、大蔵省勧農寮の所管となる。

六月、友厚の周旋で、三井・小野バンク設立を出願。八月に許可。のちの第一国立銀行である。

九月、東京新橋・横浜間の鉄道開通。

十月、吉野郡の赤倉銅山を試掘。

十一月、近江国愛知郡の蓬谷《よもぎだに》銀山を買収。

この年、友厚は着々と鉱山経営を拡大し、有望な鉱山と認めると経営権取得に動いた。グラバーの轍《てつ》を踏まぬよう、経営には慎重だった。

年が明けた明治六（一八七三）年正月、長崎時代以来の友人であり協力者である堀孝之、岩瀬公圃、永見伝三郎の子米吉郎らを参加させて、鉱山経営会社「弘成館」を設立した。友厚三十九歳。

弘成館はつぎつぎに各地の鉱山を傘下におさめた。岡山の和気銅山、島根の豊石銅山、福島の半田銀山、薩摩の羽島金山、さらに栃尾銅山、利蘭銅山、永沢鉱山、助代銀山などを友厚は手中にする。中でも半田銀山は、佐渡金山、生野銀山とともに日本三大鉱山といわれた大鉱山である。小野組などの資本家が幾人もついたが、政府の振興資金の援助が大きかった。

翌七年三月、東京に弘成館の出張所を設け、大阪を西弘成館、東京を東弘成館と称し、大阪は中之島に、東京は築地入船町に事務所をおいた。

鉱山進出一年たらずで五代友厚は日本の鉱山王となった。

この前年五月二十六日、欧米視察一年半余におよんだ大久保が、木戸より二月《ふたつき》早く帰国した。留守政府部内でのあつれきの激化、士族層の反政府熱の高まり、樺太《からふと》の日露国境問題、征韓論、台湾遠征問題などの難件が輻輳《ふくそう》して、大久保の帰国を必要としたのである。

十月、征韓論に敗れた西郷が参議を辞任、桐野《きりの》利秋《としあき》らと鹿児島に退いた。

十一月、前月の政変により政府は内務省を設置、帰国後参議となった大久保が初代内務卿を兼務した。彼は殖産興業政策をとりつつ、警察権をも握ったのである。

そして今年明治七年二月、江藤新平らの「佐賀の乱」がおこると、大久保はみずから出張して乱を平定、江藤らを処刑した。

大阪・神戸間の鉄道が竣成した五月、その大久保が来阪し、造幣寮を見学後、道頓堀の料亭で友厚に会った。帰朝後の、久しぶりの再会である。

「五代どん、イギリスではリバプールの造船所、マンチェスターの紡績工場、グラスゴーの製鉄所、バーミンガムの銃器工場などを視察し、大都市の至るところに各種の工場があるっとにおどろき、感心しもした。それもみな蒸気の力だと以前に才助どんから教えられたことを、あらためて心に深く感じもした。じゃっどん、英米仏の国力はあんまいにも大きく、わが日本が真似《まね》をしても及ばざること多々ありとも思いもした。そこへいくと、おはんが小国ベルギーを薩摩の範とすべきとしたごとく、俺《おい》はプロシャこそ日本の標準ちすべきこと多からんち愚考しもす」

「ほう、プロシャでごわすか」

「プロシャの鉄血宰相ビスマルクに会うて、小国プロシャを英仏露の大国に伍して強国となしたその気概と手腕に感服しもした。ビスマルクこそ、政治家の俺が範とすべき大先生でごわす」

沈着冷静で、めったなことに興奮しなかった大久保が、人変わりしたごとく頬《ほお》を上気させて熱っぽく語り、

「そこでじゃ、おはんに折り入って頼みがありもす」

と居ずまいさえ正して言葉をついだ。

「わが国の現状をかえりみるに、禄《ろく》を失った士族を西郷《せご》どんがいつまでも抑えられるもんじゃごわはん。いずれ反乱ちなりもンそ。そげんなれば国家の危機じゃ。国家財政も危機に瀕《ひん》する。才助どん、力になってたもンせ。官にもどって、財政を担当してほしいんじゃ。大隈どんにかわって、大蔵卿として腕をふるってたもンせ」

友厚はしばし返答に窮した。一年半も欧米諸国を巡察して、人品が変わり、識見がいっそう深まった大久保が、自分に大蔵卿の地位をあたえて国家財政のいっさいを任せるというのである。その自信はひそかにある。しかし……。

「大久保さァ、ご厚志はかたじけなかどん、官を辞した俺《おい》は、大阪を離るいわけにはいきもはん。俺がおらんと、大阪は滅びもす。実業家五代友厚の事業は、まだ緒についたばかりじゃ」

大阪の中之島に真っ白いなまこ壁をならべる各大名の蔵屋敷は、廃藩置県までは全国か

らあつまる蔵米で活況を呈していた。しかし、廃藩置県後に米をはじめ産物の流通が止まり、大阪商人は前途に希望を失い、大阪の人口は激減している。

友厚は言葉をついだ。

「商都大阪の再生には俺の力が必要でごわす。国家財政も大事じゃっどん、大久保さァも西欧で見聞したごとく、都市それぞれが産業をもって発展してこそ国家に財力がつきますんじゃ。官の指導も大切じゃっどん、民間が活力をもって殖産興業をせんと、こん国をビスマルクのプロシャほどに近づけることはできもはん」

「あいわかった。まこて惜しかこっじゃが、二度と無理はいわん。五代どんの申す通りじゃ」

大久保は苦笑して盃をほした。そしていった。

「じゃっどん、財政・経済問題で俺の頭脳になってたもンせ」

その大久保がふたたび来阪し、友厚の靱北通りの自邸を訪問したのは、その年の師走の二十四日であった。実は友厚が招待したのである。

友厚が関与した小野組と島田組の破綻《はたん》もあって、維新後はじめて全国的な経済危機におちいり、その打開のためにも政局の安定が必要であった。ところが、征韓論に敗れた西郷が参議をやめて帰郷後、台湾問題では木戸孝允も参議を辞職して山口に帰ってしまい、下野した板垣退助は自由民権運動をおこしていた。

一方、大蔵卿の大隈には独断専行のきらいがあり、世間の誤解も招いて辞意をもらしている。友厚はまず大隈に書を送り、短所をあらためるよう忠告して辞意撤回をもとめた。そして、木戸を台閣《たいかく》にもどすよう大阪に呼んで大久保との会談の斡旋《あっせん》をお膳立《ぜんだ》てしたのである。木戸の側では伊藤博文と井上馨《かおる》が、大久保の側からは黒田清隆《きよたか》と吉井友実がこのお膳立てに協力した。友厚は黒幕といっていい。

大久保は大阪の五代邸で木戸を待つ手はずである。豊子が接待にあたり、友厚と大久保は時局を論じつつ囲碁を楽しんで日を送り、大久保は明治八（一八七五）年の元旦を五代邸で迎えた。大久保利通四十六歳、五代友厚四十一歳である。

一月五日、下関を発《た》った木戸が神戸に着いた。友厚は大久保と神戸におもむき、木戸を宿に訪《おとな》い、翌六日大阪にもどり、木戸も大阪にきて七日午後に五代邸を訪い、大久保と碁を囲んだ。そして二人は会談した。翌八日は、石町の三橋楼で友厚も同席して会談した。さらに幾度か碁を囲んで話し合い、木戸の復帰説得に成功した。主に伊藤がつくったその条件は、㈠他日国会をおこすための元老院の設置、㈡裁判の権威を強固にするため大審院の創立、㈢民意を流通するための地方官会議の確立、㈣天皇親政の実をあげるための参議（内閣）と卿（各省）の分離などであった。

大久保は約五十日間も滞在し、友厚らと旅行と狩猟も楽しみ、有馬温泉にも湯治し、木戸との協議がなって二月十六日に東京へもどった。その間、友厚は大久保の相談相手としての役割を果たし、自由民権思想の板垣退助も参議にとりこんで大久保政権の礎をつくり、世にいう「大阪会議」を成功にみちびいた。

三

その悲報を友厚がうけたのは、昨年に新築した東京築地新栄町の別邸で、遅い朝食をすませた五月十四日午前九時過ぎであった。

ちかごろは上京することが多く、昨夜は近くの築地の料亭で大久保と飲んでいた。

去年、明治十（一八七七）年二月、ついに西郷隆盛は兵をひきいて鹿児島を発し、西南戦争がおこった。そして九月二十四日、城山が政府軍に陥落、西郷は自刃して果てた。話がそのことに及ぶと大久保は盃《さかずき》をおき、

「わしみずからが帰県して、親しく西郷《せご》どんに面晤《めんご》し、意思の疎通をはかりたかったもンじゃ」

と嘆息し、しばし言葉をとぎれさせた。

西郷を自決に追いつめたのは大久保だとの世間の風は冷たく、不平士族が命をつけねらっているとの風評もある。

西南戦争のさなか、前年に参議をやめた木戸は、友厚が大久保と見舞った病床で大久保を西郷と見ちがえて「西郷、もういいかげんにせんか」とうわごとをいいながら息をひきとってすでにこの世になく、いまや参議兼内務卿の大久保は明治政府の最高実力者であり、事実上の首相である。

昨年八月には、第一回内国勧業博覧会を東京上野公園で天皇の行幸をえて盛大に開催し、

殖産興業に意を尽している。

「明治元年から十年は創業の第一期、今年十一年からの十年がいよいよ第二期で、内治をととのえ民産を殖する肝要の時期でごわす。士族授産としての開墾もし、交通網の整備などに必成を期す所存じゃ」

　と大久保は抱負を語って、上機嫌に麴町《こうじまち》三年町の自邸に帰って行った。

　一方、友厚の方は、近く大阪商法会議所設立を大阪府知事に申請する予定である。すでに東京では二ヵ月前の三月十二日に渋沢栄一らの東京商法会議所設立が認可をえて八月に発足予定で、友厚は今日は渋沢に会って設立のことをいろいろと訊《たず》ねるつもりで朝食をすませたのである。

「五代先生！　五代先生！」

　突然、玄関の方で呼ばわる大声がして、いやな予感がして玄関に出てみると、内務省警視局の男が顔色をかえて突っ立っていた。元薩摩藩士で、外国事務局判事のときに部下だった者である。

「やかましか、何事か」

　怒鳴りつけて訊ねると、

「大久保閣下が……大久保さァが……」

「大久保卿《きよう》がどげんしたとじゃ？」

「一大事でごわす。賊に襲われて、お亡くなりもした」

「ないッ、亡くなったじゃっと！　もう一度いってみい、暗殺されたとか。もう助からんとか」

友厚は目まいを覚え、玄関の柱に手をふれて身をささえた。

（なんちゅうこつなァ……）

昨夜、別れ際に、身辺の警護には充分気をつけるよう忠告しておいたのである。東京の警備は薩摩出身の川路利良《としよし》大警視が担当している。ことに皇居周辺には要所要所に巡査を配して万全を期し、麴町の大久保の私邸にはもちろん、内務卿大久保の馬車にも護衛がつき、不逞《ふてい》の輩《やから》を内偵して見張りをつけているはずである。が、失策があったのだ。

「川路の馬鹿ふともんが！」

吐き捨てながらも友厚は、そこにうずくまって号泣した。

（大久保さァが……、あの一蔵どんが……）

この日、明治十一（一八七八）年五月十四日の朝は、雲のたれこめた梅雨空からいまにも雨が降り出しそうな天候であった。

午前七時四十五分、フロックコートに山高帽の大久保は、赤ん坊を抱いた妻ます子と子供らと使用人に見送られて、友厚が贈った二頭立ての箱馬車にその長身を折りまげるようにして乗りこませると、二年前に完成した木造西洋館の自邸を出た。宮中でひらかれる陸海軍将校への勲章授与式と元老院会議に出席しなければならなかった。元老院は例の大阪会議で設けられた機関で、勝海舟、後藤象二郎、由利公正《ゆりきみまさ》、陸奥宗光、副島種臣《そえじまたねおみ》ら口うるさい連中がそろっている。

二頭の馬の前をわらじばきの馬丁が駆け、馭者台《ぎょしゃだい》の黒の制服制帽の馭者が長鞭《ちょうべん》をふるう。護衛の士は同乗していなかった。

午前八時半ごろ、馬車が紀尾井町の清水谷にさしかかったとき、突然、前方に抜身の長刀を手にした二人の暴漢が現れた。四年前、岩倉具視が殺されかけたのとほぼ同じ場所である。馬丁が危険を告げようと馬車の方へきびすを返したところを一人がその背中に斬りつけ、あとの一人が馬の前脚をなぎ払った。おどろいた二頭の馬が棒立ちになっていななく。それを合図のように横あいから四人の壮士風の男が馬車を襲った。暴れる馬で馬車が傾き、大久保は腰をうかそうとしてよろけ、手にしていた書類が風に舞った。男の一人が馭者台に飛びあがるようにして馭者を斬り、駆け寄った三人の男が、

「国賊、覚悟！」

と叫びつつ馬車の左右の窓から白刃を突き入れた。

「無礼者！　ないをすっとじゃ！」

大久保は叫んだが、一突きを胸にうけ、引きずり出されて全身を斬られて絶命した。

刺客らは犯行後、内務省へ斬奸状《ざんかんじょう》を提出し、その場で逮捕された。犯人六名は石川県士族の島田一郎ら五名と島根県士族一名、西郷の挙兵に参加できなかった西郷の崇拝者で、大久保を憎み、暗殺計画を綿密にねった。斬奸状では、民権の弾圧、専横、不急の土木工事による国費の濫費《らんぴ》、外交の失敗などを理由にあげていた。

三日後の五月十七日、大久保利通の葬儀がおこなわれた。麴町の大久保邸を出た長い葬列には、西郷従道《つぐみち》ら薩摩系の高官が多数騎馬で従い、大勢の市民が沿道に出て見送った。大久保は民権運動を弾圧した専制の政治家ではなかった。世人の誤解をうけたが、大久保こそが国家の利益を図り、明治維新の目的を成就し、なお志なかばで凶刃に斃《たお》れた。

享年四十九。

友厚は大久保邸にしばらく滞在して遺産の整理などの後始末にあたった。遺産のうち現金は七十五円しかなく、麴町の家屋敷も芝高輪の別邸や園芸場もすべて抵当に入っており、借財が巨額にのぼっていた。友厚はまず子未亡人と周囲の者らと協議し、知人たちに募金を呼びかけるなどして未亡人と八男一女の残された子らの生活がなりたつようにはからってから大阪に帰った。

先年には小松を失い、西郷もいまはなく、こんどは同郷の先輩であるばかりか最も尊敬し、ここ十年は誰よりも親しくつきあい、また世話になった、日本国の大指導者大久保を突然に失い、友厚は魂を抜きとられたような日々を過した。大きな後楯をなくして、これからの事業の損失も大きい。

思えば上海行を共にして以来の友高杉晋作は二十九歳の若さで病に斃れ、あの坂本龍馬も三十三歳で刺客に暗殺された。その天命の測り難きも身にしみる。友厚自身はまだ四十四歳とはいえ、やがて人生五十年の終末をむかえる。いや、あと何年生きられるか。

「わしは、天下に号令したわけでも、天与の仕事をなしとげたわけでもおまへん」

ちかごろは努めて大阪弁を使うようにしている友厚は、妻の豊子にすがるように語りかけて訊ねた。

「なァ、豊子、どないしたらええか、おはんの考え、聞かせてくれへんか」

「なにを仰せだす。気が弱ァなって、あんさんらしくもおまへん。五代友厚はんは、あんさんならではの天与のお仕事を、ぎょうさんなさっておいでだす」

「そうかのう……」

「イギリスはんと戦争のときもそう、若い薩摩の留学生はんを大勢ロンドンに連れていかはったのもそう、またモンブランはんとのお仕事もそう。数えあげたらきりがないのとちがいますか。どれも、ほかのお人のできることやおまへん。うちは、イギリスはんとの戦争であんさんがみずから囚《とら》われの身にならはったとはじめて聞いたとき、この国のお侍でそんなおひとがほんまにおいでかと、あんさんを穴が開くほど見つめたのを、覚えておいでだすか。あのときうちは、あんさんに芯から惚れ込みましたんや」

「うん、そげんじゃったか……」

「薩摩のお侍も、新政府の地位もいさぎよう抛《なげう》って、大阪の実業家におなりになったのも、他の方には決して真似のできない、五代友厚の天与の大仕事とちがいますやろか。これから一つ一つそのお仕事に専念して大をなさんというときに、お気の弱いことでは、あんさんらしゅうおまへん」

「そげんかもしらんのう。じゃっどん、わしは一つの事業に専念するよりも、新しい事業をつぎつぎに起こす方がおもしろかとじゃ。人のやらん前に創《つく》り出すのが、性に合っちょる。一昨年、堂島浜通りに創立した朝陽館もその一つじゃ」

滞欧中に着想をえた、輸出品としての精製藍の製法の研究にかかったのは五年前の夏からだったが、その製法をようやく発明して、一昨年九月、全国的規模の製藍工場および輸出商社の朝陽館を創立した。昨年二月にはこの朝陽館に天皇の行幸まであった。天皇行幸といえば、一昨年六月には半田銀山にも天皇を迎えることができた。そして、この半田銀山にはその月初めに大久保が来山してくれたのである。

またも大久保の在りし日を思い出して、友厚は涙ぐみ、

「気晴らしに、出かけてくる」

と断わって、妻に見送られて玄関を出た。が、門を出たわけではない。広い庭の池をめぐって、おなじ敷地内にある妾宅のうちの一軒の枝折戸《しおりど》を押した。

一昨年の十月に次女を生んで、朝陽館の創立にちなんで藍子と名づけたその子も豊子が次女として入籍してくれた、その母親の勝子が子らと住まう妾宅ではなく、もう一軒の新しい妾宅である。

「お喜多、わしじゃ」

友厚は庭から縁側に上がりながら声をかけた。歳のころ三十前後の背のすらりとした薄化粧の女が顔を出した。

「まあ、うれしい。今日もあちらさんのほうかと思いましたのに」

女は駆け寄って、小娘のような声をあげた。十五年前、武州下奈良村に身をひそめていたときにねんごろになった、吉田六左衛門の姪《めい》のあのお喜多である。維新の混乱で吉田家もお喜多の家も没落、お喜多は東京柳橋の芸者に出た。その抱え主が大阪の松島新地に移ったので、お喜多もこちらにきて、たまたま松島新地へ遊びにいった友厚と出会ったのである。

「お前《まい》、あんときのお喜多ではなかか」

なんと十五年もたって焼けぼっくいに火がついて、たちまち深い仲になった。お喜多の方は、鉱山王といわれるようになった友厚のことを噂できいていた。

お喜多づきの女中が急いでわかした湯に入り、着替えをすませ座敷にくつろいで、お喜多の酌で泡盛を飲みながら昔話をした。たがいに歳をとったが、こうしていると、弘安と下奈良村で過したころの若さがもどってくるようである。薩摩藩士の石頭どもから命をねらわれて潜伏せざるをえなかったあのとき、だから次代をになう若い藩士たちの英国留学を思いたち、その訪英ミッションを果したその後の自分があるのだ。土くさいお喜多のぴちぴちとした肉体にどれほど慰められ力づけられたことか。そしていま弘安は寺島宗則外務卿として列強諸国との不平等条約の改定交渉にあたっているが、友厚はお喜多のそばにこうしていると、あのときのように他の者には決して真似のできない人生に立ちむかう新たな男の活力がわいてくるのを感じる。

活力といえば、女への感情量が並はずれて豊かで気前がよく、精力絶倫のこの男は、妻の豊子に子ができないこともあるが、この後も惚れたいい女から活力をもらい、つぎつぎに妾《めかけ》にして子を生ませた。三女芳子の母は細見ハツ、四女久子の母は京都の某女、この五年後の四十九歳のときにようやく生まれる長男秀夫の母は、東京日本橋葭《よし》町の芸妓千代香の鈴木ヒデ、友厚が「大阪の恩人」と慕われて病の死をむかえる五十一歳の年に生まれる次男友太郎の母は蔦本《つたもと》品江で、いずれも妾であり、死後に生まれる三男友順《ともゆき》の母も細見ハツ。どの庶子も豊子の子として入籍して育てられた。男の甲斐性として蓄妾の風が普通といわれた時代とはいえ、友厚ほどの艶福家《えんぷくか》もめずらしい。

大久保利通暗殺の衝撃から立ちなおった五代友厚は、大阪商法会議所の設立にむけての活動を開始した。

不平等な関税条約改定交渉のためにも、日本の実業界は欧米の商工会議所制度をとり入れる必要があったが、先に発足した東京商法会議所の渋沢、益田孝、大倉喜八郎らから説明をうけた友厚は、政府のご用機関ではなく、大阪の経済人が結束して商工業を発展させるための会議所こそ必要だと痛感した。現状は、維新なったとはいえ戦後の荒廃した世相が実業界に反映して、大阪の商品と製品は粗悪になり、量目のごまかしや詐欺まがいの商法が横行し、信用取引も危険で沈滞、米相場は統制されて活気がない。

友厚の頭に鮮やかに浮かんだのは、ベルギーのブリュッセル訪問のとき、グラン・パレスの広場に各種商工業者の同業組合がそれぞれ奇抜な五階建ての建物を有して、商工会議所を設立していたそのことであった。友厚は大阪の主だった商工業者に、欧米各国にあるような商法会議所の設立を呼びかけ、「商法会議所は商業道徳を擁護し、共通の利益を守る機関で、手形取引の復活、不景気対策などを広く論議して会員協同の力で商工業の発展をはかるのだ」と説き、賛同をえて、みずから設立の趣意書の筆をとった。

そして七月、新興の事業家藤田伝三郎、中野梧一、磯野小右衛門、住友の総支配人広瀬宰平、三井の代理人中井由兵衛、鴻池の代理人斉藤慶則らと友厚の十五名を発起人として、商法会議所の設立を大阪府知事渡辺昇に出願した。そして六十数名の会議所議員を集めた。

先に出願していた大阪株式取引所のほうが先に認可がおりたので、北浜二丁目の旧金銀相場会所を取引所とすることにし、株式取引所の筆頭株主は、友厚、鴻池、三井、広瀬らの各百五十株。八月十五日に華やかに開業した。

八月二十七日、大阪商法会議所の設立許可がおりた。堂島浜通り二丁目の朝陽館内に仮事務所をおいて、九月二日、大阪商法会議所の第一回総会が、西本願寺津村別院でひらかれた。

雲ひとつなく晴れあがった、残暑のきびしい日だった。友厚は妻の豊子がととのえてくれた白麻の洋服に蝶《ちょう》ネクタイで出席した。会場の大広間にあつまった議員のほとんどは紋付羽織袴《はかま》で、誰もがしきりに扇子をつかっている。

「会頭は五代はんに決まっとるやないか」

「五代はんの肝《きも》いりで出来たんやさかいな。亡くならはった大久保はんから大蔵卿を懇望されたほどの財政通や。渡欧して外国のこともよう知っとる。中央にも顔がきく……」

そんなささやきのなかで、まず役員選挙がおこなわれ、会頭に友厚、副会頭に中野梧一と広瀬宰平の二人が選ばれた。中野は榎本とともに五稜郭で最後まで抗戦した旧幕臣。維新後は大蔵省に出仕し、県令も勤めたが、退官後、大阪にきて米相場で富をきずき、軍需会社をやっている。豪胆な才子で、一方の副会頭の広瀬が住友の総支配人で多忙なので、友厚の片腕として最適の人物である。

友厚は大阪商法会議所（現在の大阪商工会議所）初代会頭として挨拶に立った。

「大阪商法会議所は、歴史ある商都大阪の維新後における商工業の衰退を挽回し、世界にむけて発展する目的をもって、各種同業組合の結集をめざして結成されたものであります。大阪商人の伝統たる信用第一の商道徳を大事にし、新時代の潮流に乗り、新しい殖産興業の実をあげ、大阪の繁栄、ひいてはわが国の富国強兵に寄与し、世界の商工業者とも手を結んでゆくものであります。不肖五代友厚は……」

弁の立つ友厚だが、緊張して声がふるえ、暑さもあって大粒の汗が流れた。が、途中から大阪弁と鹿児島弁をまじえてユーモアたっぷりに聴衆を笑わせもした。

つづいて幾つかの議案が満場一致で可決され、数人の議員が意見をのべて総会は終わった。そして、北浜の料亭に会場をうつして夕刻から盛大な宴会が催された。

ここでも大阪府知事をはじめ来賓の祝辞がつぎつぎとあり、むろん大勢の芸妓も呼ばれて宴は盛りあがった。が、芸妓にかこまれていた友厚の姿がいつの間にか消えていた。

商法会議所創立を祝って大川で花火が打ちあげられ、川面におびただしい遊覧船が浮かんでいた。その一隻の屋形船に和服に着替えた友厚の姿があった。華やかに着飾った女たちを従えているだけではない。少女と幼い女の子が三人いる。

友厚のすぐ隣にいるのが大柄な妻の豊子。夫婦を囲むように、三歳の次女の藍子を膝にのせた妾の勝子と七歳になる長女の武子、故小松の妾だったお琴と八歳になる娘のおすみ、そして子のないお喜多。二人の妾が本妻の豊子と仲睦《むつま》じく、親友のお琴のようにたがいに差しつ差されつしながら料理を囲んで笑いさざめいているのである。

「豊子、今夜はお前《まい》が主賓じゃ。お前のような賢夫人にめぐまれて、わしは幸せ者や。こうして勝子やお喜多とも共に暮らせるさかいになァ。いや、頭が上がらぬ。ほんまやで。この日本にできた大阪商法会議所の初代会頭にわしはなったが、これも豊子とお前達《まいたつ》のお陰や。ごっつう、礼をいいまっせ。いま高麗橋通り四丁目に商法会議所の立派な所屋を新築中やけど、来年正月には完成する。その落成引越し祝にはお前達にもきてもろうが、新しく設立した貿易商社広業商会の清国への輸出も好調やさかい、来年は神戸に洋銀取引所をつくらねばならず、また横浜の正金銀行設立にひとはだ脱がねばなりもはん。身がいくつあっても足りんくらいじゃに、お前達をかまってやる暇もないかもしれんなァ。今夜は大いに飲んで、唄《うた》って踊ってさわごじゃごわはんか」

酔うほどに上機嫌になり、大阪弁が鹿児島《かごんま》弁になったりして、友厚はふともう一人の実の娘、長崎の治子が十六七の年頃になったと広子のことも思い出しながら、幼い娘たち一人一人を抱き寄せて話しかけた。

「ほれ、そこに見えてきたのがわしのつくった造幣寮や。ここで日本のお札や金貨銀貨をつくっておるのやで。立派な建物やろ」

中之島を出て天満橋をくぐって桜之宮にむかっていた屋形船は、ちょうど造幣寮の前にさしかかっていた。大川の右岸に、イギリス風建築の本館、高い煙突の貨幣鋳造場、銅工場、紙幣印刷工場などが五万六千坪の広い敷地に建ちならんでいる。いまだマンチェスターには及ばないが、大阪で煙突のある四大工場は、この造幣寮（のちの造幣局）と金銀分析所と大阪城三の丸の大阪砲兵工廠《こうしょう》、そして堺の紡績工場である。

豊子がいった。

「五代友厚というこのおひとは、造幣寮のつぎは金銀分析所と鉱山、そしてこんどは商法会議所のつぎは銀行、銀行のつぎは鉄道、鉄道のつぎは船会社……と、つぎつぎに新しい事業に命がけで手を出すおつもりで、おなごはんの方も新しもの好きやさかい、うちらも気ィつけんとあきまへん。小松はんや大久保はんがおいでなら、きつうお灸《きゅう》をすえてもらいますのになあ、お琴はん」

「豊子、それは無理や。わしも小松さァも大久保さァも囲碁とおなごは大の好物やが、お灸は大嫌いやさかい」

女たちの笑い声に和すように大川の夜空に打上げ花火の大輪の花が咲き、その炸裂音《さくれつおん》が川面《かわも》にこだまして、男一人女七人水いらずの屋形船の賑《にぎ》わいは、いつ果てるともしれなかった。

（完）

後記

五代友厚《ごだいともあつ》（才助《さいすけ》）は、妻の母の血縁にあたる。五代氏家譜によると、友厚の城ヶ谷《じようがたに》系五代家に対して冷水《ひやみず》系五代家に生をうけた義母の五代千賀《ちか》は、友厚の孫の世代である。八十八歳で亡くなったが、生前「才助どんは偉《えら》かボッケモン（大胆者、冒険者）じゃ」と私にいろいろ語ってくれた。そのうちぜひ書きますよと私は答えていたが、この作品が完成したとき、義母の死後九年が経《た》っていた。薩摩《さつま》藩士族だった義父も泉下でよろこんでいることだろう。

この長篇歴史小説は「歴史読本」二〇〇三年七月号から二〇〇四年七月号まで十三回にわたって連載し、八月、新人物往来社から刊行。その後、講談社文庫に入り、今回ハルキ文庫として出版した。

薩摩藩で下級武士だった西郷隆盛や大久保利通とまったく同時代人だが、上級武士だった五代才助は藩主島津斉彬《なりあきら》の命で長崎海軍伝習所でオランダ人教官に学び、勝麟太郎《りんたろう》（海舟《かいしゆう》）と深く交わり、他の幕末維新の志士とは異なる広い世界へ踏み出した。伝習生のとき水夫に身を窶《やつ》して高杉晋作らと上海《シャンハイ》に渡り、アヘン戦争での清国の悲惨やイギリス軍艦とアームストロング砲の威力に目を見張り、帰国後は長崎に在勤して貿易商トーマス・B・グラバーから蒸気船や銃器などを購入して、藩の富国強兵に尽力した。

　文久二（一八六二）年、イギリス商人らが島津久光の行列を騎馬で横切り、薩摩藩士に斬られた生麦事件で、謝罪と賠償金を要求してイギリス艦隊七隻が鹿児島湾に侵入したとき、船奉行副役《そえやく》の五代才助は、戦闘回避の道をさぐりながら、後に明治新政府で外務卿となる松木弘安《こうあん》と二人、自ら捕虜となり、両軍の砲撃戦をイギリス艦上で観戦、威力あるアームストロング艦載砲で炎上するわが城下町を断腸の思いで見た。捕虜となった才助は、「薩摩藩士にあるまじき臆病者《ひっかぶい》」と命をねらわれ、横浜でイギリス戦艦を脱出したものの江戸の薩摩藩邸へは入れず、武州の僻村《へきそん》に潜伏した。一年半後、ようやく長崎に帰りついてグラバーの屋敷に潜伏した才助は、藩庁へ建白書を提出した。まず薩英戦争を「天幸」として「地球上の道理」を説き、海外貿易による商業立国のために英仏両国へ視察団と留学生派遣を上申した。時に京都では新撰組による池田屋事件。幕府は長州征伐令を発し、イギリス、アメリカ、フランス、オランダの四国連合艦隊は長州藩の諸砲台を砲撃、陸戦隊は砲台を占拠。こうした緊迫した情勢の中、薩摩藩では才助の上申をいれ、彼を事実上の使節団長として、使節団と英国留学生十五名が、鎖国中なのでひそかに出国した。

　渡欧した才助は、ベルギーとの合弁会社を企画し、ベルギー貴族シャルル・ド・モンブラン伯爵と会社設立の仮契約を結ぶのだが、なぜイギリスやフランスとではなくベルギーとなのか、私の深く疑問とするところだった。

その取材で、才助の欧州視察日誌を片手に、才助の血をひく妻とヨーロッパ旅行に出た。まず、才助の一行と同様にロンドンのウォータルー駅を列車で出発、ドーヴァー海峡を船でベルギーの港町オステンドに渡った。古雅な港の建物には、才助らが乗船した長い煙突の蒸気船を描いた古いポスターが掲げられていた。鉄道のオステンド駅は当時と変らぬ石造りの美麗な建築で、この駅頭にモンブラン伯爵が出迎えたのだ。首都ブリュッセル・オステンド間の蒸気鉄道は、才助が訪れた二十年も前に開通していたのである。

私と妻は才助同様にブリュージュでおり、才助は迎えの馬車だが私たちはタクシーでモンブラン伯爵の居城インゲンムンステル城へ向った。城についたとき、村の教会の鐘が私たちを出迎えるかのように鳴っていた。鬱蒼《うっそう》と巨樹の茂る広い邸内に深い堀をめぐらして建つ石造りの広壮な居城は、才助の一行が訪れた百三十数年前と変らぬたたずまいでそこにあった。モンブラン伯爵の歓待をうけ、狩猟にも興じていっそう意気投合した才助の心のふるえが、緑美しい村の光と風からも伝わってきた。残念なことに、才助らの資料を展示していた城の一室が二年前に出火したままになっていたが、ビール工場を営む城の持主は私たちの訪問を才助以来三人目の日本人だと感激し、地ビール〝キャッスル・ビール〟をご馳走《ちそう》してくれ、焼け残った才助の資料を後で送ってくれた。

首都ブリュッセルでは、各種職業組合の華麗な建物がびっしりと建ち並ぶ広場グラン・プラス。神殿のような王立劇場。ブリュッセル郊外では、ナポレオン軍が敗北したワーテルローの古戦場。そして各種工場の見学……。私のベルギー・オランダ旅行は、ヨーロッパの強国にかこまれた経済立国の小国ベルギーを才助の目で深く知る日々であった。

才助は帰国後、グラバーとモンブラン伯爵を天秤《てんびん》にかけるかのように利用していくが、ベルギーとの合弁会社設立はついに実を結ばなかったものの、モンブラン伯爵がしたたかに尽力したパリ万国博覧会での「薩摩琉球王国」の出展は、日本国代表を企図した徳川幕府の鼻を明かす痛快事だった。

やがて明治新政府に出仕した才助は、外国事務掛や大阪府判事などで活躍したが、官を辞し、名を「友厚」と改め、大久保利通からの大蔵卿就任の懇望も断わり、民間の殖産興業、商都大阪を〝東洋のマンチェスター〟にする夢にかける。実業家五代友厚の誕生である。大阪商法（工）会議所を設立、初代会頭に就任。貨幣製造工場、蒸気車工場などをつくり、電信事業、鉄道事業をおこし、鉱山経営もして「鉱山王」となる。そして明治十八（一八八五）年、東京で死を迎えた。享年四十九。関西実業界から惜しまれる早い死であった。大阪商工会議所前には会頭時代の銅像が立っている。

しかし私は、薩摩武士のボッケモン（大胆者、冒険者）としての真骨頂は、波乱万丈の才助時代の前半生にあったと思う。そのころの英国留学生らとの銅像は、「若き薩摩の群像」の一人として鹿児島中央駅前にある。

二〇一六年一月六日

佐江衆一

【参考文献】

『五代友厚伝記資料』（全四巻）日本経営史研究所編　東洋経済新報社
『五代友厚伝』五代龍作編　非売品
『五代友厚伝』宮本又次　有斐閣
『薩摩海軍史』公爵島津家編纂所編　原書房
『鹿児島県史料――忠義公史科』鹿児島県維新史料編纂所編
『長崎海軍伝習所の日々』カッテンディーケ　水田信利訳　平凡社東洋文庫
『長崎海軍伝習所』藤井哲博　中公新書
『英国外交官の見た幕末日本』飯田鼎　吉川弘文館
『トーマス・B・グラバー始末』内藤初穂　アテネ書房
『幕末外交談』田辺太一　平凡社東洋文庫
『薩摩藩英国留学生』犬塚孝明　中公新書
『薩摩の七傑』三木靖他　芳即正監修　高城書房
『若き薩摩の群像』門田明　春苑堂出版
『薩英戦争（遠い崖）』萩原延壽　朝日新聞社
『勝海舟』勝部真長　ＰＨＰ研究所

『高杉晋作の上海報告』宮永孝　新人物往来社
『寺島宗則』（人物叢書）犬塚孝明　吉川弘文館
『高杉晋作』（人物叢書）梅溪昇　吉川弘文館
『西郷隆盛』（人物叢書）田中惣五郎　吉川弘文館
『〈政事家〉大久保利通』勝田政治　講談社
『妖人白山伯』鹿島茂　講談社
『モンブランの日本見聞記』C・モンブラン　森本英夫訳　新人物往来社
『プリンス昭武の欧州紀行』宮永孝　山川出版社
「ベルギー貴族モンブラン伯と日本人」宮永孝　社会志林第47巻2号　法政大学社会学部学会
『幕・薩パリで火花す――モンブラン伯――』高橋邦太郎　歴史読本昭和45年6月号　新人物往来社
「一八六七年パリ万国博覧会関係画像史料」戸定論叢第3号　松戸市戸定歴史館
Kasteel van Ingelmunster Heden en verleden

本書は、二〇〇九年十月に刊行された『士魂商才　五代友厚』（講談社文庫）を改題し、一部修正の上、再文庫化したものです。

時代小説文庫
さ 21-1

五代友厚《ごだいともあつ》 士魂商才《しこんしょうさい》

著者 佐江衆一《さえしゅういち》

2016年 2 月8日第一刷発行
2020年12月8日第二刷発行

発行者 角川春樹

発行所 株式会社 角川春樹事務所
〒102-0074 東京都千代田区九段南2-1-30 イタリア文化会館

電話 03(3263)5247[編集] 03(3263)5881[営業]

印刷・製本 中央精版印刷株式会社

フォーマット・デザイン&シンボルマーク 芦澤泰偉

ISBN978-4-7584-3977-0 C0193

http://www.kadokawaharuki.co.jp/[営業]
fanmail@kadokawaharuki.co.jp[編集] ご意見・ご感想をお寄せください。

時代小説アンソロジー

ふたり

時代小説夫婦情話

〈男と女が互いの手を取り、ふたりで歩むことで初めて成れるもの。それが夫婦〉（編者解説より）。夫婦がともに歩んで行く先には、幸福な運命もあれば、過酷な運命もある。そんな夫婦の、情愛と絆を描く、池波正太郎「夫婦の城」、宇江佐真理「恋文」、火坂雅志「関寺小町」、澤田ふじ子「凶妻の絵」、山本周五郎「雨あがる」の全五篇を収録した傑作時代小説アンソロジー。五人の作家が紡ぐ、五組の男と女のかたちをご堪能ください。

ハルキ文庫

時代小説アンソロジー

名刀伝

刀は武器でありながら、芸術品とされる美しさを併せ持ち、霊気を帯びて邪を払い、帯びる武将の命をも守るという。武人はそれを「名刀」と尊んで佩刀とし、刀工は命を賭けて刀を作ってきた——。そうした名刀たちの来歴や人々との縁を、名だたる小説家たちが描いた傑作短編を集めました。浅田次郎「小鍛治」、山本兼一「うわき国広」、東郷隆「にっかり」、津本陽「明治兜割り」に、文庫初収録となる好村兼一「朝右衛門の刀簞笥」、羽山信樹「抜国吉」、白石一郎「槍は日本号」を収録。

ハルキ文庫

時代小説アンソロジー

江戸味わい帖

身をひさいで得た売り店を繁盛店にのし上げる、いなせな女を描いた「金太郎蕎麦」（池波正太郎）、罪を犯した料理人が長い彷徨のすえ辿り着いた境地を描く「一椀の汁」（佐江衆一）、京ならではの料理を作るべく苦悩する板前と支える女の情実を綴る「木戸のむこうに」（澤田ふじ子）、異母兄弟であり職人同士でもある二人の和菓子対決「母子《ははこ》草《ぐさ》」（篠綾子）、豆腐屋の婿になった塚次の困難に対峙する姿が感動的な「こんち午《うま》の日」（山本周五郎）、塩梅屋の主人・季蔵のやさしい心遣いと鰯料理の味が沁みる「鰯の子」（和田はつ子）の計六篇を収録。江戸の料理と人情をたっぷりと味わえる、時代小説アンソロジー。

ハルキ文庫